Lv 2 부터 Chillin Different World Life
of the EX-Brave Candidate was Cheat
from Lv 2

치트였던 전직용사후보의
유유자적 이세계라이프 9

노조미야 지음 카타기리 일러스트 손종근 옮김

Name
리루나자
∞

Name
벨라리오
∞

"이 옷 굉장해!
엄청 귀여워!"

"파파! 좋아해!"

Lv2부터
Chillin Different World Life
of the EX-Brave Candidate was Cheat
from Lv2

치트였던 전직용사후보의
유유자적 이세계라이프

키노조 미야 지음 | **카타기리** 일러스트

S NOVEL

Characters

Chillin Different World Life
of the EX-Brave Candidate was Cheat from Lv2

홀리오

홀리스 잡화점을 경영하는 전직 용사 후보.

리스

마랑족이자 홀리오의 아내.

와인(인간족의 모습)

하이스펙이지만 대식가인 식객.

가릴

홀리오와 리스의 아들.
여왕이 신경 쓰인다.

엘리나자

홀리오와 리스의 딸.
홀리오를 좋아한다.

리루나자

엘리나자의 동생.
사베어나 마수들이 잘 따른다.

사베어(혼 래빗 모습)

홀리오 가의 애완동물.

히야

빛과 어둠의 근원을
관장하는 마인.

다말리나세

정신세계에서 수련 중인
암흑 대마도사.

벨라노

말 없고 낯을 가리며
작은 동물 같은 교사.

벨라리오

미니리오와 벨라노의 아이.

Characters

Chillin Different World Life
of the EX-Brave Candidate was Cheat from Lv 2

고자르
사상 최강이라 칭해지는 전직 마왕.

우리미나스
고자르의 아내이자
마왕 시절의 측근.

발리로사
고자르의 아내이자 전직 기사.

포르미나
고자르와 우리미나스의 딸.

고로
고자르와 발리로사의 아들.

칼시프
전 마왕 대행으로 차룬과 함께
훌리오 가에 머무르고 있다.

차룬
칼시프의 아내 같은 입장인 마인형.

라비츠
칼시프와 차룬의 딸.
칼시프의 머리 위가 마음에 든다.

슬레이프(인간족 모습)
전직 마왕군 사천왕 중 하나.
딸 리슬레이를 너무 아낀다.

빌레리
전직 궁수이자 슬레이프의 아내.
방목장에서 마마를 관리한다.

리슬레이
슬레이프와 빌레리의 딸.
조금 조숙한 아이.

블로섬
농업에 열의를 쏟는 전직 검사.

Characters

Chillin Different World Life
of the EX-Brave Candidate was Cheat from Lv 2

금발 용사
용사인데도 마법국에서
지명수배 중.

츠야
금발 용사와 함께 도피행 중.
지갑 안이 걱정.

밸런타인
사계 12신장인 요염한 마인.
외모와 달리 대식가.

독슨
고자르의 동생이자
동료를 아끼는 새 마왕.

후훈
독슨의 측근인
어마어마한 M 서큐버스.

베리안나
입이 험하지만
동생을 아끼는 악마인족.

아이리스테일
가릴의 동급생이자
베리안나의 동생.

사리나
가릴의 동급생.
가릴이 신경 쓰이는 모양인데······?

암왕
마법국의 예전 국왕이자
암상회의 회장.

에리(여왕)
정의감이 강하고 고생이 많은
마법국의 여왕.

그레아니르
홀리스 잡화점에서 일하는 마인족.

타니아라이나
홀리오 가게 쳐들어온
기억을 잃은 메이드(신계의 사도).

Level 2~

Lv2부터 치트였던 전직 용사 후보의 유유자적 이세계 라이프

Contents

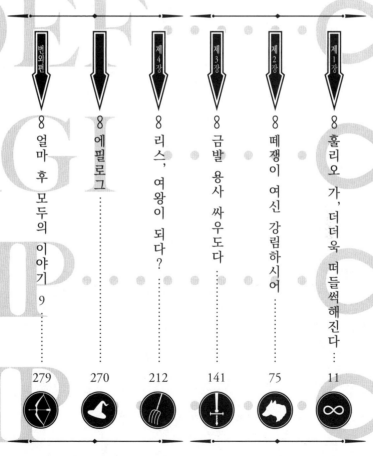

Chillin Different World Life of the EX-Brave Candidate was Cheat from Lv 2

——클라이로드 세계.

검과 마법, 수많은 몬스터나 아인들이 존재하는 이 세계에서는, 인간족과 마족이 오랜 세월에 걸쳐서 계속 싸우고 있었다.

하지만 오랜 기간에 걸친 이 싸움은, 인간족 최대 국가인 클라이로드 마법국의 여왕과 마왕 독슨 사이에 휴전 협정이 맺어지며 일단 끝을 맞이하게 되었다.

마왕 독슨은 유아독존이던 과거의 자세를 바꾸어 분열된 마족들을 다시 마왕 아래로 집결시키고자, 측근 후훈이나 신 사천왕이 된 잔지바르, 베리안나, 코케슈티와 함께 바쁜 나날을 보내고 있었다.

한편 클라이로드 마법국의 여왕은 마왕 독슨과의 협력 체제를 구축하는 것과 함께, 마왕군에 소속되지 않은 마족들의 폭거를 진압하고 국내의 군사 체제 재편에 나서는 것과 동시에 주변 국가와 함께 싸울 태세를 유지하고자 역시나 바쁜 나날을 보내고 있었다.

이 이야기는, 그런 세계정세 가운데 천천히 막을 연다…….

◇나니와◇

클라이로드 세계의 중심에 있는 클라이로드 마법국.

그곳의 수도인 클라이로드 성에서 서쪽으로 이동한 곳에 나니와가 있다.

내지에 위치하여 마왕령과 접하지 않고, 동서로 이어지는 가도가 정비된 요충지인 이곳은 오래 전부터 상업 도시로서 번성하고 있었다.

그런 나니와의 한 모퉁이…….

많은 사람들이 오가는 큰길에서 안쪽으로 들어가야 나오는 건물.

그 근처의 그늘이 진 지면 위에 갑자기 마법진이 전개되기 시작했다.

그 마법진은 은폐 계열의 마법이 걸려 있는지 근처를 오가는 사람들은 존재를 전혀 깨닫지 못했다.

이윽고 마법진 안에서 문이 출현했다.

끼익…….

그 문이 열리자 안에서 훌리오와 리스가 모습을 드러냈다.

──훌리오.

용사 후보로서 이 세계에 소환된 이세계의 전직 상인.

소환 당시에 받은 가호로 이 세계의 모든 마법과 스킬을 습득했다.

지금은 전직 마족 리스와 결혼하여 훌리스 잡화점의 점장을 맡고 있다.

——리스.

전직 마왕군, 아랑족 여전사.

훌리오에게 패배한 뒤, 그의 아내로서 함께 걸어갈 것을 선택했다.

훌리오를 너무 좋아하는 아내이자 훌리오 가 모두의 어머니.

전이 문 너머로는 호우타운에 있는 훌리오 가가 보였다.

"날씨가 좋아서 다행이네요, 바람이 무척 기분 좋아요."

리스는 쓰고 있는 하얀 모자를 누르며 미소를 지었다.

평소의 하얀 원피스에 옅은 노란색 카디건을 걸친 리스는 훌리오 옆으로 이동하더니 그의 팔에 자신의 팔을 살며시 감았다.

그런 리스에게 평소의 시원스러운 미소를 짓는 훌리오.

두 사람은 마주 웃고는 큰길을 향해 걷기 시작했다.

"확실히 여기라면 취급하는 상품 숫자도 많다지만, 굳이 여기 까지 올 필요야 없지 않아?"

"확실히 그렇지만……."

훌리오의 말에, 입술에 검지를 대며 잠시 생각에 잠기는 리스.

"저기서 입수할 수 있는 천은 거의 다 써보기도 했고, 기왕 모 두의 옷을 새로 만드는 거니까 이번에는 뭔가 새로운 천을 써보 고 싶어서요."

훌리오에게 시선을 향하더니 리스는 미소를 지었다.

"여하튼 서방님과 저의 새로운 아이를 위한 일이니까요! 엘리나자와 가릴 때도 기합을 넣었지만, 이번에도 그에 뒤지지 않을 만큼 기합을 잔뜩 넣을 거니까요!"

홀리오에게 얼굴을 가져다 대며 뜨겁게 이야기하는 리스.

그런 리스에게 홀리오는 미소로 끄덕였다.

"그러네. 확실히 나랑 리스의 딸, 리루나자를 위한 일이고, 게다가 같은 날에 태어난 칼시므와 차룬의 딸 라비츠나, 미니리오와 벨라노의 아이 벨라리오한테도 어울리는 옷을 입혀 주고 싶네."

'······하지만 그 리스가, 설마 이렇게까지 재봉 실력이 좋아질 줄이야 꿈에도 생각 못 했어. 막 결혼했을 무렵에는, 재봉은커녕 요리조차 거의 못 했는데······. 발리로사 일행과 함께 생활하기 시작하면서, 한 집안의 주인인 내 아내로서 모두를 돌보지 못하는 건 용납할 수 없다며 무척 노력해 줬구나······.'

아랑족 여자인 리스.

아랑족은 가장 강한 자를 필두로 무리를 지어 생활하는 습성을 가지고 있다.

무리에 속한 자들은 모두 무리 수장의 배우자가 중심이 되어서 돌보는데 리스 역시도 그 습성이 몸에 붙어 있어서, 홀리오 가의 수장인 홀리오의 아내로서 같은 집에 사는 사람들을 돌보는 것이 당연하다는 생각에 그를 위한 노력을 아끼지 않는 것이었다.

'나랑, 모두를 위해서······.'

몰래 감추듯이 요리 학교나 재봉 학교를 다니며 가사 스킬을 올린 리스.

그 사실을 다시금 생각하는 홀리오.

"······리스."

"예, 무슨 일이실까요, 서방님."

"항상 정말로 고마워······ 사랑해."

살며시 리스를 끌어안았다.

그의 가슴에 얼굴을 파묻은 모양새가 된 리스는 귀까지 새빨개졌다.

"저, 저기······ 서서서서방님······ 저저저정말 기쁘지만, 그게 갑자기 그러시면 저도 마음의 준비가······ 그렇다고 할까······ 하, 하와와······."

시선을 헤매고 허둥지둥하면서도 훌리오를 끌어안는 리스.

'······아아, 정말······. 서방님도 참, 갑작스럽다니까······. 그래도, 행복해······.'

눈을 감고 훌리오의 가슴에 얼굴을 파묻는 리스.

그런 리스를 미소로 바라보는 훌리오.

두 사람은 한동안 그대로 서로를 끌어안고 있었지만, 이윽고 훌리오는 퍼뜩 놀랐다.

전이 문에서 떨어졌기에 은폐 마법을 해제하고 있던 훌리오.

그래서 서로를 끌어안고 있는 훌리오와 리스는 가도를 오가는 모두에게 주목의 표적이 되어 있었다.

"어머나, 사이도 좋으셔라."

"이런 길거리에서 잘도 저러네."

그런 목소리를 깨달은 훌리오는 쓴웃음을 지으면서 그 자리에서 벗어나고자 했다.

"스, 슬슬 가게로 갈까, 리스."

"아, 아앙…… 서방님……."

훌리오에게 손을 붙들려 가면서도 리스는 불만스럽다는 표정을 짓고 있었다.

'……정말이지, 이 다음은 나중에 잔뜩 받을 테니까요!'

그런 생각을 하는 리스.

두 사람의 모습은 순식간에 인파 사이로 사라졌다.

◇ ◇ ◇

가도에서 상점가로 들어선 두 사람은 이윽고 한 가게 안으로 들어갔다.

그런 두 사람이 들어온 것을 알아차렸는지 여자 하나가 미소를 지었다.

"어머? 오랜만이네, 훌리오 형씨. 어서 와."

평소처럼 가게 안의 기둥에 기대어서 손님의 모습을 느긋이 둘러보던 이 가게의 여주인 페타베치는, 담뱃대를 입가에서 떼고는 가늘고 긴 연기를 내뱉으며 두 사람에게 다가왔다.

"안녕하세요, 페타베치 씨. 마법 연초는 좀 어떤가요."

"그래, 무척 소중하게 쓰고 있어. 이전의 연초라면 파는 물건에 냄새가 배니까 가게 밖에서 펴야 했는데, 이 마법 연초는 좋네. 연기도 금세 사라지고 냄새도 거의 안 나니까 말이야."

훌리오를 향해, 미소를 지으며 담뱃대를 내미는 페타베치.

"기뻐해 주시니 다행이지만, 모쪼록 너무 많이 피지는……."

"예예, 나도 안다고, 정말로 홀리오 형씨는 성실하다니까."

쓴웃음 짓는 홀리오에게 페타베치는 쿡쿡 웃음을 흘렸다.

"그런데, 홀리오 형씨가 왔다는 건 우리 가게의 천을 사려는 거겠지? 자, 실컷 돌아봐. 이곳 나니와의 실크 플리스에는 동서고금 온갖 천이 모여 있으니까."

페타베치가 주인인 나니와의 오래된 천 도매상 실크 플리스는 클라이로드 마법국만이 아니라 주변국과도 널리 천이나 옷 등을 폭넓게 도매하고 있어서, 홀리오가 경영하는 홀리스 잡화점의 매입처 중 하나였다.

"고마워요. 오늘은 개인적인 용건이에요. 아내가 새로운 천을 보고 싶다고 해서."

"그래요, 물론 대환영이에요. 사모님, 사양 말고 마음껏 돌아보세요."

페타베치가 싱긋 미소를 짓자 리스도 미소로 머리를 숙였다.

"고마워요. 바로 보도록 할게요."

이미 가게 안을 둘러보고 있는 리스.

주변의 벽에 봉 모양으로 감긴 옷감이 가득 수납되어 있고, 가게 안에는 다양한 의복이 빈틈없이 진열되어 있었다.

"서방님께서 말씀하셨던 것처럼, 이 가게는 무척 다양한 천이나 의류를 취급하고 있네요. 어머, 저 천 멋져라…… 아, 저기 있는 옷, 특이한 디자인이네요……."

리스는 눈을 빛내며 가게 안을 둘러보기 시작했다.

다양한 천을 손으로 만지며 감촉을 확인하고, 때로는 그것을 뺨에 대어 피부에 닿는 느낌도 확인했다.

그런 리스의 모습을, 훌리오는 평소의 시원스러운 미소를 지으며 바라봤다.

'……처음 만났을 때는, 리스의 이런 미소를 볼 수 있으리라고는 생각도 하지 않았는데…….'

훌리오와 처음 만났을 때, 리스는 어린아이의 모습으로 변신해서는 훌리오나, 리스를 붙잡으려던 발리로사 일행에게 적의를 훤히 드러내며 대치했다.

'……하지만 아이들을 위해 천을 고르는 리스의 얼굴에서 그 흔적은 전혀 느껴지지 않아.'

그런 리스의 모습을, 훌리오는 페타베치가 준 차를 마시며 미소로 계속 바라봤다.

◇그 무렵 호우타우 훌리오 가◇

호우타우 거리를 둘러싼 방벽 바깥쪽에 훌리오 가가 있다.

광대한 부지에는 방목장과 농장이 펼쳐져 있다.

그 방목장과 농장을 잇는 길을 아이들 셋이 걷고 있었다.

키가 큰 남자아이와 자그마한 여자아이 사이에 껴서 걷고 있는 한층 더 작은 여자아이는, 미소를 지으며 좌우의 인물을 교대로 바라봤다.

"가릴 오라버니랑 엘리나자 언니와 같이 산책할 수 있어서, 리루나자 정말 즐거워요!"

——리루나자.

훌리오와 리스의 셋째 아이.

마족인 리스의 피의 영향으로 성장이 빨라서, 인간족의 3세 아이 정도까지 성장했다.

그런 리루나자와 손을 잡고서 걷고 있던 여자아이——엘리나자는 미소를 지었다.

"알겠나요, 리루나자. 너는 태어난 지 아직 얼마 안 되었으니까, 절대로 혼자서 돌아다니면 안 돼요."

——엘리나자.

훌리오와 리스의 아이이자 쌍둥이 중 누나, 리루나자의 언니.

성실하고 파파를 무척 좋아한다.

마법 능력에 재능이 있다.

엘리나자에 이어서, 반대쪽을 걷고 있던 남자아이——가릴이 씨익 미소를 지으며 리루나자를 바라봤다.

"무슨 일이 있다면 나나 누나가 바로 달려갈 테지만, 위험한 곳에 혼자서 가면 안 되니까."

——가릴.

엘리나자의 쌍둥이 동생이자 리루나자의 오빠.

항상 미소에 싹싹한 덕분에 호우타우 마법 학교의 인기인.

신체 능력이 무척 뛰어나다.

걱정스러운 표정을 지으며 리루나자를 바라보는 가릴.

그런 가릴의 얼굴을 리루나자는 미소로 마주 봤다.

"예, 알겠어요! 리루나자는 절대로 혼자서 안 나갈게요! 게다가 아버님이랑 어머님, 엘리나자 언니나 가릴 오라버님과 함께 나가는 게 더 즐거우니까요!"

기운찬 목소리로 그렇게 말하고는 크게 끄덕이는 리루나자.

……그러자.

퍼덕퍼덕!

리루나자 바로 위에서 날개를 퍼덕이는 소리가 들리는가 싶더니, 등에 거대한 용의 날개를 가진 여자아이가 급강하해서는 그대로 리루나자를 등 뒤에서 끌어안았다.

"아하하! 리루리루~! 잘 있었니~!"

"아와와?! 와, 와인 언니인가요?!"

등 뒤에서 그대로 끌어안긴 리루나자는 처음에 잔뜩 놀랐지만, 자신을 안아 든 것이 와인임을 알고는 금세 미소를 지었다.

──와인.

용족 최강의 전사라 일컬어지는 드래고뉴트.

길에 쓰러져 있던 참에 훌리오와 리스가 구해 주어, 이후로 훌리오가에 머무르고 있다.

아이들의 언니, 누나 같은 존재.

"예! 리루나자는 잘 있어요!"

"응응! 리루리루가 잘 있다면 와인도 기뻐! 파팡도 마망도, 에리에리도 가리가리도 전부전부, 전~~~~~부 기뻐!"

만면의 미소를 지으며 리루나자에게 뺨을 비비는 와인.

쓰고 있는 모자가 떨어지려는 것을 양손을 누르며 리루나자도 미소를 지었다.

"예! 리루나자도 기뻐요!"

"응응! 와인도 리루리루를 잔뜩 지켜 줄게!"

미소로 그런 대화를 나누는데 갑자기 돌풍이 불었다.

그 바람에 와인이 입고 있는 판초풍 옷이 들추어졌는데…….

"잠깐, 와인 언니! 또!"

얼굴을 새빨갛게 물들이며 와인의 옷을 누르는 엘리나자.

"아, 아으아…… 어, 엉덩이가 훤히 보여……."

황급히 시선을 피하는 가릴.

그렇다── 와인은 속옷을 입지 않은 것이었다.

"와인 아가씨!"

그곳으로 등에 천사의 날개를 가진 메이드복 여성이 내려섰다.

"아, 타니타니!"

"타니타니가 아닙니다! 저는 타니아입니다."

──타니아.

본명 타니아라이나.

신계의 사도로, 강력한 마력을 가진 훌리오를 감시하기 위해 신계에서 파견되었다.

와인과 충돌하여 기억을 일부 잃고, 현재는 훌리오 가에 머무르며 메이드로서 일하고 있다.

"어~, 그래도 그래도, 타니타니 쪽이 귀엽다고 생각해."

"귀엽다든지 그런 건 됐습니다. 그보다도 이걸!"

와인을 향해 양손을 뻗는 타니아.

뻗은 팔 끝, 그녀의 오른손에는 와인의 브래지어가…… 그리고 왼손에는 팬티가 각각 들려 있었다.

"와인 아가씨, 외출하실 때에는 반드시 속옷을 입어 달라고 부탁드렸죠? 제대로 침대 위에 준비해 뒀는데……."

진지한 표정의 타니아.

그런 타니아를 앞에 두고 와인은 불만스럽게 입을 삐죽였다.

"어~…… 하지만 그거, 덥고 답답해서 싫은걸~."

"와인 아가씨는 용족이시니까 체온이 높아서 헐렁한 옷을 좋아하시는 건 이해합니다. 하지만 한창때의 여성이시니까 그런 부분을 제대로 자각하셔야……."

"싫어~!"

"안 됩니다!"

"싫다면 싫은 거야~!"

속옷을 내미는 타니아.

몸을 비틀어 도망치는 와인.

"하, 하와와?!"

그런 와인에게 안겨 있는 리루나자는 휘둘리며 뒤집어진 목소리를 높였다.

『흐흥흐흥!』

그런 와인의 발밑으로 사베어가 굉장한 기세로 달려왔다.

——사베어.

원래는 야생 사이코 베어.

훌리오와 맞닥뜨리고 이길 수 없음을 깨달아 항복, 이후로 애완동물로서 훌리오 가에 머무르고 있다.

평소에는 훌리오의 마법으로 혼 래빗 모습으로 지낸다.

혼 래빗 모습의 사베어는 뒷발로 일어서서 와인의 다리에 매달렸다.

"어라어라? 사베사베 왜 그래?"

『흐흥! 흥흐흥!』

"어? 아?! 리루리루의 눈이 돌고 있어?! 미안미안."

사베어의 말을 이해했는지, 사베어가 리루나자 쪽을 바라보고 있어 눈치챘는지, 와인은 황급히 리루나자를 땅에 내려놓았다.

"앞이 빙빙 돌아요~⋯⋯."

땅바닥에 주저앉은 리루나자는 머리를 휘청휘청했다.

그런 리루나자 옆으로 사베어가 달려갔다.

"정말이지, 와인 언니도 참. 리루나자는 아직 어리니까 조심해 달라고요."

그곳으로 엘리나자가 다가가다가 멈춰 섰다.

그 시선 끝…… 땅바닥에 주저앉은 리루나자 주위에는 사베어만이 아니라 방목장에서 사육하는 마마(魔馬)들이 어느새 다가오고, 하늘을 날던 작은 새들까지 어깨나 모자에 앉아서 리루나자를 걱정하는 모양이었다.

엘리나자는 그 광경에 눈을 동그랗게 떴다.

"……이전부터 사베어가 따른다고는 생각했지만…… 리루나자는 동물이 따르는 스킬이라도 가진 걸까?"

엘리나자의 말에 고개를 갸웃거리는 타니아.

"아뇨…… 전날 홀리오 님께서 조사하셨을 때에는, 스킬은 가지고 계시지 않았을 텐데……."

"그렇다면 선천적으로 동물이나 마수들이 따른다는 건가. 리루나자도 참 굉장하네."

뒤에서 다가온 가릴이 감탄을 터뜨리며 리루나자의 머리를 쓰다듬었다.

"에, 에헤헤…… 가릴 오빠한테 칭찬받아서 기뻐요."

가릴이 머리를 쓰다듬는 손길에 리루나자는 기쁜 듯 미소를 지었다.

리루나자가 미소를 짓자 마마나 작은 새들도 기쁜 듯 소리 높이며 리루나자의 얼굴이나 몸에 자신의 몸을 비볐다.

◇ ◇ ◇

가도에서 화기애애하게 웃는 그들을, 목장 안에서 마마들을 돌보던 리슬레이가 바라보고 있었다.

"리루도 참, 여전히 마마들이 잘 따르는구나."

허리에 손을 대며 고개를 갸웃거리는 리슬레이.

──리슬레이.

슬레이프와 빌레리의 딸로, 사마족과 인간족 혼혈.

성실해서 훌리오 가 유소년팀 아이들의 리더격인 존재.

훌리오 가의 방목장은 슬레이프와 빌레리가 주로 관리한다.

방목장 안에는 일찍이 마왕군 사천왕 중 하나였던 슬레이프의 부하인 마마족들과, 훌리오나 다른 이들이 자연에서 잡아온 야생 마수인 마마가 공존하고 있는데, 그 야생 마마들 대부분이 리루 나자 근처에 있었다.

'좋겠네……. 나도 친언니처럼 따라주기는 하지만…… 저렇게나 귀엽고 마수마들에게 사랑받는 진짜 동생이 있었으면…….'

그런 생각을 하는 리슬레이.

그녀의 등 뒤로 다가온 덩치 큰 남자는 리슬레이를 뒤쪽에서 끌어안더니 그대로 단숨에 들어올렸다.

"핫핫핫! 리~슬레이!"

"잠깐?! 잠깐만 파파?!"

리슬레이를 안아든 덩치 큰 남자──슬레이프는 드높이 웃음을 터뜨리며 리슬레이에게 뺨을 비볐다.

──슬레이프.

전직 마왕군 사천왕 중 하나.

마왕군을 그만두고 훌리오 가에 머무르며 말 계열 마수들을 돌보고 있다.

사실상의 아내로 맞이한 빌레리와 외동딸 리슬레이를 무척 아낀다.

"무슨 일이야, 리슬레이? 마치『저렇게나 귀엽고 마수마들에게 사랑받는 진짜 동생이 있었으면』같은 생각이라도 하는 얼굴로."

"으에?! 파, 파파도 참, 어떻게 내가 생각한 걸 알 수 있냐고?!"

슬레이프의 말에 눈을 동그랗게 뜨는 리슬레이.

그 말을 듣더니 슬레이프는 더더욱 소리 높여 웃었다.

"핫핫핫, 여하튼 나는 리슬레이의 파파니까, 그 정도는 당연히 알 수 있지!"

그러더니 슬레이프는 리슬레이를 땅에 내려놓았다.

잠시 방목장 안을 둘러보다 문득.

"오오, 빌레리, 거기 있었나!"

관리동으로 목초를 반입 중인 날씬한 여성──빌레리를 향해 달려갔다.

"어? 아, 슬레이프 님~, 왜 그러시나요?"

──빌레리.

전직 클라이로드 성 기사단 소속의 궁수.

지금은 기사단을 그만두고 훌리오 가에 머무르며, 말을 잘 다룬다는 특성을 살려 말 계열 마수들을 돌보며 슬레이프의 사실상 아내, 리슬레이의 어머니로서 하루하루 미소로 지내고 있다.

미소로 슬레이프를 바라보는 빌레리.

그런 빌레리 곁으로 달려온 슬레이프는, 갑자기 빌레리를 공주님 안기 요령으로 안아들었다.

"어?! 저, 저기?! 스, 슬레이프 님?!"

"음, 리슬레이가 바라니까 말이다, 동생이 생기도록 노력해 보자고!"

"후, 후에?! 지, 지금부터 말인가요?!"

슬레이프의 말에 빌레리는 얼굴을 붉게 물들였다.

슬레이프가 그런 빌레리의 얼굴을 들여다봤다.

그 순간, 안 그래도 붉어진 빌레리의 얼굴이 더욱 새빨개졌다.

"음? 싫은가?"

"시, 싫진…… 않은데요…….'

"핫핫핫, 그렇다면 문제없지 않느냐."

드높이 웃더니 그대로 훌리오 가를 향해 슬레이프는 달려갔다.

빌레리를 끌어안은 채 집 안으로 들어가는 슬레이프를, 리슬레이는 얼굴을 새빨갛게 물들이며 바라봤다.

"……정말이지…… 파파랑 마마도 참, 여전히 사이가 좋다고 할까 뭐라고 할까……."

그런 말을 입에 담으며 작게 한숨을 내쉬었다.

◇ ◇ ◇

집 안으로 뛰어 들어가는 슬레이프의 모습을, 훌리오 가 정원
에서 바라보던 여성이 있었다.

덩치 큰 남자를 상대로 검을 휘두르던 그 여성——발리로사는
손을 멈추었다.

——발리로사.

전직 클라이로드 성 기사단 소속의 기사.

지금은 기사단을 그만두고 훌리오 가에 머무르며 훌리스 잡화점
에서 일하고 있다.

고자르의 두 아내 중 하나이자 고로의 어머니.

"어라? 빌레리랑 슬레이프 경은 갑자기 무슨 일이지?"

의아하다는 표정을 짓고 있는 발리로사에게, 그 맞은편에서 검
을 휘두르던 덩치 큰 남자——고자르는 팔짱을 꼈다.

——고자르.

전직 마왕 고우르인 그는 마왕의 자리를 동생 유이가드에게 넘기
고 인간족으로 훌리오 가의 식객 입장에서 사는 와중에, 훌리오와 친

구라고 할 수 있는 사이가 되었다.

지금은 전직 마왕군의 측근이던 우리미나스와 전직 기사 발리로사, 두 사람을 아내로 맞이했다.

포르미나와 고로의 아버지이기도 하다.

"……흠, 빌레리가 다치기라도 했나……."

"음, 그럴지도 모르겠네."

고자르의 말에 끄덕이는 발리로사.

그런 두 사람의 말을 듣던 우리미나스는 쓴웃음을 머금었다.

──우리미나스.

마왕 시절 고자르의 측근이던 헬 캣 여자.

고자르가 마왕을 그만둘 때에 함께 마왕군을 그만두고 아인으로서 훌리스 잡화점에서 일하고 있다.

고자르의 두 아내 중 하나이자 포르미나의 어머니.

"……아니아니아니, 저건 어찌 봐도 대낮부터 부부의 일을 하고 싶은 것으로밖에 안 보인다냐……."

꾹꾹…….

툭하니 중얼거린 우리미나스의 팔을 옆에 서 있던 포르미나가 잡아당겼다.

──포르미나.

고자르와 우리미나스의 딸이자 마왕족과 헬 캣의 혼혈.

고자르의 또 다른 아내인 발리로사도 잘 따른다.

가릴을 무척 좋아하는 여자아이.

의아하다는 표정으로 포르미나는 우리미나스를 올려다봤다.

"있잖아 우리미나스 마마, 『하고 싶은 것 같다』니, 뭘 말이야?"

고개를 갸웃거리는 포르미나를 상대로 무심코 쓴웃음 짓는 우리미나스.

"으냐?! 어, 어어…… 그게…… 그, 그래, 저 두 사람은 무척 사이가 좋으니까, 집 안에서 사이좋게 있고 싶어서 간 거다냐."

"흐~응, 그렇구나. 하지만 고자르 파파랑 우리미나스 마마랑 발리로사 마마가 더 사이가 좋아."

"으, 으냐……. 뭐, 뭐어, 그렇다냐."

"포르미나 알아! 파파랑 마마가 사이가 좋으면, 포르미나랑 고로한테 동생이 생기는 거야!"

"냐?!"

"저기저기, 언제? 언제 생겨?"

수개월 전까지 임신 중이었던 리스, 벨라노, 차룬의 배를 만지고 다니던 포르미나는 천진난만하게 우리미나스의 배를 만졌다.

"저, 저기…… 그게, 뭐라고 할까……."

"저기저기? 언제? 언제?"

"아, 아하하…… 으, 으음……."

일찍이 마왕의 측근으로서 마왕군을 지휘하던 헬 캣 우리미나스도 딸인 포르미나의 질문 공세 앞에서는 허둥지둥할 수밖에 없었다.

그런 두 사람을 제쳐놓고 고자르는 발리로사를 향해 다시 검을 들었다.

"발리로사, 검술 수련을 계속하기로 할까."

"음, 그러네. 잘 부탁해."

고자르를 향해서 발리로사도 검을 다시 들었다.

기사인 발리로사는 매일같이 고자르와 검술 단련에 힘쓰며 오늘도 일과를 진행하고 있었다……만…….

……하지만…….

눈앞에 서 있는 고자르를 바라보며 무심코 쓴웃음 짓는 발리로사.

그 시선 앞── 검을 든 고자르의 머리 위에는 고로의 모습이 있었다.

──고로.

고자르와 발리로사의 아들이자 마왕족과 인간족 혼혈.

고자르의 또 다른 아내인 우리미나스도 잘 따른다.

말수가 적고 누나인 포르미나를 무척 좋아하는 남자아이.

최근에 고자르의 머리 위에 올라가는 것이 개인적인 취미가 되어버린 고로.

그런 고로를 위해서 인간 형태로 변신한 고자르도, 고로가 잡을 수 있도록 마왕의 증거인 뿔을 구현화시켜서 떨어지지 않도록 했다.

그 뿔을 잡고 있는 고로는 기분 좋은 듯 잠들어 있었다.

얼핏 평온한 광경으로 보이지만, 발리로사는 그 광경을 바라보며 자조 섞인 미소를 지었다.

'……검술 단련이라고는 해도 나는 진심으로 휘두르고 있는데, 고자르 경은 그걸 아무렇지도 않게 상대하며 머리 위의 고로가 숙면을 취하도록 해주다니……. 알고는 있었다지만, 난 아직 미숙하구나……. 최근에는 가릴한테도 전혀 상대가 안 될 지경이고…….'

고자르는 문득 그런 발리로사의 표정 변화를 알아차렸다.

"음? 왜 그러느냐, 발리로사. 피곤하면 오늘은 여기까지 할까?"

"아니, 괜찮아. 조금 더 부탁할게."

발리로사는 한 번 고개를 내젓고는 다시 검을 들었다.

그 모습에 고자르는 만족스러운 미소를 지었다.

"그래야 발리로사답지."

"발리로사 마마 힘내~!"

그런 발리로사에게 포르미나가 미소를 지으며 응원을 보냈다.

그 말에 미소를 보낸 발리로사는 또다시 고자르를 향해 검을 휘둘렀다.

다시 검을 주고받기 시작한 두 사람 옆에서 우리미나스를 향한 포르미나의 질문 공세가 이어졌다.

◇ ◇ ◇

빌레리를 공주님 안기로 들고서 훌리오 가로 달려간 슬레이프는, 거실 옆을 지나더니 계단을 뛰어 올라갔다.

두 사람이 굉장한 기세로 지나갔음에도 불구하고, 거실에 모여 있던 일동은 그쪽으로 눈짓 한번 주지 않고 그저 원래 보던 곳에만 시선을 향하고 있었다.

"……저 히야, 무척 옛날부터 이 세계에 대해서 보고 들었습니다. 마인형이 아이를 낳을 가능성이 있다는 문헌을 본 적은 있습니다만…… 어디까지나 가능성의 이야기라고 이해하였는데."

평소처럼 천을 몸에 감고 있는 히야는 전방을 빤히 바라보고 있었다.

──히야.

빛과 어둠의 근원을 관장하는 마인.

이 세계를 멸망시킬 수 있을 정도의 마력을 지녔지만 훌리오에게 패배한 이후, 훌리오를 『지고하신 주인님』이라 따르며 그의 집에 머무르고 있다.

그 옆에서 히야와 같은 자세를 취하며 전방을 바라보는 다말리나세.

──다말리나세.

암흑 대마법의 극한에 다다른 암흑 대마도사.

히야에게 패배한 이후, 히야를 따르며 수련의 동료로서 히야의 정신 세계에서 살고 있다.

"정말로, 몇 번을 봐도 놀랍네요……."

눈을 동그랗게 뜨고서 전방을 바라보는 다말리나세.

그런 히야와 다말리나세 앞에는 좌우로 세 사람씩 두 가정이 있었다.

두 사람의 오른쪽, 그곳에는 작은 여성과 남자의 마인형, 그리고 더욱 자그마한 인물이 서 있었다.

"……저, 저기…… 어, 어쩐지 부끄러운데……."

그 여성──벨라노는 히야와 다말리나세의 시선이 부끄러운지 뺨을 붉게 물들이며 꾸물꾸물했다.

──벨라노.

전직 클라이로드 성 기사단 소속 마법사.

작은 체구에 낯을 가린다. 방어 마법밖에 사용하지 못한다.

지금은 기사단을 그만두고 훌리오 가에 머무르며 호우타우 마법학교의 교사로 일하고 있다.

그 옆에 서 있는 마인형──미니리오는 그런 벨라노를 걱정해서 등을 툭툭 두드렸다.

──미니리오.

훌리오가 시험적으로 만들어 낸 마인형.

훌리오를 어리게 만든 것 같은 외모이기에 미니리오라고 이름이 붙었다.

벨라노를 돕는 사이에 친해져서, 지금은 벨라노의 남편.

벨라노를 사이에 두고 미니리오 반대편에 서 있는 작은 인물은, 생글생글 미소를 지으며 미니리오와 마찬가지로 벨라노의 등을 툭툭 두드렸다.

그런 두 사람에게 교대로 시선을 향하는 벨라노.

"……고, 고마워…… 미니리오…… 그리고 벨라리오……."

──벨라리오.

미니리오와 벨라노의 아이.

마인형과 인간족의 아이라는 무척 희소한 존재.

외모는 미니리오와 마찬가지로 훌리오를 어리게 만든 느낌이다.

중성적인 생김새라서 성별이 불명.

벨라노가 감사의 인사를 한 것이 기뻤는지 벨라리오는 그녀를 끌어안았다.

"……?!"

더욱 얼굴이 빨개지는 벨라노.

'……하, 하와와?! 후, 훌리오 님이랑 꼭 빼닮은 벨라리오에게 안겨버리면…… 아, 안 그래도 매일 얼굴을 마주하는 것만으로도 두근두근하는데…….'

아버지와 오빠를 마왕군과의 싸움에서 잃은 벨라노는 훌리오를 친아버지, 친오빠처럼 따랐지만, 그 마음이 지나치게 강해서 동경하는 남성으로 의식하고 있었다.

다만 훌리오에게는 이미 아내 리스가 있기에 그 마음을 봉인했지만, 훌리오와 똑같은 마인형 미니리오에게 한눈에 반해버려서 아이가 생길 정도의 사이가 되고 말았다. 그것은 평소의 조용하고 늦된 벨라노에게서는 상상도 할 수 없는 행동이었다.

벨라리오에게 안겨서 새빨개진 벨라노.

그러자 반대쪽에 서 있는 미니리오까지 벨라노를 끌어안았다.

왼쪽으로 벨라리오, 오른쪽으로 미니리오에게 안긴 벨라노는 얼굴만 아니라 옷 밖으로 드러난 손이나 허벅지까지 새빨개졌다.

"……이, 이젠…… 안 돼……."

그리고 끝내는 코피를 터뜨리며 뒤로 쓰러졌다.

의식을 잃은 그녀의 얼굴은 어딘가 만족스러운 미소를 짓고 있었다.

그런 벨라노가 바닥에 쓰러지기 직전에 받아내는 것에 성공한 미니리오와 벨라리오는, 좌우에서 벨라노를 끌어안은 채로 세 사람의 방이 있는 2층을 향해 달려갔다.

"……흠…… 조금 더 관찰하고 싶었습니다만, 어쩔 수 없군요."

아쉬운 듯 한숨을 내쉰 히야는 시선을 다른 한 곳으로 향했다.
그 시선 앞에는 칼시므와 차룬이 서 있었다.

──칼시므.
일찍이 마왕 대행을 맡고 있던 스켈레톤.
한 번 소멸했지만 훌리오 덕분에 재생하여 지금은 훌리오 가에 머무르고 있다.

──차룬.
일찍이 마왕군의 마도사에게 생성된 마인형.
파기될 뻔했던 참에 칼시므가 구해 주어 이후로 함께 행동하고, 지금은 칼시므와 함께 훌리오 가에 머무르고 있다.

그리고 칼시므의 머리 위에서 여자아이 하나가 그를 끌어안고 있었다.
칼시므보다 큰 그 여자아이는 재주도 좋게 그의 머리 위에 타서는 기쁜 듯 미소를 짓고 있었다.
"아~, 라비츠⋯⋯. 내 머리 위를 마음에 들어 해주는 건 정말 기쁘다만⋯⋯ 항상 이래서야 아무리 나라도 목뼈가 힘들다고 할까⋯⋯."
쓴웃음 지으며 머리 위의 여자아이──라비츠에게 말을 건네는 칼시므.

——라비츠.

칼시므와 차룬의 딸.

스켈레톤과 마인형의 딸이라는 무척 희소한 존재.

칼시므의 머리 위에 올라타는 것을 좋아하고, 항상 생글생글 웃고 있따.

그런 칼시므의 얼굴을 들여다보더니 라비츠는 씨익 미소를 지었다.

"응! 파—파!"

그러더니 칼시므의 머리에 뺨을 비비는 라비츠.

"으, 음…… 이, 이해하는 것인지 아닌지 좀 모르겠다만…….”

"뭐, 괜찮지 않슴까. 라비츠도 칼시므 님을 정말 좋아하니까 그렇게 행동하는 걸 테니까요."

그 옆에서 싱긋 미소 짓는 차룬.

그 말에 라비츠는 더더욱 환하게 미소 지었다.

"응! 파—파, 마—마, 좋아해!"

그런 라비츠에게 다가간 히야와 다말리나세는 그녀의 몸을 머리끝부터 발끝까지 빠짐없이 바라봤다.

"……흠…… 스켈레톤과의 혼혈인데도 그렇게 보이는 육체적 특징은 없군요."

"그렇다고 마인형처럼 관절에 마디가 있는 것도 아니고…….”

"……어느 종족의 특징도 갖고 있지 않다니…….”

고개를 갸웃거리며 라비츠를 둘러보는 두 사람.

"어머? 그런 건 아무래도 상관없지 않습까."

그런 두 사람에게 차룬은 싱긋 미소 지었다.

"중요한 건, 라비츠가 칼시므 님과 저 차룬의, 사랑의 결실이라는 사실이겠죠?"

차룬이 미소를 지으며 라비츠의 머리를 쓰다듬자 그녀는 기분 좋은 듯 눈매를 가늘게 떴다.

◇ ◇ ◇

그런 거실의 모습을 부엌에서 바라보고 있는 블로섬.

──블로섬.

전직 클라이로드 성 기사단 소속 중갑기사.

발리로사의 친우로, 그녀와 함께 기사단을 그만두고 훌리오 가에 머무르고 있다.

본가가 농가였기에 농사일이 특기로, 훌리오 가 한쪽에서 광대한 농장을 경영하고 있다.

"수확한 채소를 부엌으로 옮기러 온 건 좋은데, 뭔가 엄청 주책없는 장면을 맞닥뜨려 버렸네."

블로섬은 쓴웃음 지으며 뒤통수를 긁적였다.

"……하지만 발리로사와 빌레리에 이어서 벨라노까지 아이가 생기고…… 뭔가 나만 남겨져 버렸네. 시골에 있는 아버지가 들었다면 또 맞선 이야기를 꺼낼 것 같아서 무섭단 말이지."

블로섬은 자조하듯 웃으며 채소가 든 바구니를 바닥에 늘어놓았다.

"우후후, 블로섬 님, 누군가 잊진 않으셨습니까?"

그런 블로섬 뒤에서 채소 반입을 돕던 고블린——호쿠호쿠튼이 멋 부리는 포즈를 잡으며 말을 건넸다.

——호쿠호쿠튼.

전직 마왕군 병사.

동료 마운티 일가와 함께 블로섬의 농장에 살며 일하고 있다.

대가족인 마운티 일가와는 달리 독신.

"웅? ……잊었다……라니?"

의아하다는 표정을 짓는 블로섬.

그런 블로섬에게 호쿠호쿠튼은 머리카락을 쓸어 올리는 동작을 선보였다.

"우후후, 그게, 예를 들면 블로섬 님의 눈앞에 완전 인기인 독신 고블린이 말이오……."

그런 호쿠호쿠튼의 눈앞에서 주위를 둘러보는 블로섬.

"허? 넌 무슨 소리야?"

"예? 어, 아니…… 그러니까 말이오, 눈앞에……."

"하하하…… 농담은 그쯤하고, 얼른 채소를 옮기자고."

블로섬은 살짝 굳은 얼굴로 쓴웃음 짓더니, 채소가 든 바구니를 입구 밖에 세워놓은 수레에서 옮겼다.

"으, 음…… 그, 그렇소이다……."

혼신의 포즈를 완전히 무시당한 모양새가 된 호쿠호쿠튼은 살짝 침울해하면서도 블로섬을 따라 수레로 걸음을 옮겼다.

가족이 늘어난 홀리오 가는 오늘도 떠들썩했다.

◇얼마 후 나니와 실크 플리스◇

잠시 실크 플리스 안에 있는 상품을 이것저것 살피던 리스는 천 한 장을 들고 페타베치에게 다가가갔다.

"저기, 페타베치 님, 이 천과 같은 계통의 물건을 조금 더 보고 싶은데요……."

그러면서 화사한 그물 무늬의 천을 페타베치 앞에 내밀었다.

"호호…… 사모님, 재미있는 천을 눈여겨보시는군."

페타베치는 턱에 손을 대며 그 천을 찬찬히 바라봤다.

"리루리루, 잠깐만 와봐."

가게 안쪽에서 장부와 재고를 체크하던 지배인 리루리루에게 말을 건네고 오른손으로 손짓했다.

"예예. 무슨 일이십니까, 페타베치 님."

리루리루는 온몸에 덕지덕지 장식을 단 하늘하늘한 옷을 입고 치마를 팔랑팔랑 흔들며, 그들 쪽으로 팔짝팔짝 뛰어왔다.

페타베치는 리스가 들고 있는 천을 가리키고 리루리루에게 물었다.

"이 천 말이지, 아마도 요전에 다른 나라의 장사꾼이 가져온 그거지? 재고는 있을까?"

"……예, 어디 보자, 처음 오신 상인 분의 물건이라, 일단 시험 삼아서 조금만 샀으니까, 아마도 이게 마지막 한 장일 텐데요."

리루리루는 그 천으로 자신의 얼굴을 가져다 대고 확인하더니, 양팔을 펼치고 어깨를 으쓱였다.

"그런가요…… 으~음, 아쉽네요. 이 천, 무척이나 마음에 들었는데……."

리스는 아쉽다는 표정을 지으며 입가에 오른손을 댔다.

그에 페타베치는 가볍게 고개를 끄덕였다.

"이 천은, 소재로서는 무척 좋은 물건이지만, 색상이나 무늬가 무척 컬러풀하다고 할까, 독특하다고 할까……. 그럼 점이 클라이로드 마법국의 유행과는 무척 다르니까, 옷의 재료로서 영 인기가 없다는 느낌이라서, 조금 취급하긴 어려운 천이거든……. 참신해서 재미있다고는 생각하지만."

페타베치는 리스가 손에 든 천을 바라보며 그렇게 평가했다.

리스와 페타베치가 그 천에 대해서 담소를 나누는 와중, 훌리오는 리스가 가진 그 천에 오른손을 대며 천장 쪽을 지그시 바라보고 있었다.

"……이 천을 가져온 상인은 서방으로 갔나요?"

"어? ……어, 어어, 그게…… 서방의 사막을 넘어간 곳에 있는 인도르라는 나라에서 왔다고 그랬으니까, 장사를 끝내고 그 나라로 가고 있을지도 모르겠네."

"그런가요…… 그럼 아직은 늦지 않으려나."

"늦지 않다니…… 어? 설마 지금부터 쫓아갈 생각인가요? 저 상인이 온 건 무척 예전이고, 아무리 홀리오 잡화점의 짐마차가 빠르다고 해도 지금부터 따라가는 건 어렵지 않을까요……. 도중에 사막도 있고. 최근에 클라이로드 성에서 시험적으로 취항했다는 소문의 마도선이라도 있다면 이야긴 또 다르겠지만……."

쓴웃음 짓는 페타베치.

그런 페타베치에게 홀리오는 평소의 시원스러운 미소를 향했다.

"고마워요. 하지만 아내가 모처럼 마음에 드는 천인 모양이고, 다행히 그 상인의 짐마차에는 아직 천이 잔뜩 있는 모양이니까 노력해 볼게요."

"저, 저기…… 서방님, 정말로 괜찮을까요?"

리스는 홀리오에게 머뭇머뭇 말을 건넸다.

그런 리스에게 싱긋 미소 짓는 홀리오.

"항상 가족을 위해 열심히 집안일을 해주는 리스를 위한 일이니까. 이 정도는 아무것도 아니야."

"서방님……."

홀리오의 말에 감동한 리스는 뺨을 물들이며 그에게 안겨들었다.

그런 리스를 홀리오는 다정하게 끌어안았다.

"천의 흔적을 바탕으로 탐색한 결과, 페타베치 씨의 말대로 짐마차는 사막 안을 나아가고 있는 모양이니까 바로 가자."

그러더니 홀리오는 리스가 손에 든 천의 계산을 마쳤다.

"어머? 조금 많지 않나요?"

"아뇨아뇨, 항상 신세를 지는 답례라는 걸로."

"신세를 지고 있는 건 이쪽이에요. 홀리스 잡화점의 짐마차를 이용하는 덕분에 실크 플리스의 상품 운반에 큰 도움을 받고 있으니까…… 그게…… 어, 어라?"

가게를 나간 홀리오와 리스를 황급히 쫓아가는 페타베치.

그러나 페타베치가 가게 밖으로 고개를 내밀자 그곳에 두 사람의 모습은 어디에도 없었다.

"……리루리루, 두 분의 모습이 보여?"

"……아뇨…… 기척조차 없네요."

주위를 둘러보고 페타베치와 리루리루는 서로 얼굴을 마주 보며 연신 고개를 갸웃거렸다.

◇몇 각 후 서쪽 사막◇

홀리오와 리스는 와이번으로 변한 와인을 타고 클라이로드 마법국 아득히 서쪽에 있는 사막 위를 날고 있었다.

나니와에서 전이 마법을 통해 자기 집으로 돌아온 홀리오와 리스.

홀리오의 전이 마법은 한번 간 적이 있는 장소로 이동할 수 있다.

하지만 서쪽 사막으로 간 적이 없었던 홀리오는, 한 번 집으로 돌아가서 지도를 확인한 뒤에 비행 마법으로 이동할 생각이었다.

그러던 그때, 타니아가 속옷을 입으라고 강요하는 통에 실내로 도망친 와인과 맞닥뜨렸다.

"파팡이랑 마망 외출? 외출?"

"응, 서쪽 사막까지 좀 다녀올 예정이야."

"서쪽 사막이라면 마왕군에 있었을 때 자주 갔어! 갔어! 와인한 테 맡겨맡겨!"

말하기가 무섭게 집 밖으로 뛰쳐나가서 와이번으로 변한 와인.

"그럼, 기왕 이야기가 나왔으니까."

그런 와인을 타고 바로 서쪽 사막으로 여행을 떠난 것이었다.

"그건 그렇고, 정말로 와인은 빠르구나."

고속으로 흘러가는 주변의 광경을 보며 감탄을 흘리는 홀리오.

옆의 리스를 배려해서 허리에 손을 두르고 있었다.

"……하지만, 조금 더 천천히 가도 된다고요, 와인."

홀리오에게 몸을 기대며 뺨을 붉게 물들이는 리스.

홀리오에게 안겨서 몸을 맡긴 리스는 그 상황을 실컷 만끽하고 있었다.

'……이렇게 함께 하늘 데이트…… 이 어찌나 멋진 시간일까.'

리스는 황홀하게 홀리오에게 뺨을 비볐다.

기쁜 나머지 아랑족의 꼬리가 구현화되어서는 좌우로 격렬하 게 흔들고 있었다.

『괜찮아! 괜찮아! 와인 있지, 남쪽 바다든 동쪽 섬 나라든 북쪽

눈 나라든 서쪽 사막이든 단번에 날아가! 날아가!』

와이번 모습의 와인은 기쁜 목소리로 그들에게 말했다.

동시에 거대한 날개를 더욱 퍼덕여 가속했다.

그 등에 훌리오는 윈도를 띄웠다.

그 윈도 안에는 사막의 지도가 표시되어 있었다.

"저 천으로 조사한 반응은, 조금 더 가면 나올 것 같은데……."

훌리오는 윈도의 표시를 전방의 광경과 교대로 확인했다.

◇그 무렵 서쪽 사막의 어느 장소◇

어디까지고 이어지는 사막 안을 짐마차 한 대가 서쪽을 향해 계속 이동하고 있었다.

대형 짐마차는 등에 혹이 있는 낙타라는 생물이 끌고 있었다.

낙타는 발굽이 커서 모래밭에 다리가 파묻히지 않고 나아갈 수 있기에, 사막을 넘는 상인들이라면 빠짐없이 기르고 있다.

그 짐마차의 마부석에 앉아 있는 것은 두 남녀.

고삐를 쥔 자그마한 여자는 이마의 땀을 훔치더니 작게 숨을 내쉬었다.

"오늘도 덥지만, 모래폭풍이 일어나기 전에 힘내서 사막을 단숨에 돌파해 버리죠. 서방님은 모래지네를 주의해 달라고요?"

외모는 어리지만 이미 150살이 가볍게 넘은 하이엘프 루나는, 전방을 주의하며 고삐를 단단히 붙잡았다.

그 옆에 앉아 있는 남자—— 인간족 에스트는 루나의 말에 크게 끄덕였다.

"그래, 알았어. 주변 경계는 맡겨둬!"

그러더니 에스트는 주위로 시선을 향했다.

직사광선을 피하고자 나란히 후드 달린 판초를 입은 두 사람.

자그마한 에스트는 마부석에서 필사적으로 몸을 뻗고 있었다.

짐마차 주위는 작열하는 모래의 열기가 끊임없이 올라와서 마부석의 두 사람을 피폐하게 만들었다.

"클라이로드 마법국으로 가려면 어쩔 수 없이 이 사막을 통과해야만 한다고는 해도…… 이 더위는 정말로 못 참겠네."

"자자, 서방님. 이번 원정은 끝났으니까 빨리 돌아가서 한숨 돌려요."

이마의 땀을 훔치는 에스트에게 허리에 찬 물주머니를 건네는 루나.

물주머니를 받아들고 물을 입에 머금은 에스트는 어깨를 움츠리며 물을 마시고 크게 한숨을 내쉬었다.

"……너는 태평하구나……. 우린 말이야, 인도르 국내가 어수선하니까 한 달에 걸쳐 클라이로드 마법국의 성 아랫마을과 이 나라 최대의 교역 도시 나니와에 물건을 팔러 갔는데, 나니와의 실크 플리스라는 상점에 견본을 넘겼을 뿐……. 판매는 완전히 실패하고서 귀국하는 중이라고? 이대로 인도르로 돌아가더라도 이대로는 변변히 장사할 수도 없을 테고……. 이번 원정을 위해 매입한 천 대금, 이대로는 도저히 못 갚는다고?"

에스트는 또다시 크게 한숨을 내쉬었다.

'……이번에 매입한 천은, 분명 전부 팔 수 있다는 자신이 있었는데……. 어쩌면 내 안목은…….'

무심코 표정이 어두워지는 에스트.

그런 에스트의 어깨를 루나는 미소와 함께 두드렸다.

"뭐, 한탄해 봐야 어쩔 수 없어요. 하지만 말이죠, 서방님이 매입한 물품이 얼마나 굉장한 물건인지는 제가 보증하거든요. 견본을 본 사람들 중에서도 그것이 얼마나 좋은지 알아주는 분이 있을 거예요. 그러니까, 다음을 기대해요!"

루나는 에스트의 어깨를 두드리며 즐겁게 목소리를 높였다.

"……너는 항상 긍정적이구나."

한편 에스트는 계속 웃는 루나에게 시선을 향하고, 입가에 미소를 지었다.

'……그렇구나. 루나도 천이 전혀 팔리지 않아서 침울할 텐데, 나를 격려하려고 애써 밝게 행동해 주는 거니까…… 나도 언제까지고 끙끙대고 있으면 안 되겠지…….'

그런 생각을 하며 에스트는 또다시 짐마차 주위로 시선을 향했다.

그 모습에 루나는 만족스레 끄덕였다.

"그래요! 웃으면 행운이 자기가 먼저 달려오는 거예요! 손님도 조만간 날아오듯이 찾아올 테니까요."

미소를 지으며 에스트의 어깨를 또다시 두드리는 루나.

……그때였다.

갑자기 두 사람 주위가 무언가의 그림자로 뒤덮였다.

"……뭐, 뭔가요?!"

"뭐, 뭐냐?!"

루나와 에스트는 서로 얼굴을 마주 보고는 동시에 하늘을 올려다봤다.

"뭐, 뭐냐?!"

"뭐, 뭔가요?!"

그리고, 동시에 뒤집어진 목소리를 높였다.

두 사람의 시선 앞, 짐마차 상공에 빨간 비늘의 거대한 와이번이 날고 있었던 것이다.

"와, 와, 와, 와이번?!"

"서, 설마…… 우리를 먹으러 왔나?!"

루나와 에스트는 서로를 끌어안으며 부들부들 떨기 시작했다.

신변의 위험을 느낀 낙타도 필사적으로 속도를 올렸다.

그런 두 사람의 시선 속을 누비던 와이번은, 짐마차 조금 앞을 향해 속도를 올리고 머리를 모래 속으로 처박았다.

주위로 모래가 휘날리고 땅울림이 짐마차를 흔들었다.

""히, 히이이이이?!""

곧바로 서로를 끌어안은 채로 잔뜩 떠는 두 사람.

그런 두 사람의 눈앞에 착지한 와이번은, 잠시 모래 속에서 머리를 움직이더니 갑자기 목을 쳐들었다.

"허?!"

"저, 저건……."

와이번의 머리를 확인한 두 사람은 눈을 동그랗게 떴다.

그 입에는 거대한 모래 지네를 물고 있었던 것이다.

와이번은 거대한 모래 지네를 허공으로 던지더니 씹어 으깨서 삼켰다.

굉장한 기세의 식사가 시작되고 1분, 모래 지네는 흔적도 없었다.

"아, 아와와…… 너, 너무 굉장해……."

"저, 저 흉포한 모래 지네를 순식간에 먹어 치우다니……."

눈앞에서 펼쳐진 광경에 서로를 끌어안은 채로 조금 전 이상으로 떠는 에스트와 루나.

그런 두 사람 앞에서,

꺼억.

모래 지네를 먹어 치운 와이번은 만족스러운 표정을 지으며 크게 트림을 했다.

동시에 입가에서 불꽃이 새어 나왔다.

그 광경을 앞에 두고 에스트와 루나는 그 자리에서 움직이지도 못했다.

그런 두 사람 앞에서 머리를 숙이는 와이번.

그러자 그 등에서 남녀가 내려왔다.

그 두 사람은 마부석에서 떨고 있는 에스트와 루나에게 다가온다.

"실례지만, 나니와에서 이 천을 판매하신 분이 맞으신가요?"

평소의 시원스러운 미소를 지으며 말을 건네는 홀리오.

그의 손에는 실크 플리스에서 구입한 천이 들려 있었다.

"아, 예…… 분명히 그 천은…….”

"우리가 나니와에 팔려간 천인데…….”

그 천을 확인한 에스트와 루나는 서로 얼굴을 마주 보고는, 홀리오에게 시선을 향하며 의아하다는 표정을 지었다.

◇ ◇ ◇

"그런가요, 우리 천을 사러 굳이 쫓아오신 겁니까."

홀리오가 준비한 의자에 앉아 있는 에스트는 맞은편에 앉은 그에게 미소를 짓고 있었다.

상공에는 홀리오가 마법으로 소환한 반원형의 거대한 파라솔이 떠올라서 그들이 앉아 있는 일대로 쏟아지는 일사광선을 차단했다.

그것만이 아니라 냉각 마법도 전개했는지, 사막 한가운데임에도 파라솔 아래는 쾌적한 온도였다.

그런 홀리오를 바라보는 에스트.

'이, 이 홀리오라는 사람 굉장한데…… 햇볕만 막는다면 모를까, 사막의 열기를 식히는 마법까지 전개하면서 태연하다니……

게다가……'

에스트는 홀리오 후방으로 시선을 향했다.

그곳에는 와이번 모습에서 인간 형태로 변신한 와인의 모습이 있었다.

"하~, 시원해! 시원해!"

홀리오 뒤에서 기분 좋은 듯 기지개를 켜는 와인.

'……모래 지네를 아무렇지도 않게 처리하는 드래고뉴트까지 사역하다니…… 정말로 굉장한데, 이 사람……'

……그러자.

"역시! 이 분이 취급하시는 천은, 전부 무척 멋져요!"

그들 근처에 세워둔 에스트의 짐마차 안에서 리스의 환호성이 들렸다.

"사모님도 참, 무척 눈이 높으시네요!"

이어서 기뻐하는 루나의 목소리가 들렸다.

두 사람은 짐마차 안에 쌓여 있는 판매용 천을 두고서 대화를 나누는 중이었다.

목표로 하던 천을 눈앞에 두고서 눈을 반짝이는 리스 앞에서, 루나는 짐마차 이곳저곳만이 아니라 자신의 몸에까지 천을 걸고서 리스에게 한 장이라도 많은 천을 보여주고자 분투하고 있었다.

"이 천들은 모두 저희 서방님, 에스트가 곱씹고 또 곱씹으면서 매입한 천이거든요. 사모님께서 마음에 드신다는 것만으로 감동이에요!"

루나는 득의양양한 표정을 지으며 가슴을 폈다.

마차 밖에서 루나의 말을 듣던 에스트는 쓴웃음 지으며 마차 안을 바라봤다.

"……저, 저기 루나…… 너는 내 가게에 들이닥쳐서 점원 일을 하다가, 어느샌가 내 집에 살면서 일을 해주는 것뿐이지…… 우리는 딱히 부부인 건……."

하지만 리스를 상대로 장사 이야기와 비위를 맞추느라 필사적인 루나는, 에스트의 말 따위는 전혀 귀에 들어오지 않았다.

훌리오는 그런 에스트의 모습에 쓴웃음 지었다.

'……말은 그러면서도 리스 상대를 전부 맡기고 있으니까 신뢰하는 건 틀림없어 보이네.'

훌리오는 평소의 시원스러운 표정을 지으며 짐마차 쪽으로 시선을 향했다.

그러자 짐마차 안에서 리스가 고개를 내밀었다.

"와인, 잠깐 여기 와봐! 옷을 맞춰 보고 싶으니까."

"알았어! 마망! 바로 갈게! 갈게!"

리스의 호출에 와인은 미소로 달려갔다.

짐마차로 들어간 와인을 확인하고 훌리오는 시선을 다시 에스트에게 되돌렸다.

"저희는 잠시 좀 쉴까요?"

허리춤에 찬 마법 주머니에서 수통을 꺼내서 에스트에게 건넸다.

"어, 감사합니다."

에스트는 송구스러워하며 수통을 받아들었다.

"아내가 굉장히 마음에 드는 모양이라, 에스트 씨를 쫓아온 게 정답이었어요."

평소의 시원스러운 미소를 짓는 훌리오.

에스트는 그 말에 기쁜 듯 미소 지었다.

"그렇게 말해 주시니 다행입니다……. 여기서만 하는 이야기인데, 클라이로드 마법국의 어느 가게에 팔러 가도 반응이 그저 그렇고 전혀 팔리질 않아서……. 솔직히 스스로의 안목에 자신이 없어지려던 참이었으니까요……."

부끄러운 듯 웃으며 뒤통수를 긁적였다.

그런 에스트를 보고 훌리오는 그의 어깨를 가볍게 두드렸다.

"저도 잡화점을 꾸리고 있는데, 역시 장사는 어렵다고 생각해요. 스스로가 이건 좋다고 생각해서 매입한 게 전혀 팔리질 않거나, 그 반대 역시도 그렇고……. 하지만."

훌리오는 에스트의 얼굴을 정면으로 바라봤다.

"스스로가 마음속에 자신감을 가지고 『이건 좋다』, 그렇게 생각할 수 있는 물건은 틀림없이 누군가가 알아준다. 저는 그렇게 믿고 있어요."

'……뭐…… 이건 내가 원래 있던 세계에서 일하던 스페이드 상회 회장님의 말을 그대로 옮긴 거지만…….'

그런 생각을 하며 평소의 시원스러운 미소를 짓는 훌리오.

에스트는 훌리오의 말을 잠시 입 안으로 되새김질하며 그를 바라봤다.

'……틀림없이 누군가가 알아준다…….'

……그때,

"……저기, 서방님…… 잠깐 괜찮을까요?"

짐마차에서 얼굴을 내민 리스가 홀리오에게 머뭇머뭇 말을 건넸다.

그 뒤로는 천을 몸에 잔뜩 감고 있는 와인과 루나의 모습이 있었다.

"무슨 일이야? 리스."

일어선 홀리오는 리스 쪽으로 다가갔다.

리스는 그런 홀리오의 귓가로 입을 가져다 대더니 소곤소곤 무언가를 이야기했다.

홀리오는 리스에게 평소의 시원스러운 미소를 지으며 끄덕였다.

그리고 에스트를 돌아보는 홀리오.

"에스트 씨, 사실은 말이죠, 아내가 짐마차 안의 천을 굉장히 마음에 들어 하는 모양이라."

"그렇습니까, 그건 감사합니다."

"그래서 말이죠, 짐마차 안의 천을 모두 구입해도 될까요?"

"어어, 그야 물론…… 아니…….

영업용 미소를 짓고 있던 에스트의 표정이 굳었다.

"……예? ……저기…… 홀리오 씨…… 지금, 뭐라고…….

홀리오의 말이 무슨 뜻인지 이해할 수 없었는지 의자에 앉은 채로 굳어 있는 에스트.

그런 에스트에게 홀리오는 미소를 지었다.

"이렇게 제멋대로 군 적은 한 번도 없는 아내가, 꼭 필요하다고

하니까요. 그만큼 당신의 상품이 멋지다는 거겠죠."

"그, 그런가요! 그, 그건 고마운 이야기죠! 정말로 감사합니다!"

미소 짓는 훌리오 앞에서 에스트는 간신히 만면의 미소를 지었다.

리스 뒤에서 얼굴을 내밀고 있던 루나 역시도 양손으로 브이를 그리며 만면의 미소를 지었다.

"사모님께 잔뜩 판매한 제 덕도 있다고요. 이렇게나 성실한 아내를 가져서 행복하죠?"

"그러니까 너는 내 아내가 아니라 우리 가게 종업원이라고…….그래도 뭐, 소중한 사람인 건 틀림없지만……."

뒤쪽 절반은 점점 줄어드는 목소리로, 에스트는 뒤통수를 긁적였다.

에스트의 모습에 무심코 미소를 짓는 훌리오.

사막 한가운데서 한동안 웃음소리가 울렸다.

◇그날 밤 호우타우 훌리오 가◇

저녁식사를 마친 거실에서 미소를 짓고 있는 리스.

"서방님께서 구입해 주신 천을 사용해서 바로 옷을 만들어 봤는데, 어떤가요?"

"이 옷 굉장해! 엄청 귀여워!"

"리스 어머님, 이 옷 무척 멋져요!"

리스의 말에 미소를 지으며 신이 난 엘리나자와 리루나자.

색채가 풍부한 천을 사용한 옷을 입은 두 사람은, 새 옷을 바라보며 기쁜 미소를 지었다.

"정말, 이거 엄청 좋아, 리스 아주머님!"

두 사람 뒤에서 리슬레이도 기쁜 듯 목소리를 높였다.

"음음, 완전 귀여운 우리 리슬레이가 더욱 귀여워지지 않았나!"

"정말이네요, 다들 무척 잘 어울려요~."

리슬레이를 바라보며 슬레이프와 빌레리도 미소를 지었다.

다만 빌레리가 어딘가 지친 표정을 짓고 있던 것은 기분 탓이
아닌 듯한…….

"마망, 이거 엄청 귀여워! 귀여워!"

새로운 천으로 만든 판초를 입은 와인은 만면의 미소를 지으며
뛰어다녔다……만, 천이 들추어 올라가자 훤히 드러난 와인의 몸
에는 속옷이라곤 없었다.

그곳으로 타니아가 곧바로 달려왔다.

"와인 아가씨! 그러니까 속옷은 반드시 입어 달라고 그만큼 말
씀을 드렸는데."

"싫어―! 속옷 싫어! 싫어!"

도망치는 와인.

그 뒤를, 속옷을 손에 들고서 쫓아가는 타니아.

두 사람은 거실 안에서 술래잡기를 시작했다.

"이거, 귀여워!"

"……응, 포르미나 누나, 엄청 귀여워……."

그 자리에서 빙글빙글 회전하며 만면의 미소를 짓는 포르미나.

그런 포르미나를 고로가 옆에서 바라봤다.

그의 뺨이 붉게 물들어 있었다.

"뭔가 이거, 강해진 것 같아!"

가릴은 만면의 미소를 지으며 거실에 있는 큰 거울 앞에서 포즈를 취했다.

그 옆에서 벨라리오도 가릴을 흉내 내듯이 같은 포즈를 취하고 있었다.

"……라비츠도 무척 어울린다고 생각한다만…….."

칼시므는 리스가 만들어준 옷을 입은 라비츠의 모습을 보려고 했지만, 라비츠가 칼시므의 머리 위에서 꽉 안고 있었기에 아무리 노력해도 볼 수가 없었다.

"파―파! 좋아해."

그런 칼시므를 제쳐놓고 라비츠는 만면의 미소를 지으며 평소처럼 칼시므의 머리에 뺨을 비볐다.

"후후…… 라비츠, 무척 멋짐. 칼시므 님도 무척 멋지시고요."

그런 두 사람을 차룬이 미소로 바라봤다.

거실 안은 리스가 만든 옷을 입은 아이들의 함성으로 가득했다.

리스는 그 목소리를 들으며 기쁜 듯 미소를 지었다.

"아직 천은 잔뜩 있고, 더더욱 다양한 옷을 만들어 줄 테니까요."

그녀의 손에는 천이 들려 있고, 지금도 새 옷을 한창 만들고 있었다.

그런 손놀림을 발리로사와 벨라노, 우리미나스가 흥미 깊게 바라보고 있었다.

"역시 리스 님…… 그 실력, 너무나도 굉장해요…….""

"……." (끄덕끄덕)

"마왕군에 있던 무렵에는 요리조차 제대로 못 했을 텐데, 어느새 재봉까지 완벽해졌다냐……."

"어머, 이 정도는 다들 금방 할 수 있을 거예요. 뭣 하면 같이 해볼래요?"

"저, 정말인가요, 리스 님! 저, 저도 고로의 옷을 직접 만들어보고 싶어서……."

"……저, 저도 미니리오와 벨라리오의 옷을…….""

"나, 나는 딱히 그럴 생각은 없지만…… 하지만 뭐, 한 벌 정도라면……."

그런 일동을 팔짱을 끼고서 바라보는 고자르.

"흠…… 히야, 다말리나세. 너희도 가끔은 다른 옷을 입어보는 건 어떠냐?"

"……아뇨, 배려는 감사합니다만 저 히야, 이 의복이 마음에 드오니…….""

미소를 참으며 인사하는 히야.

"나는 사념체기도 하고, 이 의상은 암흑 대마법의 궁극에 다다라서 다말리나세의 이름을 계승한 증거이기도 하니까.”

쓴웃음 지으며 뒤통수에 손을 대는 다말리나세.

거실 안에서는 훌리오 가 모두의 즐거운 대화가 이어지고 있었다.

훌리오는 평소의 시원스러운 미소를 지으며 거실 안을 둘러봤다.

‘……저 천을 정기적으로 구입하고 싶은데, 인도르와 클라이로드 마법국은 짐마차로 편도 한 달은 걸린단 말이지. 방목장의 마마들을 이용해도 보름은 걸릴 테고……. 마도선을 쓰면 되겠지만, 한 척밖에 없는 마도선은 마왕군과 인간족 휴전의 증거로 클라이로드 성 아랫마을과 마왕산 푸링푸링 파크를 왕복 중이고…….’

이런저런 생각에 잠기는 훌리오.

툭툭.

그런 훌리오의 다리를 혼 래빗 모습의 사베어가 두드렸다.

“응? 왜 그러니, 사베어?”

훌리오는 몸을 숙여서 사베어에게 시선을 향했다.

그곳에는 리스가 만들어 준 스카프 느낌의 옷을 목에 감고서 득의양양한 표정인 사베어의 모습이 있었다.

훌리오는 그런 사베어에게 싱긋 미소 지었다.

“응, 무척 잘 어울려, 사베어.”

훌리오가 오른손 엄지를 척 세웠다.

"흐흥!"

그런 훌리오에게, 만족스럽게 울어 보이는 사베어.

이날 훌리오 가는 늦게까지 떠들썩한 목소리가 울려 퍼졌다.

◇클라이로드 성 여왕 집무실◇

클라이로드 성 안에 있는 여왕의 집무실.

밤도 으슥한 시간임에도 불구하고 여왕은 이 방에 틀어박힌 채로 서류 작업을 계속하고 있었다.

──여왕.

제멋대로의 행동을 거듭하던 국왕인 아버지를 추방하고 <u>스스로 왕</u>이 된, 사서 고생하는 사람.

정의감이 강하고 항상 국민을 위해 노력하기에 누구에게나 사랑받는다.

반면에 걱정이 많고 마음고생이 끊이질 않는 나날을 보내고 있다.

여왕은 자신에게 돌아오는 모든 서류를 구석구석까지 훑어보고, 자잘한 일에 지시를 내렸다.

그래서 연일 늦게까지 일을 소화하고 있었다.

'……최근에는 제3왕녀가 재무 관련 서류 체크를 도와주는 덕분에 조금 편해졌지만……. 아뇨, 약한 소리를 꺼낼 수는 없어요.'

고개를 가로젓고 다시금 서류 다발로 시선을 향했다.

그곳에 놓여 있던 서간 한 통을 들었다.

"이건…… 제2왕녀가 보낸 거군요……."

뒷면에 적혀 있는 '루소크' 글자를 확인한 여왕은 서간 내용을 확인했다.

──제2왕녀.

본명 루소크.

사교적인 성격을 살려서 클라이로드 마법국 주변 국가와의 외교를 담당하고 있다.

"서방의 인도르 국내에서 불온한 움직임이 있으니 유사시에 대비하기를 바란다는 건데……."

서간을 모두 읽은 여왕은 큰 한숨을 내쉬었다.

"……인도르라면 통상적인 행군으로는 편도 1개월은 걸리고, 마도사를 동원해서 전이 마법을 사용하더라도 한 번에 이동할 수 있는 거리는 아니에요……. 게다가 아직 사건이 발생한 것도 아니니까 기사단을 파견할 수도 없고요……."

여왕은 미간에 주름을 지으며 생각에 잠겼다.

마왕군과 휴전 협정이 맺어졌지만, 여전히 머리를 싸맬 일이 많은 여왕이었다.

그때, 여왕의 왼손 약지에서 무언가가 깜박이기 시작했다.

황급히 순백의 긴 장갑을 벗자 왼손 약지에 낀 반지가 드러났다.

그 순간에 여왕의 얼굴이 환하게 밝아졌다.

허둥지둥 머리카락을 손으로 빗고 매무새를 확인한 다음 반지에 박힌 마석을 건드리자, 반지 상공에 어느 인물의 상반신이 떠올랐다.

"가릴 군, 안녕하세요!"

『에리 씨, 안녕하세요! 지금 시간은 괜찮을까요?』

"예, 괜찮아요."

　그 인물――가릴의 말에 만면의 미소로 답하는 여왕.

　이 반지―― 집무로 바빠서 좀처럼 가릴과 만나지 못하는 여왕을 위해 훌리오가 만든 물건이었다.

　통신 마석이 박혀 있어서 세트인 가릴의 반지와 대화가 가능했다. 이전의 통신 마석으로는 대화만 나눌 수 있었지만 훌리오가 개량한 덕분에 상대의 얼굴을 보면서 대화를 나눌 수 있게 되었다.

　서류를 마주하고 있던 때의 험악한 표정과는 달리, 여왕은 뺨을 붉게 물들이며 만면의 미소를 지었다.

『오늘 있지, 어머니가 새 옷을 만들어 줬는데, 보여?』

"지금 입고 있는 옷인가요? 예, 무척 멋져요."

　즐겁게 말을 건네는 가릴.

　그런 가릴을 미소로 바라보는 여왕.

　여왕에게 가릴과의 대화는 집무의 활력이 되어 있었다.

◇ ◇ ◇

여왕의 집무실 문을 노크하려던 볼라리스는, 안에서 들리는 여왕의 즐거운 목소리를 깨닫고 손을 멈추었다.

——볼라리스.
여왕의 친위대장으로서 여왕의 신변 경호를 맡고 있는 여기사.
남장 미인으로, 남성보다도 여성들에게 인기가 높다.

'……이 즐거운 목소리…… 아마도 가릴 군과 대화를 나누시는 거군요…….'
연일 격무에 시달리는 여왕에게 가릴과의 대화가 활력이 되고 있다는 사실을 이해하는 볼라리스는, 말없이 문에서 떨어진 장소에 대기했다.
'……급한 안건도 아니니까, 가릴 군과의 대화가 끝난 다음이라도 괜찮겠죠…….'
그런 생각을 하는 볼라리스의 눈앞, 집무실에서는 이따금 여왕의 즐거운 웃음소리가 새어 나왔다.

◇마왕성 알현실◇
이날 마왕 독슨은 알현실에 있었다.

——마왕 독슨.
일찍이 유이가드로서 폭거를 일삼던 마왕이었지만 금발 용사와 여행을 하며 정신적으로 성장.

독슨으로 이름을 바꾼 이후, 마족을 위해 작은 일부터 꾸준히 노력하며 나날이 평가가 높아지고 있다.

"마왕님."

베란다에 서서 성문 쪽으로 시선을 향하고 있었더니, 뒤에서 후훈이 다가왔다.

——후훈.

마왕 독슨의 측근 서큐버스.

마왕 취임 전부터 독슨의 한쪽 팔로서 충성을 맹세한 완전 M.

"후훈이냐…… 무슨 일 있었나?"

"예, 사천왕 코케슈티 님이 전 마왕 대행이셨던 칼시므 님과 그의 아내 차룬 님의 첫째 아이 탄생 축하의 선물을 보내기 위해 출발했다는 연락이 왔기에, 알려드립니다."

오른손 검지로 공갈 안경을 꾹 밀어 올리며 보고하는 후훈.

독슨은 그 말에 끄덕였다.

"그런가…… 본래라면 내가 직접 가서 축하 선물을 주고 싶었지만, 최근에 예정이 엄청 많으니 말이지."

"인간족과의 휴전 협정에 납득하지 못하는 마족들을 설득하러 가셔야만 하니까요…… 마음은 잘 알고 있습니다."

마왕 독슨의 말에 끄덕이더니 후훈은 오른손 검지로 공갈 안경을 꾹 밀어 올렸다.

"하지만 그렇군……. 후훈, 봐라."

창밖으로 시선을 되돌리고 오른손 검지로 그쪽을 가리키는 마왕 독슨.

그 앞에는 성문이 있었다.

"성문 앞이 무척 떠들썩해졌네요."

"그래, 이전의 상점가에 가게를 냈던 녀석들이 모두 이쪽으로 이전했으니까 말이야."

"덕분에 성문 앞에 새로운 상점가가 생겼는데, 무척 평판이 좋은 모양입니다. 이전의 마왕성 상점가에는 수상한 상회가 불법적인 자릿세를 징수한 모양인데, 새로운 상점가를 이끌고 있는 홀리스 잡화점 마왕성 앞 지점은 자릿세를 전혀 청구하지 않고 매상의 일부를 마왕성으로 납부하도록 이야기를 해주고 있습니다. 홀리스 잡화점이 솔선해서 납부하니까 다른 마족들도 납득하고서 매상의 일부를 납부하고 있죠."

"덕분에 마왕성의 재정 사정도 무척 좋아지지 않았나?"

"예, 마왕성에서 일하는 모두에게 지체 없이 급여를 지급할 수 있는 체제가 갖추어졌습니다."

후훈의 말에 만족스럽게 끄덕이는 마왕 독슨.

그런 마왕 독슨을 후훈은 정면으로 바라봤다.

"……헌데 독슨 님, 그 건은 어떠실까요?"

"그거 말인가……."

후훈의 말을 들은 마왕 독슨은 미간에 주름을 지었다.

"유괴한 마족을 이용한 생체 실험을 진행하는 녀석들이 있다는 이야기였나……. 어떠냐, 뭔가 정보는 얻었나?"

"죄송합니다…… 현재로서는 유력한 정보가……."

"그런가…… 알았다, 조사를 계속해 다오."

마왕 독슨의 말에 살짝 놀란 표정을 짓는 후훈.

『왜 아직 아무것도 못 알아낸 거냐! 이 얼간이가!』

유이가드를 자칭하던 무렵이라면, 그리 말하며 화를 내며 후훈을 후려쳤을 터인데…….

'……방랑에서 돌아오신 뒤로 마왕 독슨 님은 정말로 변하셨어.'

마왕 독슨을 바라보며 후훈은 끄덕였다.

'……하지만…… 가끔은, 이전처럼 있는 힘껏 두들겨 맞고 싶은 기분도 있는데…….'

그런 생각을 하며 후훈은 뺨을 붉게 물들였다.

마왕 독슨의 측근 후훈.

선천적인 진성 M(마조히스트)이었다.

◇**마왕성 상점가**◇

마왕성에서 떨어진 장소에 있는 마왕성 상점가.

일찍이 마왕령 내 최대의 환락가였던 장소에 세 인물이 있었다.

"……이, 이봐…… 이건 어떻게 된 거냐?"

중앙에 서 있는 풍채 좋은 남자가 어깨를 부들부들 떨며 목소리를 짜냈다.

그 말에, 남자의 좌우에 서 있는 두 여자들은 곤혹스러운 표정을 지었다.

"……그, 그렇게 말해도캥."

"뭐가 뭔지, 전혀 모르겠다캐캥……."

각자 금색과 은색 차이나드레스를 입은 두 여자는 연신 주위를 둘러봤다.

이 일대는 마왕령 안에서 가장 큰 환락가로서, 수개월 전까지 빼곡하게 다양한 가게가 늘어서서 많은 마족들이 손님으로 오가고 있었다.

……그랬을, 텐데…….

지금 세 사람 앞에 펼쳐져 있는 것은 사람이라곤 없는 폐허로 변한 번화가였다.

"……이, 이래서는, 암상회의 수입원이……."

부들부들 입술을 떠는 남자…… 바로 이 남자야말로 암상회의 회장인 암왕이었다.

──암왕.

일찍이 클라이로드 마법국의 국왕이었던 남자.

왕위에 앉아 있던 무렵부터 뒤로 어둠의 장사를 했고, 왕좌에서 쫓겨난 뒤로는 암왕으로서 암상회의 영업을 본격화했다.

"은각 여우…… 이건 위험하지 않나캥?"

"금각 언니…… 나도 그렇게 생각해캐캥……."

두 여자는 서로 얼굴을 마주 보며 미간에 주름을 지었다.

──금각 여우.

일찍이 마왕군 서방을 다스리던, 금색을 좋아하는 마호족 언니.

암왕과 손을 잡고 암상회를 운영하며 뒷세계에서 지위를 높이려
하고 있다.

멍하니 있는 세 사람.

그런 세 사람 뒤에서 자그마한 남자가 달려왔다.

"암왕님."

"음…… 오오, 너는 이 상점가의 점포를 맡고 있던 다크 엘프
점주가 아니냐. 이 상점가의 상황은 대체 어떻게 된 거야?"

"그, 그게……."

암왕의 말에, 한쪽 무릎을 꿇은 다크 엘프 점주는 이마에 땀을
흘렸다.

"마왕성 앞에, 인간족의 가게가 생긴 걸 기억하고 계십니까?"

"음…… 그게, 호우타우인가 하는 시골에 본점을 가진 약소점
이었지?"

"그…… 그 가게가 말이지요, 자신들의 점포 주위에 상점가 점
포를 유치하기 시작하고…… 깨달았을 때에는 이미 상점가의 거
의 모든 가게가 그쪽으로 이전해 버려서……."

다크 엘프 남자는 그리 말하며 천 주머니를 건넸다.

한층 높은 장소에 서 있는, 은색 차이나드레스를 입은 요염한 여성——은각 여우는, 남자에게 받은 천 주머니 안을 확인하며 분하다는 듯 혀를 찼다.

——은각 여우.
일찍이 마왕군 서방을 다스리던 마호족 동생.
전 클라이로드 마법국왕이던 암왕과 뒤로 손을 잡고서 마왕의 자리를 노렸지만 실패했다.

"그렇다면 그 지긋지긋한 가게를 박살내면 된다캐캥."
은각 여우는 엉덩이 주위에서 여우 꼬리를 구현화시키고 손톱을 뻗었다.
"저, 저희도 그러려고 했지만, 그때마다……."
다크 엘프 점주가 거기까지 말한 참에, 그의 등 뒤에서 의문의 인물들이 출현했다.
"……그렇게 두진 않아."
검은 복장에, 얼굴에 늑대 마스크를 착용한 그들.
"네, 네놈들은 누구냐."
소리를 내지르는 암왕.
"……우리는 울프 레기온. 울프 저스티스 님의 수하로서 훌리스 잡화점과 그 동료들의 가게를 지키는 자."
각자 손에 무기를 들고 자세를 취하는 울프 레기온.
그 일동을 가리키며 몸을 떠는 다크 엘프 점주.

"이, 이 녀석들입니다! 항상 이 녀석들이 방해를……."

"울프 저스티스의 수하라니…… 버거운 상대다캥……."

"이, 이건, 불리하다캥……."

이마에 땀을 흘리며 뒷걸음질 치는 금각 여우와 은각 여우.

"이, 이건 이제……."

"도망치는 게 이기는 거다개캥!"

그렇게 말하기가 무섭게, 금각 여우와 은각 여우는 마호로 모습을 바꾸었다.

금각 여우가 암왕을, 은각 여우가 다크 엘프 점주를 물고 전속력으로 달려갔다.

"……놓치지 않겠다!"

그 뒤를 울프 레기온들이 쫓아갔다.

울프 레기온…….

그 정체는 전직 마왕군으로서 우리미나스 직속 부하였던 첩보 기관 『고요한 귀』에 소속되어 있던 마인족(魔忍族)들로서, 그레아니르를 중심으로 구성되어 있었다.

──그레아니르.

전직 마왕군 우리미나스 휘하의 첩보 기관 『고요한 귀』의 일원이었던 마인족.

우리미나스가 마왕군을 그만둘 때에게 함께 마왕군을 그만두고, 이후로는 훌리스 잡화점의 배달원으로 일하고 있다.

"……암왕과 마호 자매, 오늘이야말로 놓치지 않겠다!"

입술을 깨물며 그레아니르는 전속력으로 질주했다.

그 앞에서 마호 자매는 필사적으로 달렸다.

금각 여우에게 물려 있는 암왕은 분하다는 듯 혀를 차며 울프 레기온들을 바라봤다.

"젠장…… 이래서는 마왕성 상점가는 포기할 수밖에 없나…… 이렇게 되었다면 다른 나라에서 돈을 벌 수밖에 없나……."

도망치는 암왕 일행.

쫓는 울프 레기온 일행.

그들의 술래잡기는, 마왕성 상점가를 벗어나 숲속으로 이어졌다.

◇호우타우 훌리오 공방◇

호우타우 교외에 있는 훌리오 가.

그 뒤뜰에는 목조 3층으로 증축된 공방이 있었다.

이곳에서 훌리오는 히야, 다말리나세와 함께 훌리스 잡화점에서 판매하기 위한 마법 도구 따위를 만들고 있었다.

그런 공방의 2층, 한 방. 그곳에 훌리오가 있었다.

"이게 이번에 만든 가루약이에요."

"확실하게 받았습니다."

신계의 사도인 조피나는, 훌리오에게 받은 종이봉투를 손에 들고는 공손하게 인사했다.

그런 조피나에게 훌리오는 미안하다는 듯 머리를 숙였다.

"저야말로, 매번 조금밖에 준비하지 못해서 죄송해요."

"무, 무슨 말씀이십니까?! 재앙 마수 사체를 이 가루약으로 조합하는 건 신계의 신족 여러분조차 어려운 일입니다. 그것을 정기적으로 만들 수 있는 훌리오 경 덕분에, 신족 여신께서 얼마나 기뻐하시는데……."

"예? 여신?"

훌리오는 조피나의 말에 깜짝 놀란 표정을 지었다.

"확실히 그 약은 신족 여러분께서 사용 가능한 드문 약이라고 들었는데, 여신 한정으로 사용되는 건가요?"

"어, 아뇨, 말을 잘못했습니다. 여신만이 아니라 다른 신들께서
도 기뻐하십니다, 예."

조피나는 태연을 가장하며 말을 꾸며냈다.

훌리오가 만든 가루약은 클라이로드 세계의 인간족이나 마족,
아인에게 사용하면 맹렬한 치유 효과를 가져다주는 것만이 아니
라, 신계의 신족에게도 같은 효과를 가져다준다.

게다가 그 효과 가운데는 피부 조직을 다시 젊게 만들어서 외
모를 상당히 젊게 만드는 것이 있다는 사실까지 확인되어서, 그
부분에 주목한 신계의 여신들이 모두 이 가루약을 원했다.

『그 가루약을 나누어 줘!』

『다음은 언제 입수할 수 있어?』

그 결과, 여신들이 조피나에게 연일 밀려오는 실정이다.

훌리오는 그 대가로 가루약 대금을 받는 것만이 아니라, 본래
신족만이 들어갈 수 있는 신계의 하부 세계인 도고로구마에 자유
롭게 드나드는 것이 허락되었고 그곳에서 자유롭게 사냥할 권리
도 주어진 것이었다.

'……안 되지, 안 돼…… 여신 분들께서 자신의 미를 위하여 가
루약을 찾아서 나를 이 세계로 보냈다는 사실을 들켰다가는, 훌
리오 경이 어이없어하지 않겠나…….'

"그, 그럼, 저는 이만 실례하겠습니다…… 그럼, 다음은 또 열
흘 뒤에……."

"알겠습니다. 조금이라도 많이 만들 수 있도록 노력할게요."

훌리오의 말을 들은 조피나는 왼손에 구현화한 커다란 낫을 한 번 휘둘렀다.

그러자 조피나의 눈앞 공간이 찢어지고 커다란 균열이 출현했다.

조피나는 훌리오에게 다시 인사를 하고는 그 균열 안으로 모습을 감추었다.

조피나의 모습이 사라지는 것과 동시에 균열도 사라졌다.

그런 두 사람의 대화를 방 입구 근처에서 보고 있던 히야는 미소를 지었다.

"조피나 경은 아직 들키지 않았다고 생각하는 거겠죠…… 저약을 신들이 어떻게 사용하는지를……."

"그야 어쩔 수 없다고 생각해…… 내 가루약을 노리고 여신님들이 인간족으로 변해서 훌리스 잡화점에 오고 있을 줄은 꿈에도 모를 테니까."

훌리오의 말대로…….

조피나의 가루약을 도저히 기다릴 수가 없었던 신계의 여신들은 자신의 사도나 사역마를 이용, 때로는 직접 나와서 가루약의 출처를 계속 조사하고 있었다.

조피나도 그 움직임은 탐지하였기에 훌리오 곁으로 여신들이 밀려들지 않도록 충분히 배려하고 있었지만…….

홍차를 가져온 타니아는 훌리오와 히야의 대화를 들었는지 작게 한숨을 내쉬었다.

"최근에 홀리스 잡화점의 가루약 구입 희망자의 행렬에 인간족으로 변화한 여신의 사도나 사역마가 늘어나고 있으니…… 이것 참, 곤란한 일이네요."

"……신계의 여신도 여자라는 거겠죠. 인간족 여자와 마찬가지로 항상 아름답고자 하는 것이겠군요."

타니아에게 받은 홍차를 입에 머금으며 쓴웃음 짓는 히야.

그런 히야의 말에 홀리오도 쓴웃음을 지었다.

"하지만 뭐, 제대로 규칙을 지켜주는 만큼 눈을 감아줘야 한다고 생각하지만……."

홍차를 입에 머금더니 평소의 시원스러운 미소를 지었다.

"그보다도 가루약 원료인 재앙 마수를 좀 더 사냥해야겠네. 그것 말고도 사용하고 싶은 건이 생겼으니까."

"가루약만이 아니라, 말입니까?"

홀리오의 말에 고개를 갸웃거리는 타니아.

"응, 그래. 사실은 말이지…… 아."

무언가 기척을 느꼈는지 홀리오는 이야기 도중에 창밖으로 시선을 향했다.

그곳에는 한 여성의 모습이 있었다.

등에 날개를 퍼덕이며 공중에 떠 있는 그 여성.

"……또 텔비레스 씨, 인가……."

홀리오는 그 여성의 얼굴을 보며 쓴웃음 지었다.

창밖으로 시선을 향한 히야 역시도 불쾌하게 입가를 일그러뜨렸다.

"신계의 여신이면서 지고하신 주인님께 수고를 끼치다니……."

"조금 분수를 깨닫게 만들어 줄까요."

손에 커다란 낫을 구현화한 타니아는 오드 아이 눈동자를 빛내며 등에 천사의 날개를 구현화했다.

그 모습을 깨달았는지, 그 여성── 텔비레스는 황급히 고개를 가로저었다.

"아, 아니라고요?! 오늘은, 가루약을 우선적으로 판매해 달라고 교섭하러 온 게 아니에요. 다른 부탁이 있어서 왔으니까요."

그 말대로…….

여신 텔비레스는 신계에서 홀리오의 가루약을 사용하고는 효능에 반해서, 조피나의 행선지를 마구 추적했다.

그 결과 홀리오의 존재를 밝혀내고 빈번하게 홀리오 곁을 방문해서는, 가루약을 우선적으로 판매해 달라고 계속 애원했던 것이다.

『신계에서 배포하는 가루약은 전부 조피나에게 판매하고, 조피나가 신계에 배포한다.』

다만 홀리오는 조피나와 그런 약속을 나누었기에 이 제안을 계속 거절했다.

◇ ◇ ◇

"……그, 그렇죠, 예의 가루약에 대해서는 나중에 다시 교섭을 진행하기로 하고…… 오늘 방문한 본론 말인데요……."

홀리오의 방으로 들어온 텔비레스는, 팔짱을 낀 상태로 홀리오에게 시선을 향했다.

'……역시 가루약을 포기한 건 아닌가…….'

그 말에 쓴웃음 짓는 홀리오.

"……그러네요, 가루약에 대해서는 몇 번이나 설명을 드렸다시피 검토의 여지는 없지만…… 그 대신은 아니더라도, 그 부탁이라는 걸 들어보죠."

작게 헛기침을 하더니 홀리오는 다시금 텔비레스에게 시선을 향했다.

그런 홀리오 앞에서 텔비레스는 살짝 머뭇거리면서도 이야기를 시작했다.

"저기…… 시, 실은 말이죠, 제가 다스리는…… 그게 아니라, 제가 아는 여신이 다스리는 세계에서 말이죠, 이형의 신수가 출현해서 날뛰고 있다는 모양이에요."

"신수라고요? 그렇다면 그 세계의 여신이 포박해서 말살하거나 도고로구마로 보내면 되는 게 아닙니까?"

텔비레스 뒤에 우뚝 서 있는 타니아가 손에 커다란 낫을 든 채, 어이없다는 말투로 말했다.

"본래라면 그렇지만…… 그게 말이죠, 성가시게도 이 신수가 마력이 엄청 강력한 것만이 아니라 힘도 굉장하니까 토벌 계열의 능력이 부족한 저로서는…… 아니, 제가 아는 여신도 어떻게 할 수가 없는 모양이라서요……. 이대로는 그 여신이 통치하는 세계가 전멸할 상황이에요…… 그래서 말이죠, 재앙 마수를 아무렇지도 않게 토벌 가능할 정도의 마력을 가진 당신에게, 그 신수 퇴치를 부탁드리고 싶어서요…….”

텔비레스는 한 번 헛기침을 하더니, 곁눈질로 훌리오의 분위기를 살폈다.

“제가 아는 여신도 무척 곤란해 하고 있어서 지금 당장에라도 그 세계로 가주셨으면 하는데, 어떠실까요?”

텔비레스의 말을 들은 훌리오는 히야와 타니아와 교대로 얼굴을 마주 봤다.

“어떻게 생각해? 둘 다…….”

“……그렇군요, 신수라면 재앙 마수보다도 고위의 해수라고 문헌으로 읽은 적이 있습니다만, 저 히야도 실제로 조우한 적은 전무합니다…….”

곤혹스러운 표정으로 히야는 고개를 갸웃거렸다.

“그렇지만 훌리오 님이시라면 퇴치에 문제 없지 않을까요…….무엇보다도 가루약의 원료로도 사용할 수 있을 겁니다.”

히야 옆에서 타니아도 끄덕였다.

두 사람의 말을 확인하고서 훌리오는 잠시 생각에 잠겼다…….

◇그날 밤 훌리오 가 거실◇

“……그렇게 되어서…… 어느 세계에서 날뛰고 있다는 신수를 퇴치할까 하는데…….”

저녁식사 후의 거실에서, 훌리오는 오늘 낮에 텔비레스에게 의뢰받은 내용을 모두에게 이야기했다.

홀리오는, 텔비레스에게 대답을 하루만 기다려 달라고 했다.

그동안에 홀리오 가 모두에게 이야기를 한 것이었다.

"신수와 실제로 대치한 적이 있는 타니아의 말에 따르면, 나라면 공략은 어렵지 않다는데, 그래도 처음 상대하는 거니까 누군가 동행을 해준다면……."

"서방님! 저 리스는 당연히 동행할게요!"

홀리오의 말이 미처 끝나기도 전에, 홀리오 옆에 앉아 있던 리스가 굉장한 기세로 일어서며 오른손을 들었다.

어떤 의미로 예상 그대로의 반응이지만 홀리오는 곤혹스럽다는 표정을 지었다.

"리스의 마음은 무척 기쁘지만……. 개인적으로는 리스를 위험한 곳으로 데려가고 싶지 않다고 할까, 리루나자가 태어난 지도 얼마 안 되었고……."

"무슨 말씀이신가요, 서방님! 저는 서방님과 평생을 함께하기로 맹세했어요! 어떠한 곳이라도 함께할게요! 물론 리루나자도 제대로 돌보면서요!"

홀리오를 향해 몸을 내미는 리스.

"그러네. 뭐, 하루면 끝날 거라 생각하니까 괜찮으려나……. 하지만 절대로 무리하진 않겠다고 약속해 줘……."

홀리오는 리스의 어깨에 살며시 손을 얹었다.

"맡겨 주세요, 서방님! 저 리스, 반드시 도움이 될 테니까요!"

홀리오의 손에 자신의 손을 겹치며 만면의 미소를 짓는 리스.

"나도 같이 가고 싶지만, 그날은 수업이 있으니까……."

"그러네…… 파파랑 정말정말 같이 가고 싶지만…… 아무리 그 래도 학교를 쉬면서 갈 수는 없고."

가릴과 엘리나자는 서로 얼굴을 마주 보며 한숨을 내쉬었다.

홀리오 맞은편에 앉아 있는 고자르가 헛기침을 했다.

"음, 그런 재미있어 보이는 일이라면 당연히 내가 가야겠지."

팔짱을 끼며 핫핫핫 호쾌한 웃음을 터뜨리는 고자르.

하지만 그의 머리 위에서는 고로가 고자르의 뿔을 붙잡은 상채 로 잠들어 있었기에, 어딘가 편안한 분위기가 주위에 감돌았다.

그러자 일동에게 차를 모두 나누어 준 타니아가 오른손을 들 었다.

"외람되오나, 불초 저 타니아도 여러분의 시중 겸 첨병 역할로 부디 동행하고자 하온데……."

"와인도! 와인도 같이 갈래! 갈래!"

타니아 옆에 선 와인도 팔짝 뛰며 양손을 들었다.

"좋아, 나도 아직 팔팔하다는 걸 보여줄까!"

전직 마왕군 사천왕 중 하나였던 슬레이프도 호쾌하게 웃으며 일어섰다.

……하지만.

"파파는 안 된다니까! 요전에도 허리가 아프다고 그랬잖아!"

슬레이프의 팔을 황급히 잡아당기는 리슬레이.

"음? 걱정할 건 없다고, 리슬레이. 그날은 낮부터 빌레리랑 침대에서……."

"스, 슬레이프 님~?! 그, 그 이상은 안 돼요~."

슬레이프의 입을 양손으로 막으며 얼굴이 새빨개진 빌레리.

"저, 정말이지…… 진짜 사이가 좋다니까."

그런 두 사람의 모습에서 무언가를 헤아린 리슬레이는 귀까지 새빨개져서는 고개를 홱 돌렸다.

"음, 홀리오 님께는 평소부터 차룬과 라비츠와 함께 신세를 지고 있으니, 어디, 나도 도움이 되어 드릴까."

뼈로 된 팔로 알통이라도 만드는 것 같은 포즈를 취하는 칼시므.

그의 머리 위에서는 칼시므보다도 커다란 라비츠가 그를 끌어 안은 채로 잠들어 있어서, 고자르 때와 마찬가지로 편안한 분위기가 주위에 감돌았다.

"……이세계에 사는 미지의 신수라면, 저 히야도 견학을 위해 모쪼록 동행하고 싶습니다만……."

"히야 님이 간다면 나도 같이 가야겠어요."

히야와 다말리나세도 함께 손을 들었다.

그 후로도.

"고자르 경이 간다면 저도 부디." (발리로사)

"그럼 나도 가겠다냐. 어, 어디까지나 어쩔 수 없이 말이다냐." (우리미나스)

"노, 농사일로 단련한 마력으로 도움이 되겠습니다!" (블로섬)

"……바, 방어 마법이라면……." (벨라노)

『흐흥! 흐흥!』 (사베어)

이미 침실로 간 포르미나와 리루나자를 제외한 훌리오 가의 거의 모두가 동행을 청했다.

그런 일동을 훌리오는 평소의 시원스러운 미소를 지으며 둘러봤다.

"다들 정말로 고마워. 다만 이세계로 이동하려면 인원수 제한이 있다니까 나랑 리스를 포함해서 여섯 명까지만 갈 수 있대……그러니까……."

그러더니 훌리오는 오른손을 한 번 휘둘렀다.

그러자 훌리오가 움켜쥐고 있는 오른손 안에 인원수만큼의 끈이 출현했다.

"공평하게 제비뽑기로 할게요. 이 끈 앞쪽에 빨간 표시가 있는 사람이 당첨이라는 걸로…… 아, 먼저 말해 두겠는데, 마법으로 당첨 제비를 알아보려는 사람은 실격이라는 걸로."

"으, 음…… 그, 그건 당연하겠군, 응."

훌리오의 말에 당황한 말투로 말하는 고자르.

그 모습에 주위의 일동은 쓴웃음을 금할 수가 없었다.

그리고 엄정한 제비뽑기의 결과…….

고자르.

타니아.

히야.

다말리나세.

이상의 네 명에 훌리오와 리스를 더해서 도합 여섯 명으로 토벌을 가게 되었다.

"내일 텔비레스 씨한테 답변을 하고, 그대로 토벌하러 갈 생각이에요. 정리가 되면 바로 돌아올 테니까 아마도 저녁때까지는 돌아올 수 있지 않을까. 아이들은 학교에서 열심히 공부하고, 우리니마스랑 발리로사, 다른 사람들은 훌리스 잡화점을 잘 부탁해. 집안일은 빌레리를 중심으로 부탁할게."

"그래! 마왕족의 힘, 제대로 보여주지."

"저 타니아가 훌리오 님께서 수고하실 것 없이 만사를 정리하겠습니다."

"맡겨 주십시오, 지고하신 주인님."

"오랜만에 날뛰어 볼까요."

훌리오의 말에 각자 대답을 했다.

그런 일동을 평소의 시원스러운 미소를 지으며 바라보는 훌리오.

그의 팔에 리스가 살며시 안겨들었다.

"서방님, 저도 열심히 할게요."

"응. 고마워, 리스. 하지만 모쪼록 무리는 하지 마."

대화를 나누며 서로를 바라보는 두 사람.

◇다음 날 아침 훌리오 가 훌리오 공방 앞◇

아이들을 학교에 보낸 뒤, 신수 토벌을 가게 된 여섯 명은 훌리오 공방 앞으로 모였다.

얼마 후, 그 자리에 큰 지팡이를 든 텔비레스가 모습을 드러냈다.

전이 마법으로 출현했는지 순식간에 나타난 텔비레스.

그런 텔비레스에게 평소의 시원스러운 미소를 지으며 훌리오는 다가갔다.

"텔비레스 씨. 어제 이야기 말인데요, 받아들일게요."

"가, 감사합니다! 정말 감사합니다!"

훌리오의 말에 얼굴이 환해지더니 몇 번이고 머리를 숙이는 텔비레스.

훌리오는 그런 텔비레스에게 질문했다.

"그래서 말이죠, 출발하기 전에 상대가 어떤 신수인지 알 수 있는 범위에서 가르쳐 주시겠어요?"

그러자 텔비레스는 곤혹스럽다는 표정을 지었다.

"그게 말이죠…… 잘 알 수가 없어서요…….."

"예?"

텔비레스의 말에 깜짝 놀라는 훌리오.

"그렇게 말하는 게 말이죠…… 이 신수가 말인데…… 마력이 강력한 것만이 아니라 일단 빠른 녀석이라, 좀처럼 모습을 확인할 수가 없어서 저도…… 아니, 제가 아는 여신도 무척 곤란한 참이라서…….”

도중에 황급히 말을 바꾸면서도 텔비레스는 계속 곤혹스럽다는 표정이었다.

“흠…… 알 수 없는 건 어쩔 수 없지. 그렇다면 현지로 가서 직접 우리 손으로 조사해 보면 되겠지.”

팔짱을 끼고서 그 이야기를 듣던 고자르는 그리 말하며 끄덕였다.

마왕 시절부터 항상 적의 정보를 조사하고 첩보 부대를 풀로 활동시켜서 최적의 판단을 내리던 고자르인 만큼, 『가서 박살 내면 그만이다』라고 말하지는 않았다.

“그러네요. 현재는 그것밖에 방법이 없을 것 같으니까…….”

고자르의 말에 훌리오는 끄덕였다.

그 결정에 동의하듯 다른 멤버들도 머리를 숙였다.

“그, 그럼, 현지로 전이 문을 열게요.”

일동의 모습에 텔비레스는 안도한 표정을 짓더니, 수중의 지팡이를 들고 영창을 시작했다.

그러자 텔비레스의 발밑에 마법진이 전개되기 시작하고 그 안에서 전이 문이 출현했다.

“……기다리셨죠, 이 전이 문 너머가 신수가 날뛰고 있는 세계예요.”

그러면서 여신이 문을 열자…… 문 너머의 세계는 하늘이 붉은 구름으로 뒤덮이고, 숲 여기저기서 연기나 불꽃이 계속 올라오고 있었다.

"……아무래도 서둘러야 할 것 같네요."

그러더니 홀리오는 가장 먼저 문을 지나갔다.

그 뒤로 리스, 고자르, 히야, 다말리나세, 타니아 순서로 따라 갔다.

"홀리오 님과 동료 여러분…… 부디 리레이나 세계를 구해 주세요."

텔비레스는 그들의 뒷모습을 배웅하며, 가슴 앞으로 양손을 맞잡고 기도를 올렸다.

그녀의 눈앞에서 천천히 문이 닫혔다.

"홀리오 님과 여러분을 클라이로드 세계로 귀환시키기 위한 전이 문을 열기 위해서, 저는 동행할 수 없지만 여러분의 행동은 마법 거울로 상시 확인하고 있을게요. 무슨 일이 있다면 여러분 바로 근처에 전이 문을 출현시킬 테니까……."

거기까지 말한 참에 전이 문이 닫히고 동시에 홀리오 일행 앞에서 사라졌다.

◇???◇

"여기가 클라이로드 세계하고도, 도고로구마하고도 다른 세계인가……."

홀리오가 주위를 둘러보자 자신의 전이 마법 윈도가 표시되어 내용을 체크하기 시작했다.

윈도 안에는 홀리오가 평소부터 익숙하게 다니던 클라이로드 세계 안 각지의 이름이 죽 나열되어 있었다.

'……이건, 전이 장소 검색 조건이 『장소』로 되어 있어서 그렇구나……. 으음, 그러니까 이걸 『세계』 단위로 변경하면…….'

『클라이로드』

『도고로구마』

『리레이나』

훌리오가 머릿속으로 지시하자 윈도 안의 표시가 단숨에 줄어들고, 이상의 세 단어가 표시되었다.

'……클라이로드는 내가 있는 세계고, 도고로구마는 신계의 하부 세계니까…… 즉, 이 세계는 『리레이나 세계』라는 건가…….'

그렇게 생각한 훌리오는 표시된 『리레이나』라는 단어에 의식을 집중했다.

클라이로드 세계나 도고로구마라면 이 방법으로 갈 수 있는 장소가 일제히 표시되지만, 리레이나는 그 이상 표시되는 것은 없었다.

"그도 그런가…… 내 전이 마법은 가본 적이 있는 장소로 이동할 수 있는 마법이니까, 처음 온 이 세계에 간 적이 있는 장소가 있을 리 없구나……."

납득한 듯 끄덕이더니 이어서 훌리오는 오른손을 앞으로 내밀어 영창을 시작했다.

그러자 훌리오의 발밑에 마법진이 전개되기 시작했다.

'……할 수 있을지는 모르겠지만, 조금 시험해 보자.'

영창을 계속하는 훌리오.

그의 눈앞에 출현한 마법진 안에서 전이 문이 출현했다.

그 문을 여는 훌리오.

◇클라이로드 세계 호우타우 훌리오 공방 앞◇

훌리오 일행을 막 배웅한 텔비레스는 곤혹스러웠다.

조금 전 훌리오 일행을, 전이 문을 통해 리레이나 세계로 보낸 텔비레스.

이미 전이 문은 소멸했지만…… 텔비레스의 눈앞에 갑자기 새로운 전이 문이 출현한 것이었다.

"이, 이건 세계 내 전이가 아냐…… 이세계 전이의 전이 문…….."

깜짝 놀라서 그 전이 문을 바라보는 텔비레스.

'……서, 설마…… 내가 관리하는 리레이나 세계가 신수 탓에 멸망 직전이라는 걸 신계의 세계 통치관에게 들켜서, 나를 붙잡으러 신계의 여신들이……. 아, 아니야, 결코 리레이나 세계의 통치를 소홀히 한 건 아니라고……. 자, 잠깐 남자친구랑 바캉스를 간 사이에, 어디선지 흉포한 신수가 섞여 들어서…… 그 탓에 이런 일이 되어 버린 거야……. 새삼스럽게 신계의 위병에게 사태 수습을 부탁할 수도 없으니까……. 그보다도 그런 부탁을 했다가는 나, 파면당하잖아……. 그, 그러니까 신계의 도고로구마 입장 허가를 받았다는 인간족에게 사태 수습을 부탁했는데…… 그, 그건 그렇고 아무리 그래도 너무 빠르잖아…….'

텔비레스는 도저히 여신으로 여겨지지 않을 법한 사고를 전개하며 이마에 식은땀을 줄줄 흘리고 부들부들 계속 떨었다.

그런 텔비레스의 눈앞에서 전이 문이 열렸다.

"히, 히익?! 죄, 죄송해요!"

황급히 그 자리에 넙죽 엎드리는 텔비레스.

그런 텔비레스 앞, 열린 문 너머에 홀리오가 서 있었다.

"저, 저기 이건 이유가…… 아니…… 허…… 어? 어어?!"

눈앞의 상황을 파악할 수가 없어서 뒤집어진 목소리를 높이는 텔비레스.

"아, 조금 전에는 실례를…… 조금 실험을 해봤을 뿐이라…….."

홀리오는 엎드린 자세 그대로 멍하니 있는 텔비레스에게 가볍게 머리를 숙이더니 다시금 전이 문 밖을 확인했다.

"……응, 아무래도 클라이로드 세계와 무사히 연결된 모양이네요. 이걸로 귀환할 때에는 텔비레스 씨한테 수고를 끼칠 일은 없을 것 같아요."

홀리오는 만족스럽게 끄덕이더니 전이 문을 닫았다.

──홀리오는 태어난 고향인 파르마 세계에서 클라이로드 세계로 용사 후보로서 소환되었을 당시 신의 계시에 따라 Lv2부터 모든 능력이 ∞(표시 상한 돌파)로 상승하고, 클라이로드 세계의 모든 마법, 모든 스킬을 최상급 상태로 마스터했다.

그래서 홀리오가 가진 전이 마법 역시도 파격적인 성능이 되었다.

통상적인 전이 마법은 같은 세계 안이라면 한 번 방문한 장소라면 몇 번이든 전이할 수 있지만, 홀리오가 소유한 전이 마법은 한 번 방문한 장소가 설령 다른 세계일지라도 전이가 가능한 것이었다.

다만 이것은 마법 습득 후에 방문한 장소에 한정되기에, 홀리오가 태어난 고향인 파르마 세계로의 전이는 현 시점에서는 불가능했다.

다만 홀리오 본인은 자신이 사용하는 마법이 그런 규격 밖의 것이라고는 전혀 생각하지 않지만…….

사라진 전이 문을 바라보며 텔비레스는 부들부들 떨었다.

"……자, 잠깐만…… 뭐, 뭐야? 전이 문을 만들어 낼 수 있는 인간족? 그, 그런 게 존재하다니, 들어본 적도 없다고?!"

조금 전 전이 문이 출현한 곳에서 엎드려 지면을 찰딱찰딱 두드리며 메마른 웃음을 계속 흘리는 텔비레스.

"뭐, 뭔가의 트릭이겠지…… 그래, 틀림없이 그럴 거야…… 이, 이 부근에 틀림없이 뭔가 장치가……."

텔비레스는 곤혹스러워하며 지면을 계속 두드렸다.

◇ ◇ ◇

"……저 여자는 뭐야…… 저런 곳에서 땅바닥을 두드리다니, 뭘 하는 거지?"

"응~, 잘 모르겠어, 모르겠어."

텔비레스의 모습을, 밭에서 채소를 나르던 블로섬과 그것을 돕던 와인이 고개를 갸웃거리며 바라봤다.

그런 두 사람의 시선 앞, 텔비레스는 그저 지면을 계속 두드렸다.

◇리레이나 세계◇

"무슨 일이지, 홀리오 경?"

주위를 탐색하던 고자르가 홀리오에게 말을 건넸다.

"예, 귀갓길 확보라고 할까, 전이 문을 클라이로드 세계로 연결할 수 있을지 시험해 봤거든요."

"흠? 이 세계에서 직접 클라이로드 세계로 돌아갈 수 있나?"

"예, 지금 시험해 봤는데 잘 되는 것 같아요."

평소의 시원스러운 미소를 짓는 홀리오.

그런 홀리오를 보고 고자르는 쓴웃음 지었다.

"……정말이지, 홀리오 경에게 걸리면 이세계 전이도 식은 죽 먹기라는 건가."

"아뇨아뇨, 제 전이 마법 따위는……."

그런 대화를 나누는 두 사람 곁으로 리스가 달려왔다.

"서방님…… 말씀 도중에 죄송한데요……."

긴장한 표정으로 홀리오에게 말을 건네는 리스.

세 사람의 눈앞에 펼쳐져 있는 숲을 응시하며 리스는 홀리오에게 방패가 될 위치에 섰다.

언제라도 아랑으로 변신할 수 있도록 하려는 것인지, 손을 땅에 대고 꼬리와 엄니를 구현화시켜 목표에 달려들 태세를 취하고 있었다.

그런 리스의 오른쪽에 히야가 섰다.

"……오는군요."

왼쪽에 다말리나세가 모습을 드러냈다.

"……그런 것 같네요."

고자르도 팔짱을 낀 채로 숲을 바라봤다.

"……음, 정보가 부족한 것은 바라는 바가 아니지만…… 어쩔 수 없지."

그런 홀리오 일동 앞에, 숲을 가르며 거대한 생물 하나가 뛰쳐나왔……는데…….

"후, 후에에에에에에에에에에에에에에에에에에에에에에에에에에에에에에에에에에에에."

한심한 울음소리가 주위에 울려 퍼졌다.

"""어?"""

예상 밖의 전개에 어안이 벙벙한 홀리오 일행.

"제, 제, 제, 제발 살려 주세요~."

숲속에서 출현한, 그 거대한 생물은 홀리오 뒤로 이동하더니, 거구를 필사적으로 말고서 부들부들 떨고 있었다.

그 외형은 암컷 오리를 연상시켰지만…… 전신이 5미터는 아득히 넘을 그 생물은 그저 몸을 움츠리며 계속 떨었다.

홀리오는 그 생물의 스테이터스를 확인하고자 윈도를 전개했다.

그러자 윈도에는 『신수 덴지아나 덕』이라고 표시되었다.

훌리오의 윈도를 좌우에서 들여다보던 다른 이들이 눈을 동그랗게 떴다.

""""시, 신수?!""""

한동안 윈도의 글자에 못이 박힌 일동.

이윽고 훌리오는 시선을 뒤로 향했다.

"저기…… 넌 정말로 신수야?"

훌리오가 묻자 그 거대한 생물은 떨면서 끄덕였다.

"시, 시, 시, 신수 덴지아나 덕이라고 해요…….."

훌리오 뒤에서 그저 잔뜩 겁먹은 거대한 생물——신수 덴지아나 덕.

"뭐냐…… 이 세계를 엉망진창으로 만들었다는 것치고는, 꽤나 패기가 없지 않나."

덴지아나 덕의 모습에 고자르는 팔짱을 끼며 고개를 갸웃거렸다.

그러자 덴지아나 덕은 고개를 번쩍 들더니,

"무, 무, 무, 무슨 농담도 아니고. 난 그런 짓 안 해! 나랑 동료 신수를 붙잡으려는 무서~운 사람들이, 이상한 마법이나 묘한 무기를 사용해 대니까, 그 탓에 이 세계가 잔뜩 박살 난 거야."

덴지아나 덕은 눈에서 커다란 눈물을 흘리며 절규했다.

그 말에 훌리오 일행은 다들 동시에 고개를 갸웃거렸다.

"……이상하네…… 여신님한테 들은 이야기랑 엄청 다르다고 할까…….."

훌리오가 그렇게 중얼거렸을 때였다.

파직파직파직!

일동의 머리 위에서 갑자기 강력한 전격 마법이 전개되었다.

"꺄아아아아아아아아아아아아아아아, 또 저 녀석들이 왔어?!"

덴지아나 덕은 그러더니 날개로 얼굴을 가렸다.

자세히 보니 덴지아나 덕의 날개 여기저기에 검게 탄 흔적이 있었다.

'······아무래도 여기로 올 때까지 저 공격에 꽤나 당한 모양이네.'

홀리오는 마음속으로 덴지아나 덕을 동정했다.

"흠······ 확실히 이건 무척 강력한 마법이로군······ 이런 걸 남 발한다면 어떤 거대한 숲이라도 모조리 타버리는 데 그다지 시간이 걸리진 않겠어."

"고자르도 참, 느긋하게 분석하지만 말고 어떻게든 해! 이대로는 서방님께 마법이······."

하늘을 올려다보는 고자르.

리스는 그의 가슴팍을 양손을 때렸다.

"사모님, 맡겨 주십시오. 지금은 저 타니아가······."

손에 커다란 낫을 든 타니아가 자세를 취했다.

그런 일동을 향해 평소의 시원스러운 미소를 짓는 홀리오.

"어, 괜찮아."

그러더니 하늘을 향해 오른손을 뻗었다.

타탁.

메마른 소리가 공중에서 울렸다.

동시에 전격 마법이 공중에서 산산이 부서지며 사라졌다.

그 광경에 눈을 동그랗게 뜨는 리스.

"서, 서방님…… 괴, 굉장해요…….."

"자기 남편을 신용하지 못하느냐. 훌리오 경이라면 이 정도 마법 따윈 아무것도 아니라고."

감격의 눈물을 흘리는 리스 옆에서 드높이 웃는 고자르.

"잠깐…… 신급 전격 마법을 무효화하다니…… 그런 귀찮은 게 있다고는 못 들었다칫치."

숲속에서 온몸을 검은 망토로 감싼 여성이 모습을 드러냈다.

그 여자의 모습을 확인한 덴지아나 덕은, 한 번 펄쩍 뛰더니 훌리오 뒤에서 거대한 몸을 더욱 작게 움츠렸다.

"히이이이이이이이이이이이이이이이이이이이이익! 저, 저, 저, 저 녀석이에요! 저 녀석이 이상한 마법을 마구 써대서, 이 부근을 엉망진창으로 만든 거예요."

덴지아나 덕은 그 여자를 날개로 가리켰다.

"무슨 소리야, 네가 얌전히 나한테 붙잡히지 않은 게 잘못이다칫치. 모처럼 좋은 곳에 팔아 주겠다고 하잖아칫치."

그 말에 검은 망토 여자는 혐오하는 표정을 짓더니, 망토를 벗어던졌다.

드러난 왼손에는 거대한 마법 목줄이 들려 있었다.

그것은 덴지아나 덕을 붙잡기 위한 도구가 틀림없었다.

"자, 얌전히, 이 레스트리칫치 님한테 붙잡혀라칫치."

덴지아나 덕을 향해 다가오는 검은 망토 여자――레스트리칫치.

"그러니까 관계없는 너희는 냉큼 어디로든 가버려라칫치."

레스트리칫치는 오른손으로 쫓아내는 동작을 취했다.

그러자 레스트리칫치 앞으로 타니아가 걸어 나왔다.

"훌리오 님, 여긴 저 타니아에게 맡겨주시길."

그러더니 타니아는 레스트리칫치를 향해 걷기 시작했다.

"엉? 뭐야? 메이드 따위가 이 레스트리칫치 님을 막겠다고칫치? 너 인간족이 아닌 모양인데, 그 정도 힘으로는 무리무리, 이 레스트리칫치 님의 상대가 되지 않……."

레스트리칫치가 말을 꺼낼 수 있었던 것은 여기까지였다.

어느샌가 레스트리칫치 후방으로 근거리 전이한 타니아.

전이할 때에 빼앗은 마법 목줄을, 레스트리칫치의 목둘레에 마법으로 고정했다.

"이런 매직 아이템을 사용하는 것 따윈 별것도 아닙니다."

"바, 바보 같은 소리 마라칫치. 이 마법 목줄은 사용자가 고정되어 있다칫치. 그러니까 나만 쓸 수 있다칫치."

"그럼 그 사용자를 덮쓰면 그만일 뿐."

"그런 일이 가능할 리가……."

여유로운 표정을 짓고 있는 레스트리칫치.

그녀의 목둘레에 고정된 마법 목줄에 문자가 떠올랐다.

『사용자…… 레스트리칫치에서 타니아라이나로 변경』

"허…… 허어?!"

마법으로 문자를 확인한 레스트리칫치는 공포에 빠진 표정을 지었다.

황급히 그 자리에서 이동하려고 했다.

하지만 그보다도 먼저 마법 목줄이 수축되어 레스트리칫치의 목을 졸랐다.

"세, 세상, 에……."

순식간에 기절해서 그 자리에 쓰러지는 레스트리칫치.

거품을 뿜고 있는 레스트리칫치를 내려다보며 타니아가 한숨을 내쉬었다.

"……쓸데없이 말이 많군요. 잔챙이에게 어울리는 마무리였어요."

타니아는 그리 말하고 레스트리칫치를 마법 그물로 포박했다.

완전히 정신을 잃은 레스트리칫치에게 타니아의 말은 들리지 않았다.

◇ ◇ ◇

"그럼 뭐야? 너는 신족의 애완동물이 되고자 운송되는 도중에 이 세계로 추락한 거야?"

홀리로의 말에 덴지아나 덕은 그 거구로 몇 번이나 고개를 끄덕였다.

"그래요, 그래요. 게다가 추락한 순간, 이상한 녀석들이 저희를 덮친 거예요. 저는 저 녀석들한테서 필사적으로 도망쳤을 뿐이에요."

덴지아나 덕은 양쪽 날개를 필사적으로 움직이며 설명하고는 리스가 만든 채소볶음을 마구 먹기 시작했다.

왕창 만든 채소볶음을 점점 비우는 덴지아나 덕.

"……배가 고프다고 그러길래 만들어 주긴 했는데…… 대체 얼마나 먹는 건가요?"

훌리오가 마법 주머니에서 꺼낸 야외용 부엌에서 거대한 프라이팬을 휘두르며 리스는 어이없다는 목소리를 높였다.

"정말입니다…… 이래서는 저희 식량에까지 영향이 오겠군요."

굉장한 속도로 채소를 자르는 타니아도 무심코 미간을 찌푸렸다.

두 사람의 말을 들은 고자르는 덴지아나 덕에게 시선을 향하더니 즐거운 듯 높은 웃음을 터뜨렸다.

"뭐, 여차하면 이 녀석을 구워 먹으면 되겠지."

"예? 예? ……."

그 말에 덴지아나 덕은 채소볶음을 먹던 입을 딱 멈추고 그 자리에서 점점 새파래지며 떨기 시작했다.

채소볶음이 담긴 그릇을 고자르 쪽으로 내밀더니 그 자리에서 넙죽 엎드려 꾸벅꾸벅 머리를 숙이며 말했다.

"부, 부탁이에요. 부탁이니까 그것만큼은 참아 주세요!"

그런 덴지아나 덕의 모습에 훌리오 일행은 그만 웃음을 터뜨렸다.

"괜찮아. 우리 세계로 전이 문을 만들 수 있다는 걸 확인해서 식재료를 보충할 수 있으니까 사양 말고 먹어도 돼."

훌리오는 덴지아나 덕 옆으로 다가가서는 그의 등을 다정하게 쓰다듬었다.

"저, 정말인가요?!"

덴지아나 덕은 환호성을 터뜨리며 벌떡 일어났다.

"정말이지, 거기 무서운 얼굴의 아저씨도 참, 겁주지 말라고요. 그럼, 다시……."

덴지아나 덕은 한 번 고자르에게 건넨 채소볶음 그릇을 자기 쪽으로 끌어당기더니 다시금 안에 부리를 처박고 덥석덥석 먹기 시작했다.

리스와 타니아는 그런 덴지아나 덕의 모습에 쓴웃음을 지으며 다시 조리를 재개했다.

"……그건 그렇고, 이상하네."

훌리오는 덴지아나 덕을 바라보며 고개를 갸웃거렸다.

훌리오의 그런 모습을 알아차린 히야.

"지고하신 주인님, 무슨 일이십니까?"

훌리오는 히야에게 시선을 향하더니 팔짱을 꼈다.

"아니…… 텔비레스 씨의 이야기로는 신수가 날뛰어서 이 세계를 파괴하고 있는 거잖아? 하지만 이렇게 신수를 보호하고 나니까, 세계를 파괴하고 있는 건 신수를 쫓아다니는 녀석들이라고 그러는데……."

그러면서 고개를 갸웃거리는 훌리오.

그 말에 히야도 흠, 생각에 잠겼다.

"……그렇군요…… 본래라면 텔비레스 님에게 다시 사정을 들어봐야 할 참이라고 생각하지만…… 그렇게까지 분명히『신수 탓이라 세계가 파멸할 것 같다』라고 말하는 걸 보면, 정말로 그렇게 생각하는 게 아닐까 싶으니……."

"그렇다면…… 다른 방법을 생각해야만 할까……."

팔짱을 낀 채로 훌리오는 생각에 잠겼다.

◇그 무렵의 텔비레스◇

훌리오 일행을 배웅한 텔비레스.

그녀는 블로섬 농장 한곳에 있는 고블린 오두막 안에 있었다.

"그렇지, 너무하잖아?"

테이블 위에 놓여 있는 과자를 먹으며 텔비레스는 일에 대한 불평을 입에 담았다.

한편 이 방의 주인 호쿠호쿠튼은 같은 내용을 몇 번이고 듣느라 진절머리가 난다는 표정을 짓고 있었다.

훌리오 일행이 떠난 뒤, 본래라면 텔비레스는 그들의 모습을 마법으로 감시하고 있어야만 했으나 천성적으로 쉽게 질리는 성격.

『기왕 이 세계에 왔으니까 조금 둘러봐도 벌을 받지는 않겠지, 응 응.』

그리 생각하며 훌리오 공방을 뒤로한 것이었다.

방 안, 의자에 앉아 있는 텔비레스는 호쿠호쿠튼이 타준 차를 마시며, 호쿠호쿠튼을 향해 역설하는 텔비레스.

　"정말이지, 휴일이 없는걸. 휴일 없이 계속 세계를 지켜보라니 말도 안 되잖아? 나도 있잖아, 나름대로 결혼 희망 같은 것도 있는데, 그런 일로 혼기를 놓치다니 말도 안 돼! 저기, 알겠지? 이해하겠지?"

　"허어, 뭐 그렇군요……."

　텔비레스의 말에 호쿠호쿠튼은 쓴웃음 지으며 그렇게 대답하는 것이 고작이었다.

　'……처, 처음에는 예쁜 누님이 왔다며 흑심 120퍼센트로 데려왔소만…… 과자는 마구 먹어 치우지, 없어지면 멋대로 꺼내지, 차도 마구 마시지, 그러면서 본인 이야기는 전혀 안 들어주고, 입에서 나오는 건 일에 대한 불평뿐……. 이, 이 어찌나 성가신 누님인가…….'

　어딘가 먼 곳을 보는 눈빛의 호쿠호쿠튼.

　"그래서 있지, 나도 말했거든…… 아니, 잠깐만 너, 제대로 듣고 있어? 응?"

　"어, 어어…… 드, 듣고 있소이다, 응……."

　"그래, 그럼 상관은 없는데…… 그래서 있지, 그때 나는……."

　'……그, 그렇게까지 불평을 계속하고 싶소이까…… 더, 더 이상 계속하다가 호쿠호쿠튼 죽어 버리겠소…….'

기겁을 하면서도 호쿠호쿠튼은 텔비레스의 이야기에 맞장구를 쳤다.

텔비레스의 불평은 아직 끝날 것 같지가 않았다.

◇얼마 후 리레이나 세계◇

"……그렇군요, 그런 이유로 저를 부르신 겁니까……."

훌리오에게 사정을 들은 조피나는 곤혹스럽기 그지없다는 표정을 지었다.

훌리오와 신계의 사도인 조피나는 가루약 건으로 언제든지 서로 연락을 취할 수 있도록 통신용 마석 반지를 서로가 가지고 있었다.

다만 훌리오가 가진 통신 마석의 반지는 리스의 간절한 부탁으로 목걸이로 가공했지만…….

텔비레스에게 들은 이야기와 실제 상황이 너무나도 달라서, 텔비레스와 같은 신계 사람인 조피나에게 물어보면 무언가 알 수 있지는 않을까 싶어서 리레이나 세계까지 와 달라고 한 것이었다.

"그렇습니까…… 그런 일이……."

반신이 어린아이, 반신이 해골 모습에 너덜너덜한 외투만을 걸친 조피나는 팔짱을 낀 채로 한동안 무언가 생각에 잠겼다.

그런 조피나를 훌리오 일행 여섯과 덴지아나 덕이 가만히 바라봤다.

그런 일동을 또다시 둘러본 조피나는 크게 한숨을 내쉬었다.

"……훌리오 경…… 둘이서만 잠깐 이야기를 나누어도 되겠습니까?"

"예, 전 딱히 상관없는데요?"

조피나는 훌리오의 대답을 확인하고는 근처 숲으로 데려갔다.

그곳에서 다시금 훌리오를 돌아보고 조피나는 깊이 머리를 숙였다.

"훌리오 경…… 이번에는 신계의 얼간이들 탓에 터무니없는 폐를 끼치고 말아, 정말 죄송합니다."

"예? 신계의 얼간이……?"

조피나의 말에 고개를 갸웃거리는 훌리오.

그런 훌리오의 눈앞에서 조피나는 여전히 깊이 머리를 숙이고 있었다.

"……아무래도 이상하네요."

훌리오와 조피나가 숲에서 대화를 나누는 사이, 리스는 뺨에 손을 대며 고개를 갸웃거렸다.

리스의 말에 히야도 끄덕였다.

"그렇군요…… 신수를 애완동물로 삼기 위해서 이송했다는 이야기부터 이상한 느낌이 듭니다…… 신수는 자신이 존재하는 세계에서 큰 역할을 맡고 있는 존재. 가벼이 세계를 이동시킨다거나, 하물며 애완동물로 사육할 수 있으리라고는 도저히 여겨지지 않습니다만……."

히야의 말에 홀리오 가 멤버들도 생각에 잠겼다.

그런 가운데.

"어라?"

조금 전 타니아가 붙잡은 레스트리칫치를 감시하던 다말리나세가 목소리를 높였다.

"이 녀석, 간신히 눈을 떴나 보네."

묶여서 다말리나세의 발밑을 구르던 레스트리칫치가 으~응, 하는 소리를 흘리며 몸을 비틀었다.

레스트리칫치 주위로 홀리오 가 멤버들이 모였다.

"……음?"

그런 가운데, 고자르는 천천히 고개를 들었다.

"흠…… 지금 목소리……."

고자르는 홀리오와 조피나가 대화를 나누는 장소와는 반대 방향의 숲을 바라봤다.

◇같은 시각 리레이나 세계의 숲속◇

"너, 너 말이지…… 이 몸한테 이런 짓을 하고도 용서받을 줄 아느냐? 이 몸은 백신수의 왕이란 이명을 가진 신수 라인오나라고!"

사자를 거대화시킨 용모의 생물──라인오나는 열심히 목소리를 높였다.

……하지만 네 발이 한데 묶여서 그물 형태의 주머니 안에 던져진 라인오나의 목소리는 패배자의 넋두리로밖에 들리지 않았다.

그 소리에 주머니를 짊어진 거인족 남자는 고개를 돌렸다.

"잡혀 있으면서도 기운 넘치는 녀석이다보…… . 뭐, 그만큼이나 기운이 넘친다면 조금 아무렇게나 다뤄도 괜찮을 테니 다행이다보…… . 나는 손재주가 없으니까 거칠게 다룰 수밖에 없다보."

그리고 우습다는 듯 봇봇봇 웃음을 터뜨렸다.

"너는 팔다리가 떨어지더라도 고가에 팔아치울 수 있다더군보. 그러니까 나도 안심이다보."

"자, 잠깐만?! 나, 나는 신계의 미인이자 글래머에 으흐~응하고 아하~앙한 여신님의 애완동물로 삼아주겠다고 했으니까 여기까지 왔다고?! 팔다리가 떨어져도 상관없다느니 영문도 모를 녀석한테 팔아 치운다니, 그게 무슨 소리냐!"

필사적으로 저항을 시도하는 라인오나.

하지만 그의 네 발은 단단히 묶여 있었기에 거의 움직일 수가 없었다.

거인족 남자는 그런 라인오나를 보고 또다시 웃었다.

"운이 좋다면 그런 으흐~응하고 아하~앙한 여자 노예상한테 팔릴 수 있을지도 모른다보. 그리고 팔리기 전까지, 잔뜩 귀여워해 줄지도 모른다보."

그 말에 라인오나는 새파랗게 질렸다.

"머, 멍청한 녀석, 긍지 높은 신수 라인오나 님을 노예 상인에게 팔겠다니, 너 말이다?!"

또다시 필사적으로 네 발을 버둥거리며 움직이려고 시도했다.

"무리보, 무리보. 이 기간다라봇보 님께서 묶은 밧줄이 그렇게 간단히 풀릴 거라 생각하지 마라보. 얌전히 있지 않으면 두세 방

때려서 얌전히 만들어 주겠다보."

그런 라인오나에게 거인족 남자는 또다시 봇봇봇 웃음을 터뜨리더니 오른손 주먹을 움켜쥐는 거인족 남자——기간다라봇보.

……그때였다.

"이봐, 거기 멍청이."

"보?"

앞쪽에서 들린 목소리.

그쪽으로 시선을 향하는 기간다라봇보.

그곳에 팔짱을 낀 고자르가 있었다.

고자르는 인간족 모습 그대로, 기간다라봇보의 진행 방향에 버티고 섰다.

기간다라봇보는 그런 고자르의 아득히 다섯 배는 될 거구를 자랑했다.

"뭐냐, 꼬맹이? 나한테 무슨 용건이냐보?"

기간다라봇보는 허리를 숙이고 고자르를 내려다보며 히죽히죽 웃었다.

그런 기간다라봇보를 역시나 노려보는 고자르.

"숲속에서 수상쩍은 이야기가 들리는가 싶어서 와 봤더니…… 이봐, 멍청이. 그 신수를 얌전히 넘기지 않겠나. 네놈이나 레스트리칫치인가 하는 녀석들에게 신수를 맡겨둘 순 없을 것 같아서 말이다."

라인오나가 들어 있는 주머니를 넘기라는 듯이 고자르는 오른손을 내밀었다.

"뭐라고? 레스트리칫치를 알고 있나보? 네놈."

"그래, 조금 전 우리 집 메이드가 처리했다."

고자르의 말에 기간다라봇보는 분노한 표정을 지었다.

"너, 레스트리칫치를 모독하지 마라보. 그 녀석은 우리의 대장 보좌다보. 메이드 따위한테 질 리가 없다보!"

그러더니 오른쪽 다리를 높이 치켜드는 기간다라봇보.

"일단 거짓말쟁이는 죽는다보, 용서하지 않겠다보."

그대로 고자르를 향해 다리를 휘둘렀다.

그러자…….

"흠!"

고자르는 본래의 모습인 마왕족의 몸으로 돌아가서, 기간다라봇보의 다리를 덥석 붙잡았다.

마왕족으로 돌아간 고자르는 인간족보다 거대해졌다……. 하지만 그럼에도 기간다라봇보의 절반도 채 되지 않았다.

하지만 그만큼의 체격 차이가 있는 기간다라봇보의 체중이 실린 일격을, 고자르는 아무렇지도 않게 받아냈다.

"보, 보오?!"

기간다라봇보는 믿을 수 없다는 표정을 지으며 눈을 동그랗게 떴다.

고자르가 붙잡은 다리에 필사적으로 힘을 실었다.

하지만 그 다리는 꿈쩍도 하지 않았다.

일단 물리려고 해도, 기간다라봇보의 다리를 덥석 붙잡은 고자르의 오른손이 그것을 허락하지 않았다.

"이것 참, 말귀를 못 알아듣는 녀석이군."

그러더니 그 다리를 붙잡은 채, 기간다라봇보의 거구를 가볍게 들어 올려서 안면부터 땅바닥에 처박았다.

"흠!"

"후보오오오오오오오오오오오오오오오오오오오?!"

안면부터 땅바닥에 처박힌 기간다라봇보는 안면만이 아니라 몸 절반 가까이가 지면 안으로 파묻혀 있었다.

"네, 네놈…… 잘도 나를 바보 취급하다니…… 용서하지 않겠다보."

기간다라봇보는 필사적으로 상반신을 일으켰다.

"그래, 그러지 않으면 재미가 없지."

그러더니 고자르는 기간다라봇보의 오른쪽 뺨을 있는 힘껏 걸어찼다.

"후보오오오오오오오오오오오오오오오오오오오?!"

기간다라봇보의 목이 말도 안 되는 각도로 꺾였다.

"자, 팍팍 해보자고, 오랜만에 몸 좀 써봐야겠어."

우둑우둑 손가락을 꺾으며 고개를 돌리는 고자르.

그 동작은 『자, 이제부터가 진짜다』라는 것만 같았지만…….

지금 일격으로 기간다라봇보는 말도 안 되는 각도로 목이 꺾인 채, 꿈쩍도 하지 않게 되었다.

"……뭐냐…… 인사 대신에 걸어찬 거 하나도 못 견디느냐……. 오랜만에 몸 좀 써볼까 싶었다만……."

고자르는 어딘가 아쉽다는 표정을 지었다.

그런 고자르 옆에서는 땅바닥에 처박힌 기간다라봇보가 내던
져 버린 주머니가 굴러다니고, 그 안에서 라인오나가 부들부들
떨고 있었다.

"위, 위험해…… 저 남자, 완전 위험해…… 백신수의 왕이라 일
컬어진 내 신수생도 여기까지란 말인가…… 마, 마지막으로 예쁜
누님이랑 이런 거 저런 거 하고 싶었다고……."

◇얼마 후……◇

홀리오의 이야기를 모두 들은 일동은 놀란 표정을 짓고 있었다.
그런 가운데, 어이없다는 듯 목소리를 높이는 리스.

"……그게 저건가요? 덴지아나 덕이나, 고자르가 구출한 라인오
나 같은 신수들은 어둠의 루트로 이송되던 도중이었다는 건가요?"

리스의 말에 조피나는 한가득 씁쓸한 표정을 지으며 고개를 숙
였다.

홀리오가 조피나에게 들은 설명에 따르면…….

본래 신수는 그들이 존재하는 세계에 필수불가결한 존재로서,
그 세계에서 이동시키는 것이 금지되어 있다.

……하지만.

최근에 이 신수가 폭주해서 해신수(害神獸)로 변한 사례가 여럿
발생했다.

이 해신수는 붙잡혀서 도고로구마로 추방 처분을 당하게 되
었는데.

"어머, 처분할 바에는 내가 애완동물로 삼을게요. 신수 애완동물이라니 희귀해서 자랑거리가 되겠죠? 괜찮아요, 날뛰지 않도록 책임을 지고 관리할 테니까."

이렇게 한 여신이 이 해신수를 자기 애완동물로 삼은 것이 시작이었다고 한다.

그 여신이 자택에서 사육하는 신수를 다른 여신들에게 잔뜩 자랑한 결과…….

"나도 신수를 애완동물로 삼고 싶어."

"나도."

"저런 여신한테 질 수야 없지."

여신들 사이에서 신수를 애완동물로 삼고 싶다는 욕구가 이상하리만큼 높아졌다.

너무나도 많이 밀려드는 요청을 앞에 두고서 곤란해하던 신계의 이세계 관리국.

『신수가 해수화한 경우』

『신수가 새끼를 낳는 등등 같은 역할을 가진 신수가 동일한 세계에 두 마리 이상 존재하는 경우』

그들은 이 두 가지 사례에 한해서, 신수를 신계에서 데려가도 된다는 특례를 만들었다.

규칙에 맞는지 확인하기 위해서 신수를 데려가는 작업, 그리고 이 신수를 양도하는 수속은 모두 신계의 이세계 관리국을 통해야만 한다고 정해져서, 신수를 애완동물로 삼고 싶은 신계인은 이세계 관리국에 그 취지를 등록하고 순서를 기다려야만 한다고 정해졌다.

　……하지만.

　당연히 『그렇게나 오래 못 기다려!』라며 떼를 쓰는 여신도 있는 법…….

　그런 여신은 어둠의 루트를 이용하여 『돈이라면 얼마든지 낼 테니까』라며, 정규가 아닌 방법으로 신수를 입수하려 하는 일이 빈발한다고 한다.

　"……그래서 이번 일도, 아무래도 어둠의 루트를 관리하는 그룹이 위법으로 입수한 신수를, 관리가 느슨한 세계를 경유해서 신계로 몰래 옮기려고 한 모양인데…… 그때에 무언가 트러블이 발생한 게 아닐까, 그런 이야기야."

　홀리오의 말에 고자르는 팔짱을 끼며 발밑으로 시선을 향했다.

　그곳에는 타니아가 붙잡은 레스트리칫치와, 조금 전 고자르가 붙잡은 기간다라봇보가 마법의 밧줄로 칭칭 감겨서 굴러다니고 있었다.

　참고로 홀리오가 만든 이 마법의 밧줄.

　마법 무효화, 구속자 완력 초열화 등등의 부가 마법이 몇 겹이나 부여되어 있어서, 조금 전에 눈을 뜬 레스트리칫치가 계속 버둥대고 있지만 전혀 통하지 않는 상태였다.

　"이봐, 너."

고자르는 레스트리칫치의 밧줄을 붙잡고는 훌쩍 들어올렸다.

"너희들, 어딘가의 세계에서 위법으로 신수를 붙잡아서, 신계로 데려가려고 하던 것이냐?"

"아, 아니야칫치, 우, 우리는 신수는 안 잡는다칫치…… 빼앗으려고 했을 뿐칫치."

고자르의 말에 레스트리칫치는 거친 목소리로 반론했다.

그 말에 고자르는 미간을 찌푸렸다.

"빼앗으려고 했다?"

"그렇다칫치. 이 리레이나 세계의 여신이 거의 일을 안 한다는건 유명하다칫치. 그러니까 이 세계를 이용하면 아무런 장해도 없이 신수를 신계로 반입할 수 있어칫치. 우리는 그런 녀석들한테서 신수를 빼앗아서 좋은 곳에 넘기려 했다칫치. 하지만 우리는 미수야, 미수. 실제로 신수를 신계로 반입하기 전에 끝났다칫치. 사실상 죄가 없는 셈이야칫치! 우리는 초범이다칫치. 두 번다시 이런 짓은 안 할 테니까, 냉큼 구속을 풀고 놓아주지 않겠어칫치?"

레스트리칫치는 버둥버둥하며 고자르에게 투덜거렸다.

그러자 고자르는 레스트리칫치에게 시선을 향하고, 뺨을 있는힘껏 때렸다.

찰싹.

"아얏칫치, 뭐 하는 거냐칫치!"

찰싹.

목소리를 높인 레스트리칫치의 뺨을 다시 때리는 고자르.

연이어 뺨을 얻어맞은 레스트리칫치는 입을 다물었다.

고자르는 그런 레스트리칫치를 노려봤다.

"너…… 자신이 얼마나 그릇된 말을 하는지 잘 모르는 모양이로군……. 어디, 네가 납득할 때까지 내가 제대로 이야기를 들어주지……. 다만, 조금이라도 내가 짜증 낼 말을 입에 담는다면, 가차 없이 뺨을 칠 테니까 말이다."

"아, 아니…… 그, 그런 말을 해도 말이지……."

"왜 그러나? 내가 얼마든지 이야기를 들어주겠다고. 자, 뭐든 말해 봐라."

"……너…… 뭐든 말하라고 그러면서, 나를 때릴 생각이 가득한 주제에……."

"무슨 소리냐. 나는 너한테서 진실을 듣고 싶을 뿐이다. 뭐, 입을 열지 않겠다면, 그건 그것대로……."

오른손을 레스트리칫치의 뺨에 대는 고자르.

"히, 히이익 폭력 반대칫치."

고자르를 바라보며 레스트리칫치는 공포에 잠긴 목소리를 높였다.

◇ ◇ ◇

숲속에서 조피나는 새파란 얼굴로 사념파 통신을 하고 있었다.

『조피나? 무슨 일이야.』

"어, 마룬인가? 미안하군, 부탁을 좀 들어주지 않겠나? 여신 텔비레스를 시급히 소환해서, 리레이나 세계에 있는 나한테 오도록 전달했으면 한다."

신계에 있는 동료 마룬과 사념파로 대화를 시작한 조피나.

『조피나도 참, 무척 당황한 모양인데…… 무슨 일 있었어?』

"무슨 일이 있었다는 정도가 아니야! 여신 텔비레스가 관리하는 리레이나 세계가 말이다, 전부터 문제시되던 신수 밀수 루트로 사용되고 있다는 의혹이 강해졌다."

『허어?! 무, 무슨 소리야? 그런 거, 여신이 제대로 관리한다면 바로 알 수 있는 일 아냐?』

"그게 말이지…… 아무래도 이 세계의 관리를 맡고 있는 여신 텔비레스는, 이 세계를 상당히 오랜 기간 방치한 모양이라……. 이제는 세계 그 자체가 언제 붕괴해도 이상하지 않을 정도로 황폐해진 상태다……."

『아, 알았어, 바로 여신 텔비레스를 찾으러 다녀올게.』

"미안하군…… 부탁한다. 참고로 여신 텔비레스는 지금, 클라이로드 세계라는 구상 세계에 머무르고 있는 모양이다. 자세한 위치를 사념파로 보낼 테니까."

『……지도를 수신했어. 가능한 한 서두를게.』

마룬의 말을 마지막으로 사념파 통신은 끊어졌다.

조피나는 다시금 하늘을 올려다봤다.

그 하늘은 검붉은 색깔로 메워져 있었다.

'……부탁한다, 마룬…… 한시라도 빨리 여신 텔비레스를 찾아다오…….'

조피나는 손을 꽉 움켜쥐었다.

◇그 무렵 클라이로드 세계 호쿠호쿠튼의 오두막◇

"어머나, 점심까지 준비해 주다니 미안하네요."

테이블 위의 식사를 앞에 두고 만면의 미소를 짓는 텔비레스.

그런 텔비레스를 바라보는 호쿠호쿠튼은 어딘가 무표정했다.

'……이 누님, 무슨 소리를 하는 것이오……. 자기가 먼저『배가 고프다』느니,『저게 먹고 싶다』느니,『점심 안 먹으면 죽어 버려』라느니, 잔뜩 떼를 썼으면서…….'

그런 생각을 하는 호쿠호쿠튼의 눈앞에서 텔비레스는 식사를 입으로 옮겼다.

"응~, 못 먹을 건 아니지만, 조금만 더 노력해 줬으면 좋았으려나……. 뭐, 못 먹을 건 아니지만."

빠드득.

'……끝내는 그런 소리까지 하는 것이오…….'

이마에 파란 핏줄을 드리우며 호쿠호쿠튼은 애써 분노를 억눌렀다.

그런 호쿠호쿠튼의 모습 따위는 개의치 않는다는 듯 요리를 계속 입으로 옮기는 텔비레스.

설마 자신이 지명수배범마냥 수색의 대상이 되었다고는 꿈에도 생각하지 않는 것은 말할 필요도 없었다.

◇그 무렵 리레이나 세계◇

"어라?"

훌리오 일행이 점심식사를 위해 만든 숙영지에서 주변 순찰에 나선 다말리나세는, 숲 한곳에서 걸음을 멈추었다.

그곳에는 나무들이 쓰러지고 지면에 도려나간 흔적이 길게 이어져 있었다.

"꼭 무언가가 억지로 끌려간 흔적으로 보이기도 하네."

그 흔적을 따라가던 다말리나세는, 그 끝에서 거대한 천주머니를 발견했다.

"과연 뭘까, 이건."

다말리나세가 그 내용물을 확인했더니, 주머니 안에는 완전히 빙빙 도는 눈으로 기절한 거대한 쌍두 뱀이 들어 있었다.

"뀨우우우우우······."

"어라어라······ 이건 어쩌면 신수일지도 모르겠네. 일단 숙영지까지 데려갈까."

그러더니 오른손 검지를 한 번 휘두르는 다말리나세.

그러자 천주머니가 공중으로 떠올랐다.

다말리나세가 걷기 시작하자 마법으로 떠 있는 천주머니도 그녀를 뒤따라갔다.

◇리레이나 세계 숙영지◇

"그러니까 말이지, 거기 아름다운 누님."

라인오나는 식사 준비를 하는 리스 뒤에서 달콤한 목소리를 흘렸다.

"이 몸, 라인오나라고, 재간둥이 귀여운 신수임다. 속아서 이런 세계로 끌려와서 하트 브레이크 중인데요……. 부~디 그 멋지고 풍만한 가슴으로 달래어 주시지 않겠습니까요."

헤실헤실 리스 앞으로 이동한 라인오나는, 리스의 가슴에 자신의 얼굴을 가져다 댔다.

라인오나 뒤에서 그의 목덜미에 커다란 낫이 확 다가왔다.

"이 빌어먹을 신수, 사모님께 무례를 범하는 건 용서치 않습니다."

커다란 낫을 든 타니아는 그렇게 말하더니, 낫의 날을 라인오나의 목덜미 아슬아슬한 곳까지 가져다 댔다.

항복이라는 듯 앞발을 위로 들며 라인오나는 타니아에게 시선을 향했다.

우선 타니아의 가슴을 확인.

그리고 리스의 가슴을 확인.

또다시 타니아의 가슴을 확인.

"……하아…….."

어깨를 풀썩 떨어뜨리고 큰 한숨을 내쉬었다.

"그 정도로 조심스러운 가슴으로, 이 라인오나의 하트 브레이크는 치유되지 않는다고요, 알겠나요? 메이드 누님?"

울컥

라인오나는 타니아에게 메마른 웃음을 지었다.

그런 라인오나를 향해 타니아는 크게 숨을 들이마시더니 엄청난 기세로 불꽃을 내뿜었다.

화아아아아아아아아아아아아아아아아아아아아아아아아아아아
아아아악.

"어어?! 우왁?! 아, 뜨거! 뜨거!"

예상 밖의 공격을 당한 라인오나는 그 불꽃을 피하지 못하고 엉
덩이가 제대로 타버렸다.

"아야야야, 이, 이 빈유가! 신수인 이 라인오나 님께 무슨 짓이
냐, 아야야야, 불꽃은 그만, 인마."

"신수라면 신수답게 위엄을 보이길. 그런 천박하고 빌어먹을
동물 따윈 제가 밥상에 반찬으로 올려 주겠습니다!"

그러면서 타니아는 불꽃을 흩뿌렸다.

허둥대며 필사적으로 이리저리 도망치는 라인오나.

그런 한 사람과 한 마리의 모습을 리스는 쓴웃음 지으며 바라
봤다.

그 옆으로 훌리오가 다가왔다.

"라인오나도 참 곤란하네."

"저 라인오나는, 타니아에게 감사해야 할지도 모른다고요?"

"응?"

"그게 말이죠, 저, 라인오나가 1밀리미터라도 더 다가왔다면,
이 식칼로 라인오나를 찢어 버릴 생각이었으니까요."

리스는 오른손에 식칼을 든 채로 싱긋 미소 지었다.

"하하하…… 화, 확실히 그건……."

그런 리스를 앞에 두고 쓴웃음 짓는 훌리오.

'……어, 뭐, 타니아가 안 왔다면 내가 막을 생각이었지만…….'

그런 생각을 하는 훌리오에게 살며시 몸을 기대는 리스.

"제 모든 건 서방님의 것인데…… 정말로 실례라고요."

그런 리스를 훌리오는 다정하게 끌어안았다.

얼마 후, 리스가 만든 음식으로 점심식사를 마친 일동.

"신수의 반응을 조사해 봤는데, 근처에 몇몇 더 있는 것 같네."

"그럼 다 같이 나눠어서 찾아요."

훌리오의 말에 끄덕이는 리스.

"그럼 나는 이 녀석들을 탈환하러 올지도 모르는 녀석들에게 대비해서 여기 남도록 하지."

팔짱을 끼는 고자르.

그의 발밑에는 마법의 실로 칭칭 감겨 있는 레스트리칫치와 기간다라봇보가 굴러다녔다.

조금 전에 의식을 되찾은 레스트리칫치는 또다시 의식을 잃었고, 그녀의 양쪽 뺨이 새빨갛게 부어 있었다.

"레스트리칫치의 이야기로는, 이 녀석들의 보스도 이 세계에 있는 모양이니까 말이야."

"그럼 고자르 씨, 잘 부탁할게요. 여러분, 무슨 일이 있다면 통신 마석이나 사념파로 연락하는 걸로."

훌리오의 말에 끄덕이더니 고자르를 제외한 일동은 숲속을 향해 달려갔다.

◇얼마 후 어느 숲속◇

"젠장, 저 여자 늑대는 뭐냐고, 빗~치?!"

커다란 천주머니를 한 손에 든 갈색 피부의 다크 엘프――핀빗치는 숲속을 전력으로 달리고 있었다.

『나를 따라오는 건 말이지, 신계인이라도 무리거든, 빗~칫치.』

스피드에 절대적인 자신이 있어, 거리낌 없이 그렇게 공언했던 핀빗치.

……하지만…….

핀빗치는 갑자기 출현한 여자 늑대를 전혀 떼어놓지 못했다.

"신수 타이코노 타누키를 붙잡은 것까지는 좋았는데…… 저 여자 늑대는 뭐냐고, 젠장 빗~치!"

핀빗치는 신수 타이코노 타누키를 붙잡았었다.

"그 신수, 두고 가세요."

그때 그곳에 모습을 드러낸 것은 원피스차림의 리스.

"엉? 두고 가라니? 그럼 날 따라와 보라고 빗~칫치."

그 리스를 향해, 그렇게 말하기가 무섭게 바로 뛰어간 핀빗치.

이제까지라면 이것으로 충분했다.

핀빗치의 속도에 따라올 수 있는 사람은 이제까지 하나도 존재하지 않았다.

핀빗치가 달려가면 모든 사람이 그녀를 순식간에 놓쳤다.

그 잠깐에 핀빗치는 저 멀리 도망쳐 있는 것이 보통이었다.

이번에도 그렇게 될 터…… 핀빗치는 그렇게 생각했다.

……하지만…….

아랑으로 변신한 리스는 핀빗치에게 딱 붙어서 계속 따라왔다.

깜짝 놀라면서도 가속 마법을 부여, 핀빗치는 더욱 속도를 올렸다.

하지만 그럼에도 리스는 핀빗치를 바싹 따라붙었다.

'……마, 말도 안 돼빗치…… 이, 이 핀빗치 님의 스피드를 따라올 수 있는 생물이 존재할 리가…….'

핀빗치는 창백한 안색으로도 필사적으로 계속 달렸다.

그때였다.

"서방님을 기다리시게 할 수는 없으니까…… 여기서 끝내도록 할까요."

핀빗치는 바로 옆에서 들린 그 목소리에 눈을 동그랗게 떴다.

조금 전까지 핀빗치를 따라오던 리스가, 순식간에 핀빗치 바로 옆으로 이동한 것이었다.

"마, 말도 안 돼…… 빗치!"

경악하면서도 더욱 가속하려고 하는 핀빗치.

"흥!"

그런 핀빗치에게 리스는 자기 머리를 들이받았다.

"아바바바바빗~~~~~~~~~~~~~치?!"

너무나도 큰 충격에 균형을 잃은 핀빗치는 땅바닥에 쓰러졌다.

초고속으로 이동하고 있었기에 핀빗치는 흙먼지를 피워 올리며 땅을 굴렀다.

상당한 거리를 굴러가서 간신히 정지한 핀빗치는 휘청휘청 일어섰다.

"이, 이런…… 이런 일이, 있을 리가 없어빗치……."

어떻게든 고개를 든 핀빗치.

그 눈앞에 인간 형태로 변화한 리스가 서 있었다.

핀빗치가 짊어지고 있던 천주머니를 챙긴 리스.

그녀의 몸에는 아랑의 귀와 꼬리가 남아 있어서, 조금 전 핀빗치를 날려버린 아랑이 리스임을 알 수 있었다.

"너…… 너 말이야…… 그 주머니를 내놔…… 빗치."

핀빗치는 리스에게 손을 뻗었다.

그러자 리스는 크게 한 번 숨을 들이마시고 그 자리에서 격렬하게 포효했다.

UOOOOOOOOOOOOOOOOOOOOOOOOOOOOOOOO
OOOOOOOOOOOO!

온몸에서 마소를 흩뿌리며, 압도적일 정도의 위압을 핀빗치에게 퍼부었다.

아랑족의 필살기 중 하나 『죽음의 포효』였다.

"아…… 아, 아……."

엄청난 그 위압을 정면으로 고스란히 받은 핀빗치는 그 자리에서 눈을 까뒤집으며 의식을 잃고 풀썩 쓰러졌다.

"……후우, 아무래도 끝났네요."

리스는 작게 한숨을 내쉬고는 왼손 약지에 끼고 있는 통신 마법 반지를 입으로 가져다 댔다.

"……아, 서방님? 리스예요. 신수랑, 그 신수를 데려가려던 여자를 확보했어요…… 예, 그럼 지금부터 양쪽 다 데리고 숙영지까지 돌아갈게요."

오른쪽 어깨에 신수가 든 주머니, 왼쪽 어깨에 기절한 핀빗치를 가볍게 짊어진 리스는 숙영지를 향해 달려갔다.

"……이게 마수였다면 오늘 밤 반찬이 되었을 텐데."

◇얼마 후 리레이나 세계 훌리오 일행의 숙영지◇

"……대, 대체 어떻게 된 거냐데이……."

나무 뒤에서 자신의 모습을 동화시키며 그 남자──두룸즈데이는 혀를 찼다.

두룸즈데이의 눈앞에서는 다말리나세와 타니아가 신수를 돌보고, 그 근처에서는 훌리오와 고자르가 구속되어 땅바닥을 굴러다니는 레스트리칫치와 기간다라봇보를 내려다보고 있었다.

'……신수를 옮기던 운반상 분터커의 짐수레를 파괴한 것까지는 예정대로였을 터데이…… 그러고서 도망친 신수들을 부하 레스트리칫치나 기간다라봇보가 쫓도록 했는데, 어째서 저 녀석들, 이런 곳에서 붙잡힌 거냐데이…… 게다가 신수까지 빼앗겼다데이…….'

눈앞의 광경에 두룸즈데이는 몇 번째인지 모를 혀를 찼다.

두룸즈데이는 어둠의 길드 '두룸즈'의 보스였다.

신계의 어둠속에 둥지를 튼 여러 어둠의 길드 중에서도 거친 자들이 모인 것으로 명성을 떨치고 있는 그들은 '초절마인 두룸즈데이'를 보스로, 부하로는 레스트리칫치, 기간다라봇보, 핀빗치의 마인들을 거느리고 있었다.

소수이지만 강력한 힘을 가진 이들의 모임인 어둠의 길드 '두룸즈'는 신계의 사람이라도 그 이름을 들으면 두려움을 품는, 그런 존재였다.

그런 어둠의 길드 '두룸즈'의 보스인 두룸즈데이는, 고자르 일행의 모습을 계속 살피고 있었다.

'……우오?!'

그런 두룸즈데이의 시야 속에 리스의 모습이 비쳤다.

'……저, 저 여자가 들고 있는 건 핀빗치잖아.'

두룸즈데이는 리스가 자신의 부하인 핀빗치를 어깨에 들고 있는 것을 보고 또다시 크게 혀를 찼다.

'……이봐이봐이봐, 우는 아이도 울음을 그친다는 어둠의 길드 '두룸즈'의 멤버가…… 핀빗치까지 붙잡힌 거냐데이?

그렇다면 두룸즈의 멤버 넷 중에 셋이 붙잡혔다는 건가데이? ……그건 말도 안 되잖아데이?'

어금니를 악물고는, 으득으득 이를 갈았다.

"……이렇게 되었다면 보스인 내가 모두를 구출할 수밖에 없군데이!"

두룸즈데이는 그렇게 말하더니 자신의 몸에 힘을 실어 거대화시켰다.

……그때였다.

"호오, 당신이 저 사람들의 리더로군요."

"으가?!"

등 뒤에서 갑자기 들린 목소리에 두룸즈데이는 황급히 뒤를 돌아봤다.

그곳에 홀리오의 모습이 있었다.

홀리오는 두룸즈데이를 바라보며 평소의 시원스러운 미소를 지었다.

"네, 네놈은, 분명히 저 집단에 있던 남자…… 어, 어느새 여기로 이동한 거냐데이?!"

두룸즈데이는 곤혹스러웠다.

이 자리로 숨어들어서 저 일행의 움직임을 감시하기 시작했을 때, 홀리오는 틀림없이 저 집단 안에 있었을 터였다.

그런데 아무런 기척도 느껴지지 않는 상태로, 두룸즈데이의 바로 뒤에 나타난 것이었다.

"젠장…… 들켰다면 더 이상 숨어 있을 필요도 없군데이! 이대로 거대화해서 네놈들을 모두 걷어차 주마데이!"

두룸즈데이는 그렇게 말하더니 자신의 몸에 더더욱 힘을 실었다.

그러자 두룸즈데이의 몸은 수상쩍은 빛을 발하며 단숨에 거대화했다.

"그하하하하하하하하하하, 일찍이 신계인의 위병들을 박살 낸 내 힘 앞에, 자신의 무력함을 깨닫도록 해라데이!"

홀리오의 20배 정도로 거대화한 두룸즈데이는 드높이 웃으며 홀리오를 내려다봤다.

"뼛속까지 박살 내 주마데이!"

두룸즈데이는 양손을 맞대더니 홀리오를 향해 그 팔을 휘둘렀다.

그러자 홀리오는 두룸즈데이를 향해 그저 오른손을 뻗었다.

"응, 확실히 강력한 힘이네, 그 펀치는……."

그 오른손 앞으로 순식간에 마법진이 출현했다.

그 마법진은 홀리오의 손을 떠나더니 두룸즈데이의 몸을 감쌌다.

"으가?! 이, 이건 뭐냐데이?!"

곤혹스러워하는 두룸즈데이.

그러자 마법진에 감싸인 두룸즈데이의 몸은 점점 줄어들기 시작했다.

팍팍 작아지는 두룸즈데이.

그 거구는 어느샌가 홀리오의 무릎 높이 정도까지 축소되었다.

"이, 이 자식, 뭘 한거냐데이!"

두룸즈데이는 홀리오를 향해 필사적으로 양손을 휘둘렀다.

하지만 축소화와 동시에 막대한 파워도 완전히 봉인당했다.

그런 두룸즈데이가 아무리 때려도 홀리오에게는 전혀 통하지 않았다.

"제…… 젠장……."

두룸즈데이는 씩씩 거친 숨을 몰아쉬며 뒷걸음쳤다.

"네놈의 얼굴, 완벽하게 기억했다데이! 다음에 만나면 반드시 복수해 주겠다데이!"

그러더니 두룸즈데이는 홀리오에게서 등을 돌려, 숲속을 향해 쏜살같이 달려갔다.

……하지만 그의 다리는 세 걸음 만에 멈추었다.

"……당신, 어둠의 길드 '두룸즈'의 보스, 두룸즈데이로군요."

두룸즈데이의 앞을 커다란 낫을 든 조피나가 막아섰다.

그리고 그 주위에는 고자르가, 리스가, 히야가, 다말리나세가, 작아진 두룸즈데이를 둘러싸듯이 서 있었다.

두룸즈데이는 그런 일동을 둘러보며 곤혹스럽다는 표정을 지었다.

"네, 네놈들, 어느새……."

그 자리에서 쩔쩔매는 두룸즈데이.

홀리오의 마법으로 자신의 힘을 봉인당하고 몸까지 줄어들어서, 끝내는 주위를 완전히 포위당했다.

"아, 아니…… 저기…… 그게 말이다."

두룸즈데이는 얼굴에 일그러진 미소를 지으며 우두커니 서 있을 수밖에 없었다.

◇얼마 후◇

숲속에서 나온 조피나는 홀리오 앞으로 다가갔다.

"두룸즈데이가 간신히 자백했습니다. 이번 신수 소동 말인데, 어둠의 운반상 분터커가 신수를 신계로 반입하려는 것을 두룸즈데이 일당이 알아내고, 도중에 그 짐마차를 습격했다고 합니다. 그때에 도망친 신수들을 붙잡을 때, 마치 겸사겸사 이 세계를 잔뜩 파괴했다는 모양이라…….'

조피나는 거기까지 말하더니 크게 한숨을 내쉬었다.

"……이 세계를 관리하는 여신 텔비레스가 제대로만 했다면 이런 일은…….'"

"뭐라고 할까…… 수고하셨어요."

홀리오는 그런 조피나에게 쓴웃음 지으며, 말을 건넸다.

"하지만 말이다…… 그 녀석들이 한 번 설친 정도로, 이 세계 전체가 이렇게까지 망가지는 건가?"

두 사람의 대화를 듣던 고자르는 하늘을 올려다보며 고개를 갸웃거렸다.

그 하늘에는 일그러진 균열이 몇 줄기나 있고, 검붉은 구름으로 뒤덮여 있었다.

그것은 이 세계가 붕괴 직전임을 이야기했다.

고자르의 말에 조피나는 미간을 찌푸렸다.

"말씀하시는 그대로입니다……. 어둠의 길드의 마인들이 아무리 강인, 강력할지라도 이런 녀석들이 한 번 설친 정도로 이렇게까지 지독한 상황이 되진 않습니다……. 이건 분명 이 세계를 통치하는 역할을 맡은 여신 텔비레스가 눈을 뗀 사이, 서서히 무너진 결과…….'"

크게 한숨을 내쉬고 고개를 가로저었다.

"……임시조치를 하고, 저희는 이 세계를 관리하는 여신 텔비레스로부터 여신의 자격을 박탈하여 다른 여신의 주도 아래 부흥시킬 예정입니다."

그러더니 조피나는 다시금 홀리오 일행을 바라보고, 홀리오 일행에게 깊이 머리를 숙였다.

"이번 협력, 정말 감사드립니다…… 고맙습니다."

"아뇨아뇨, 도움이 되었다니 다행이에요."

그런 조피나에게 홀리오는 평소의 시원스러운 미소를 지었다.

◇ ◇ ◇

홀리오가 자신이 만든 전이 문을 이용하여 클라이로드 세계로 돌아가는 것을 배웅한 조피나.

"……자, 그럼."

그녀는 손에 커다란 낫을 구현화시키더니 그것을 붕붕 휘두르며 숲속으로 이동했다.

조피나가 가는 곳에는 일찍이 두룸즈데이였던 덩어리가 굴러다니고 있었다.

조금 전, 자세한 정보를 알아내기 위해서 수단을 가리지 않고 심문한 결과였다.

두룸즈데이 뒤에는 홀리오의 마법이 부여된 마법 끈으로 묶인 레스트리칫치 등등, 어둠의 길드 '두룸즈'의 멤버들이 공포에 굳은 얼굴로 몸을 맞대고 있었다.

"뭐, 뭐, 뭐, 뭐든 이야기할게요칫치."

"수, 수, 수, 숨기는 건 일체 없다봇보."

"그, 그, 그, 그러니까 부디 목숨만은 살려 달라빗치……."

뒤집어진 목소리를 높이며 부들부들 계속 떠는 세 사람.

그런 세 사람 앞에서 조피나는 커다란 낫을 휘두르며 눈을 부릅떴다.

그 모습은 조금 전 훌리오를 배웅하던 신계의 사도가 아니라 집행인의 모습으로 변화했다.

반신이 어린 아이, 반신이 해골 모습인 조피나.

어린아이의 눈은 수상쩍게 빛나고, 해골의 눈은 칠흑의 어둠을 두르고, 그 두 눈으로 세 사람을 응시했다.

"……자, 당신들이 저지른 죄의 숫자를 세도록 하죠…… 그 숫자만큼 찢어버린 다음, 신계로 호송하겠습니다."

지옥계의 바닥에서 울리는 것 같은 목소리로 말하는 조피나.

그 목소리에 세 사람은 또다시 떨었다.

◇클라이로드 세계 호우타우 훌리오 가◇

눈 앞의 광경에 훌리오는 깜짝 놀랐다.

리레이나 세계에서 넘어온 전이 문은, 출발했을 때와 마찬가지로 훌리오 가 뒤편의 훌리오 공방 옆에 출현했다.

그 문을 지나서 클라이로드 세계로 돌아온 훌리오 일행.

"그렇다고요, 정말이지, 여신도 참 변변찮다고요."

그런 훌리오 일행의 눈앞에 텔비레스의 모습이 있었다.

술을 마셨는지 휘청거리는 텔비레스는 호쿠호쿠튼과 어깨동무를 하며 길을 걷고 있었다.

"서방님…… 의뢰주라는 저 분, 분명 텔비레스라고 그랬죠……."

리스의 말에 끄덕이는 훌리오.

"……그러네…… 아마도 저 세계의 여신님이겠지."

그러더니 쓴웃음을 지었다.

여신 텔비레스는 훌리오 일행이 리레이나 세계에서 돌아온 것도 깨닫지 못한 상태.

"그래서그래서, 들어봐 호쿠호쿠튼, 나 있잖아……."

"호오호오, 그래서 어떻게 됐소이까?"

게다가 만취한 호쿠호쿠튼과 대화를 나누며 길을 계속 걸어갔다.

그런 두 사람에게 히야가 다가갔다.

"지고하신 주인님……. 저 히야, 저쪽 세계에서 전혀 활약할 자리가 없었기에, 지고하신 주인님께 거짓말을 한 것뿐만 아니라 수고마저 끼친 저 엉터리 여신에게 제가 철퇴를 날려도 되겠습니까?"

일단 훌리오에게 물어보는 형태이기는 하지만, 그의 대답을 기다리지 않고 히야의 양손에는 근원 마법의 마법진이 전개되기 시작했다.

"히야…… 일단 죽진 않을 정도로."

훌리오의 말에 끄덕이는 히야.

다음 순간, 훌리오 가 일대에 굉음이 울렸다.

◇그날 밤······◇

블로섬 농장의 한 모퉁이에 있는 2층 오두막.

"······음?"

오두막 안에 있는 자기 방 침대에서 눈을 뜬 호쿠호쿠튼은 머리를 눌렀다.

"어디······ 나는 어째서 침대에 누워 있는 것이오······ 음······ 지독히 취해서 기억이 수상쩍소이다······."

머리를 내저으며 상반신을 일으켰다.

"아마도 오늘은 농사일이 끝난 다음, 누군가와 술을 마시고······ 으음?"

그때 호쿠호쿠튼은 옆에서 누군가 자고 있는 것을 깨달았다.

그 인물은 머리카락이 쪼글쪼글하고 얼굴도 새카맸다.

자고 있다기보다도 기절했다는 편이 옳을지도 모르겠다.

"이 너덜너덜한 여자······ 분명히 낮에 같이 술을 마신 것도 같은데······."

잠시 팔짱을 끼고 기억을 더듬었다.

그런 호쿠호쿠튼 옆에서 자고 있던 여자가 번쩍 눈을 떴다.

"······푸하······ 주, 죽는 줄 알았네······ 그 빛과 어둠의 근원을 관장하는 마인도 참, 여신인 나한테 무슨 짓이냐고 정말."

몸이 움직이는 것을 확인하며 얼굴을 찌푸리는 그 여자.

그 얼굴을 빤히 바라보던 호쿠호쿠튼의 뇌리에 낮의 기억이 또 렷하게 되살아났다.

"으, 으어?! 다, 당신은 자칭 여신 텔비레스가 아닌가! 어, 어째 서 아직 본인의 방에 있는 것이오!"

"시, 실례되는 소리 마! 나는 진짜로 여신이야! 존경해! 칭송해! 무릎 꿇고 신발을 핥아!"

"되도 않는 소리 마시오, 당신!"

얼굴을 마주하며 격렬하게 말다툼을 벌이는 두 사람.

"어쨌든 말이오…… 이미 늦은 시간이니, 슬슬 집으로 돌아가 시오. 본인, 내일도 아침 일찍부터 농사일을 해야만 하오이다."

그러더니 텔비레스의 등을 떠미는 호쿠호쿠튼.

"자, 잠깐만…… 그, 그렇게 서두를 것 없잖아! 저, 저기…… 여 신 텔비레스 님께서, 잠시 대화 상대가 되어 주는 건 어떨까?"

영업용 미소를 활짝 꽃피우며 양손을 맞대는 텔비레스.

"……아니, 사양하겠소."

그런 텔비레스를 앞에 두고 호쿠호쿠튼은 무표정하게 고개를 가로저었다.

같은 고블린인 마운티가 동족의 아내를 얻고 아이를 그야말로 잔뜩 낳았다.

그런 마운티 일가를 볼 때마다 『본인도 결혼하고 싶소이다!』라 며 거리낌 없이 그렇게 공언하던 호쿠호쿠튼이지만…….

'……확실히 아내는 원하오만, 이 여자는 안 돼……. 그야말로 지뢰의 냄새밖에 안 나오.'

무표정 그대로 텔비레스를 방 밖으로 밀어내려고 했다.

"자, 잠깐, 그렇게 차갑게 굴 건 없잖아! 저, 저기…… 이, 일주일이라도 되니까 이 방에서 지내게…… 해줬으면 한달까."

"어째서 말이오? 당신은 여신이잖소? 냉큼 집으로 돌아가서 여신의 책무를 다하셨으면 하오."

"어, 어~ 그, 그게 말이지……. 조금 실패해 버려서 말이야……. 여신의 자격을 박탈당해 버려서……."

"허?"

"너무하다고 생각하지 않아? 갑자기 여신의 힘을 박탈당하고, 인간족 수준의 힘으로 이 세계로 추방하다니…… 게다가 빈털터리로, 말이야!"

텔비레스는 호쿠호쿠튼에게 열심히 호소했다.

하지만 그런 텔비레스를 앞에 두고 여전히 무표정한 호쿠호쿠튼.

"아니, 그건 자업자득이올시다. 본인과는 관계가 없소이다."

"잠깐만! 조금은 동정하라고! 관리하던 세계를 조금 내버려 뒀다가 붕괴 직전이 되어버렸을 뿐인데."

"아니…… 그건 말도 안 되는 실패 아니오?"

"그렇지도 않다니까, 가벼운 실수일 뿐이라니까."

"어쨌든 냉큼 나가 주시오."

"그러니까, 버리지 말라고! 호쿠도 참!"

"마음대로 줄여 부르지 말고! 너 같은 여자는 사양이오!"

"그런 소리 말고, 하느님 부처님 호쿠호쿠튼 님."

"시끄럽소이다!"

"존경할 테니까! 사모할 테니까! 무릎 꿇고 신발이라도 핥을 테니까!"

"에~잇, 끈덕지긴!"

이날, 호쿠호쿠튼의 방에서는 두 사람의 말다툼이 기나길게 이어졌다.

◇그 무렵 훌리오 가◇

침실 침대에 앉아 있는 훌리오는, 마법 주머니의 윈도를 열고 내용물을 확인했다.

"어머? 서방님, 그 마법 주머니는 뭔가요? 항상 사용하시는 것과는 달라 보이는데…….'

화장대에서 머리카락을 빗던 리스가 훌리오에게 말을 건넸다.

그런 리스에게 싱긋 미소 짓는 훌리오.

"이거 말인데, 조피나한테 부탁해서 신계에서 관리하던 재앙 마수의 뼈를 나눠 받았거든."

"뼈……라고요? 하지만 가루약의 재료가 되는 건 재앙 마수의 피와 살이 아니었나요?"

"응, 그렇기는 한데…… 어떤 데 조금 써보고 싶어서."

미소를 지으며 윈도의 내용을 확인하는 훌리오.

그런 훌리오를 바라보며 리스도 미소를 지었다.

"서방님께 도움이 되는 물건이라면, 저도 기쁘게 생각해요."

"고마워, 리스."

'······이걸로 저걸 증산할 수 있을지도 몰라.'

그런 생각을 하며 홀리오는 윈도의 내용을 계속 확인했다.

——우르고 패밀리.

일찍이 마왕군 휘하의 마족 네 가문으로 일컬어지던 마족 명문.

마왕 유이가드 시절에, 당시의 당주 박카스가 잔지바르의 결기에 호응하여 마왕군을 이탈.

스스로 마족의 맹주를 칭하였지만 마왕 유이가드 앞에서 패배, 패밀리는 거의 모두가 붙잡혀서 몰락했다.

◇어느 마을의 술집◇

그런 우르고 패밀리의 현 당주 악마인 데미와 그의 부하들은 어느 마을의 술집 안쪽 테이블에 자리 잡은 채, 가게 중앙에서 시끌벅적 요란스러운 금발 용사 일행의 모습을 살피고 있었다.

"……아가씨, 금발 용사 녀석들은 완전히 방심하고 있습니다조이. 한마디 『가라』라고 분부만 하시면, 저 철완족 겐부신이 금방 용사를 목을 따오겠다조이. 용사를 토벌한다면 우르고 패밀리의 복권도 틀림없다조이."

당장에라도 자리에서 일어나려고 하는 겐부신.

"자자자, 잠깐만 기다리라니까……. 아무리 그래도 이렇게나 사람이 많은 곳에서 습격하는 건 아니잖아? 아무리 우르고 패밀리를 다시 부흥시키기 위해서라고 해도, 면식도 뭣도 없는 사람들을 끌어들이는 건 그다지 안 내킨다고 할까……. 우, 우선은 친구부터……."

허둥지둥 양팔을 돌리는 데미의 말에 겐부신은 곤혹스럽다는 표정을 지으며 금발 용사 일행과 데미를 교대로 바라봤다.

"으, 으음…… 확실히 아가씨의 말에도 일리가 있는 것 같기도 없는 것 같기도 하다만……."

……그러자.

그런 겐부신의 시선을 알아차린 밸런타인이 그들의 테이블로 다가왔다.

"예~, 거기 영감님, 꽤나 몸이 좋지 않나? 어때? 나 밸런타인 님이랑, 술 마시기 대결은 어떨까? 오늘은 있지, 금발 용사님께서 함정으로 처리한 마수가 고가로 팔려서 엄청 기분이 좋거든."

밸런타인은 술통을 한 손으로 가볍게 들어 올리고 안의 술을 꿀꺽꿀꺽 비웠다.

밸런타인으로서는 괜찮은 기분으로 취해서, 누가 상대라도 상관없으니까 기분 좋게 술 마시기 대결을 하고 싶었을 뿐이지만…….

"……아가씨, 이건 아마도 술 마시기 대결을 빙자해서 저희 우르고 패밀리에게 싸움을 거는 것이 틀림없습니다조이."

겐부신은 데미에게 작은 목소리로 그렇게 말하더니 자리에서 일어났다.

"훗훗훗, 내게 승부를 건 것을 후회하도록 해라조이."

양쪽 어깨를 빙글빙글 돌리며 밸런타인 쪽으로 다가갔다.

"거기 계집, 내게 술 마시기로 도전하다니 가소롭다조이. 혼쭐을 내주마조이."

그렇게 말하기가 무섭게, 겐부신은 밸런타인이 마시던 술통을 빼앗더니 그것을 단숨에 비웠다.

"호오, 시원스럽게 마시잖아. 그럼 승부네. 지는 쪽이 동료의 술값까지 전부 내는 거야."

그러더니 밸런타인은 술집 점원이 몇 명이서 가져온 술통을 한 손으로 훌쩍 들고 굉장한 기세로 비웠다.

호쾌한 그 모습에 겐부신은 무심코 눈을 부릅떴다.

"으음, 너…… 입만 살지는 않았군조이……. 허나 나 겐부신, 늙기는 했어도 아직 한창 현역이다조이! 너 같은 계집에게 질 요소 따윈, 단 하나도 없다조이."

그러기가 무섭게 겐부신 역시도 새로이 도착한 술통을 손에 들고 호쾌하게 비웠다.

술통을 차례차례 비우는 두 사람.

그런 두 사람에게 술집 여주인은 콧노래를 부르며 점원들에게 새로 술통을 가져오도록 지시했다.

"자, 팍팍 신나게 마시라고. 나도 장사 대성황이야! 자, 너희도 술통 팍팍 가져오는 거야!"

두 사람 주위는 어느샌가 구경꾼들로 북적였다.

누가 이길지 내기하는 사람.

승부를 안주로 술을 들이키는 사람.

두 사람을 부추기며 즐기는 사람.

그런 구경꾼들의 환호성으로 술집 안은 무척 떠들썩해졌다.

◇몇 각 후◇

겐부신은 술통을 끌어안은 채로 꿈쩍도 하지 않았다.

"뭐야, 벌써 한계야? 근성 없네."

그 옆에서 밸런타인은 새 술통을 호쾌하게 비웠다.

겐부신과 대결을 시작하기 전부터 밸런타인은 상당한 양을 마셨지만, 페이스가 떨어지지 않고 그저 태평하게 계속 마셨다.

그런 두 사람과는 조금 떨어진 자리에서 술을 마시는 금발 용사 일행.

현재 금발 용사 파티는…….

금발 용사.

클라이로드 성에서부터 따라온 츠야.

사계의 사역마였던 리리안주.

건물 마인 왕창 우하.

짐마차 마인 아룬키츠.

같은 테이블을 둘러싸고 있는 이들 다섯과, 겐부신과 대결 중인 밸런타인까지 도합 여섯 명이었다.

꿈쩍도 하지 않는 겐부신을 곁눈질로 바라보던 금발 용사.

"……밸런타인을 평범한 여자라 생각해서 승부하니까 저렇게 되지."

자신의 잔을 쭉 비우며 그리 말했다.

금발 용사 맞은편에는 잔뜩 취한 아룬키츠가 입에 술병 세 개

를 꽂은 채, 의자 등받이에 축 늘어져서 의식을 잃고 있었다.

"아룬키츠도 참, 항상 처음에만 기세가 좋다니까."

그 옆자리에 앉아 있는 왕창 우하는 즐겁게 웃으며, 아룬키츠가 남긴 안주로 홀짝홀짝 술을 비웠다.

그 옆에는 리리안주가 팔짱을 낀 상태로 앉아 있었다.

얼핏 보면 주위를 경계하는 것처럼도 보이지만…… 실제로는 이미 만취해서 잠든 것이었다.

그런 모두를 둘러본 츠야.

"뭐, 술값을 저 사람이 내주게 되었으니까아, 오늘밤은 다 같이 실컷 마시죠~."

그녀는 그리 말하며 금발 용사에게 잔을 향했다.

금발 용사는 츠야에게 시선을 향해 쓴웃음 지으며 자기 잔을 츠야의 잔에 맞댔다.

"……츠야, 너 얻어먹을 때는 가차가 없군."

"당연하잖아요~. 금발 용사님 파티의 지갑을 맡은 몸인걸요! 자기 돈이 아닐 때 정도는 철저하게 달린다고요~."

그러더니 잔의 술을 단숨에 들이켜고 곧바로 추가 주문을 했다.

"저기요~! 이 가게에서 가장 비싼 술을 주세요~!"

……그렇게 축제 분위기로 떠들썩한 금발 용사 일행의 테이블과는 달리…….

"일어나~! 부탁이니까 눈 좀 떠, 겐부신…… ."

자기 테이블에서 데미는 양손을 맞대고 필사적으로 기도했다.

……하지만.

그런 데미의 시선 앞에서 겐부신은 완전히 침묵을 지키며 꿈쩍도 하지 않았다.

"부탁이야, 움직여! 지지 마……. 저렇게나 먹고 마시는데, 그런 돈은 지불 못해~……."

데미는 눈에서 폭포처럼 눈물을 흘리며 그저 계속 기도했다.

그런 데미의 기도도 공허하게, 한계를 넘어서 계속 마신 겐부신은 아직껏 꿈쩍도 하지 않았다.

◇얼마 후……◇

술 마시기 대결은 밸런타인이 압승했다.

"자, 다른 도전자는 없을까? 나는 언제든지, 어디서든, 누구의 도전이라도 받아줄게~."

한 손으로 가볍게 들어 올린 술통에서 술을 비우는 밸런타인.

그런 밸런타인 주위를 조금 전의 구경꾼들이 둘러싸고 있었다.

"누님, 정말로 엄청 시원하게 마시네."

"그렇게나 날씬한데, 대체 어디로 들어가는 거야?"

"어쨌든 음주의 여왕에게 건배다!"

그런 목소리를 기분 좋은 듯 들으며 술을 비우는 밸런타인.

그 주위에서는 금발 용사 일행도 계속 먹고 마셨다.

……그런 가게 안에서는…….

"어, 어서 오세요……."

우르고 패밀리의 현 당주인 데미가, 앞치마 차림으로 웨이트리스 일을 하고 있었다.

술 마시기 대결에서 패배한 겐부신.

그래서 겐부신이 가진 돈으로는 미처 지불하지 못한 데미는 부족한 만큼 일을 하는 처지가 된 것이었다.

'……아으으…… 우, 우르고 패밀리의 현 당주인 내가, 어째서 이렇게나 가슴께가 크게 트인 옷에, 미니스커트를 입고서 일을 해야만 하는 거야…….'

승부에 사용한 술값에 더해서 금발 용사 일행이 먹고 마신 돈을 지불하기에는 수중의 돈으로는 완전히 부족해서, 차액만큼 일을 하는 중이었다.

가게 안을 노출도 높은 의상으로 접객하며 돌아다니는 데미는 얼굴을 새빨갛게 물들이고서 시종일관 고개를 숙이고만 있었다.

"자자, 너 얼굴도 귀여우니까 등줄기 쫙 펴고 빠릿빠릿하게 해야지."

그런 데미의 등을 여주인이 깔깔 웃으며 짜~악 때렸다.

"예, 예에에?!"

데미는 놀란 듯 등을 펴며 대답을 했다.

그런 데미의 모습을 주방 안에서 설거지를 하며 곁눈질로 보고 있는, 골렘 로젠로렐과 면모화족 검사 로셀리나.

두 사람은 함께 우르고 패밀리의 몇 없는 구성원이었다.

"저 자식…… 아가씨에게 저런 굴욕을…… 금발 용사 녀석, 기억해 두겠어요."

"뭔가 이제는 갈가리 찢어 버릴 수밖에 없겠네후와~."

투덜투덜하며 쉼 없이 계속 설거지를 했다.

◇ ◇ ◇

폐점한 가게 안에는, 청소를 하는 데미와 계속 설거지 중인 로젠로렐&로셀리나.

"덥다조이, 여기…… 못 나가겠다조이…… 이봐―, 내보내 줘조이……."

참고로 겐부신은 아직도 소파에 드러누운 채, 아직 흐릿한 시선을 허공에 헤매며 의미 불명의 말을 계속 중얼거리고 있었다.

"……하아…… 어쩌지…… 오늘 하루 일한 정도로는 아마도 전혀 채워지질 않아……."

금발 용사 일행이 폐점할 때까지 먹고 마신 양을 떠올리며 데미는 눈물을 글썽였다.

"아가씨를 울리셨단 말이지……."

"역시 금발 용사는 갈가리 찢어 주겠어후와와~."

그런 데미를 주방해서 바라보며 로젠로렐과 로셀리나 역시도 분노의 눈물을 흘리는 것이었다.

그런 그들에게 주인이 다가왔다.

"너희들, 이만 돌아가도 돼. 수고했어."

"""예?"""

주인의 말에 어리둥절하는 그들.

"하…… 하지만 저희, 아직 부족한 돈만큼 일을 안 했는데……."

"아, 그거라면 금발 형씨가 돌아갈 때에 전부 지불했어."

그러더니 가게 테이블 위에 인원수만큼의 음식을 놓았다.

"오늘은 열심히 일했으니까. 이거라도 먹고 가."

주인은 그렇게만 말하고 가게 안쪽으로 들어갔다.

"금발 형씨라면…… 그 금발 용사 말이지……."

데미는 음식이 있는 테이블을 바라보며, 툭하니 중얼거렸다.

◇ ◇ ◇

……그 무렵.

금발 용사 일행은 가게에서 떨어진 강가에 머무르고 있었다.

"음, 이전이라면 노숙이었는데, 건물로 변화할 수 있는 왕창 우하 덕분에 쾌적하게 보낼 수 있게 됐군."

『아하하, 칭찬해도 위액 정도밖에 안 나온다고요.』

"이것 참…… 그건 참아줘."

적당히 취기가 돌아서 기분 좋은지 농담을 주고받는 금발 용사와 왕창 우하.

그런 금발 용사에게 츠야가 몸을 기댔다.

"정말이지이, 금발 용사님도 차암, 내기에 진 사람의 돈을 지불해 주다니이."

지갑 내용물을 확인하며 츠야는 불만이 풀리지 않는다는 표정을 짓고 있었다.

"애당초 절대 패배할 일이 없는 승부에 끌어들이고 말았으니까 말이다. 가진 돈만큼은 부담했으니까 그 정도면 되지 않느냐."

그녀의 시선 앞에서 금발 용사는 핫핫핫 웃더니 츠야의 어깨를 두드렸다.

그런 금발 용사에게 츠야는 입술을 잔뜩 삐죽이며 시선을 옆으로 홱 돌렸다.

"확실히 그렇지마안…… 그럴 걸 알았다면 조금은 덜 먹고 마셨을 텐데에."

그런 츠야의 태도에 금발 용사는 즐겁게 웃었다.

"정말로, 너는 얻어먹을 때는 가차가 없으니까 말이다."

그런 금발 용사 주위에는 침대가 여럿 놓여 있는데, 그 위에서 금발 용사 일행들이 기분 좋게 잠들어 있었다.

◇다음 날◇

뒷골목 한편에 있는 변두리 여관.

그곳의 한 방에 우르고 패밀리 네 사람의 모습이 있었다.

"아가씨…… 면목 없을 따름입니다조이……."

침대에 앉아 있는 데미 앞에서 머리를 푹 숙인 겐부신.

"금발 용사의 파티 멤버에게 승부에서 진 것은 물론, 은혜까지 받는 꼴이 되어 버리다니조이……."

그 옆에 로셀리나와 로젠로렐이 버티고 서 있었다.

"이렇게 된 바에는 말이죠후와와~, 섬모화족 검사 로셀리나의 검 기술과."

"골렘 로젠로렐의 파워로 쓰러뜨릴 수밖에 없어요!"

로셀리나는 검을 들고 로젠로렐은 가슴 앞으로 양쪽 주먹을 맞대며 포즈를 취했다.

"일단 앞으로는 돈을 건 승부는 엄금이야…… 이제 남은 돈도 거의 없으니까……."

그런 일동을 바라보며 데미는 거의 텅 빈 지갑을 움켜쥐었다.

그런 데미에게 로젠로렐은 기이한 포즈를 취하며 말했다.

"걱정 마시길, 데미 님. 금발 용사를 쓰러뜨리면 상금을 받을 수 있고, 명성도 손에 넣어서 모든 게 해결돼요!"

그리고 고릴라 포즈에서 사이드 체스트의 마초 포즈로 넘어가는 로젠로렐.

데미는 그런 로젠로렐을 바라보며 주위를 둘러봤다.

"……그런데, 금발 용사 일행의 행방은 알아냈어?"

데미의 말을 듣고 로셀리나와 로젠로렐도 주위를 두리번두리번 둘러봤다.

"아니, 저기 그게 말이죠후와와~……."

"어느 여관에도 그들로 보이는 인물은 없었어요."

두 사람의 말을 들은 데미는 작게 한숨을 내쉬었다.

"……우선은 금발 용사를 찾는 것부터 시작이네요. 하지만 그 전에 좀 쉬죠. 둘 다 금발 용사를 찾아서 밤새 거리를 돌아줬으니까."

"데, 데미 님……."

"정말로 다정하세요."

데미의 말에 두 사람은 그만 감격의 눈물을 흘렸다.

◇아침◇

금발 용사 일행은 마차로 변화한 아룬키츠를 타고서 가도를 이동 중이었다.

『이것 참, 역시 술은 백약지장이네요. 어젯밤의 폭음 덕분에 변신 능력이 최고조입니다!』

그 말대로 아룬키츠가 변화한 마차는 평소보다 호화로웠다.

다만 마차를 타고 있는 금발 용사 일행은 다들 얼굴을 찌푸리고 있었다.

"……아룬키츠, 최고라니 다행이다만……. 이 짐마차 안, 술 냄새 난다고……."

코를 막고 미간에 주름을 짓는 금발 용사.

다른 이들도 마찬가지로 코를 막거나 양손으로 얼굴을 덮고 있었다.

『금발 용사 경, 너무합니다! 아룬키츠는 이래봬도 여자입니다. 그런 여자한테 술 냄새라고 하는 건 안 됩니다. 성희롱입니다.』

더없이 분개한 목소리를 높였다.

"스스로를 여자라고 자각한다면, 이렇게나 술 냄새가 날 때까지 마시지 말라고!"

아룬키츠에게 일갈하고, 금발 용사 일행은 짐마차의 창문을 열어젖혔다.

아룬키츠는 맹렬한 술 냄새를 흩뿌리며 거리를 빠져나가 숲속으로 나아갔다.

금발 용사가 거리를 뒤로한 사실을, 여관에서 자고 있는 데미 일행은 깨닫지 못했다.

　◇며칠 뒤◇
　어느 마을에 도착해서는 술집에서 쉬고 있던 금발 용사.
　"금발 용사님. 여기 계셨습니까."
　그런 금발 용사 곁으로 한 여자가 모습을 드러냈다.
　인간족의 모습으로 변화한 그 여자는, 오른손 검지로 공갈 안경을 꾹 밀어 올렸다.
　"너는…… 아마도 마왕 독슨의 측근, 후훈인가……."
　"예. 오늘은 금발 용사님께 협력을 청할 건이 있어서."
　"흠…… 일단 이야기를 들어볼까."
　후훈은 금발 용사의 말에 끄덕이더니 공갈 안경을 꾹 밀어 올리며 이야기를 시작했다.

◇ ◇ ◇

　"……그건 정말인가?"
　금발 용사는 미간에 주름을 지었다.
　후훈은 그런 금발 용사에게 확답했다.
　"예, 틀림없습니다. 마족들이 대량으로 행방불명되는 사건이 빈발하고 있어서, 마왕 독슨 님의 지시 아래 사천왕인 잔지바르 님,

베리안나 님과 함께 조사를 진행했습니다만…… 어느 조직이 마족을 이용하여 인체 실험을 진행 중이라는 게 틀림없어서…….”

후훈의 말에 금발 용사 옆에 서 있는 츠야는 혐오하는 표정을 지었다.

“그러고 보니이, 옛날에 인간족을 이용해서 인체 실험을 한 나라가 있었다고 들은 적이 있는데요오. 그건 너무 위험하니까 무척 옛날에 금지했을 텐데요오.”

“그렇게 들었습니다만…… 아무래도 그 나라의 연구자들이 일부 마족과 손을 잡고, 그 실험을 비밀리에 재개한 모양입니다.”

금발 용사 앞에 수정을 놓는 후훈.

그것으로 손을 뻗자 수정 안에 몇몇 인물의 상반신이 떠올랐다.

“참고로 최근에 유괴된 것은 이들 셋…… 남자아이 하나와 여자아이 둘인데, 다들 마족 명문가의 자식들이라 보기 드문 마력을 지니고 있습니다.”

금발 용사는 그 그림을 찬찬이 바라봤다.

그 뒤에서 츠야와 다른 이들도 수정으로 시선을 향했다.

“……흠…… 이들을 구출하는 거라면, 마왕군이 하면 되는 일이 아닌가? 어째서 나한테 의뢰하지?”

“그게…… 연구 시설이 클라이로드 마법국 영내에 있으니까요. 마왕군을 파견할 수는 없습니다.”

“흠…… 확실히 인간족과 마족은 이제 막 휴전 협정을 맺었으니까 말이야. 이런 시기에 마왕군을 인간족의 영내로 파견하기라도 했다가는 문제가 된다는 건가…….”

금발 용사의 말에 끄덕이는 후훈.

……그때.

모두가 자리 잡고 있는 술집이 격렬하게 진동했다.

"무, 무슨 일이지?"

"잘은 모르겠지만, 뭔가 보라색같이 이상한 게 술집을 공격한 모양이에요."

밖을 보고 있던 왕창 우하의 말을 들은 금발 용사는 창가로 달려갔다.

"저…… 저건 뭐냐?"

금발 용사의 시선 앞에는 가느다란 몸통에 등에서 긴 관이 뻗어 있는, 보라색 마수가 서 있었다.

그 마수가 술집 건물을 공격한 것이었다.

GUOOOOOOOOOOOOOOOOOOOOOOOOOOOOOO!

하늘을 향해 포효하더니 보라색 마수는 손끝을 창처럼 뾰족하게 만들고 술집만이 아니라 주변의 건물까지도 파괴하기 시작했다.

"저 마수…… 설마 조직을 계속 조사하는 절 노리고……."

창밖을 바라보며 오른손 검지로 공갈 안경을 꾹 밀어 올리는 후훈.

그녀의 눈앞에서 보라색 마수가 양팔을 있는 힘껏 들어 올렸다.

……그때였다.

푹.

보라색 마수의 발밑에 거대한 구멍이 출현했다.

마수의 몸은 그 구멍 안으로 떨어져, 오른쪽 다리 대부분이 파묻혀 버렸다.

"후우…… 어떻게든 됐군."

술집 안에서 안도의 목소리를 흘린 것은 금발 용사였다.

그의 손에는 전설급 아이템인 드릴 불도저 삽이 들려 있고, 얼굴이나 옷이 흙으로 더러워진 상태.

그 뒤편 술집 바닥에는 커다란 구멍이 뚫려 있었다.

금발 용사는 보라색 마수가 팔을 들어 올리는 것과 동시에 드릴 불도저 삽을 사용해서 지면에 구멍을 파고 마수의 발밑까지 이동.

그곳에 거대한 구멍을 만든 다음에 돌아온 것이었다.

이것도 초고속으로 땅속을 파며 나아갈 수 있는 전설급 아이템을 가지고 있기에 가능한 일이라 할 수 있었다.

"역시 금발 용사니임!"

손을 맞잡고 그 자리에서 팔짝 뛰는 츠야.

"그보다도 밸런타인!"

"맡겨 주세요, 금발 용사님!"

금발 용사의 말에, 양손에서 마의 실을 출현시키는 밸런타인.

"자, 얌전히 있으렴!"

양손을 전방으로 휘두르자 마의 실이 날아가서, 구멍에 오른쪽 다리가 끼어서 몸을 움직이지 못하는 보라색 마수에게 휘감겼다.

"오호호호호! 어젯밤에 잔뜩 먹었으니까, 오늘의 실은 좀 굉장하거든!"

드높이 웃으며 마의 실을 계속 방출하는 밸런타인.

그 실로 온몸을 칭칭 감긴 보라색 마수는 거대한 고치처럼 변해서 괴로운 듯 몸부림쳤다.

"장난이 지나쳤어. 이대로 꽉 졸라서 죽여 줄까?"

밸런타인은 팔을 교차시켜 마의 실로 더욱 강하게 구속했다.

그때였다.

보라색 마수 옆, 지면 위에 거대한 마법진이 전개되기 시작하더니 그 안에서 파란 마수가 출현한 것이었다.

"자, 잠깐만, 두 마리라고?!"

황급히 새로운 마의 실을 준비하는 밸런타인.

하지만 그보다도 빠르게, 파란 마수는 나이프 모양으로 되어 있는 오른팔을, 보라색 마수를 구속한 실에 휘둘렀다.

예리한 오른팔에 마의 실은 절단되었다.

"으음."

다시금 드릴 불도저 삽을 준비하는 금발 용사.

그의 눈앞에서 아직 고치 형태인 보라색 마수를 끌어안은 파란 마수는, 조금 전 자신이 출현한 마법진 안으로 사라졌다.

그 광경을 창문으로 바라보던 금발 용사 일행.

"……저건 대체 뭐였지……?"

금발 용사는 멍한 표정을 짓고 있었다.

"······아마도 말입니다만······."

금발 용사 옆에서 오른손 검지로 공갈 안경을 꾹 밀어 올리는 후훈.

"저것이 예의 연구의 산물······ 마족이 마수로 변화한 모습······."

◇ ◇ ◇

"아야야야야······ 조금 더 살살 해달라고요."

"아아, 어쩐지 죄송하네요~."

파편에 부상을 당한 왕창 우하를 츠야가 치료하고 있었다.

술집 주변에서는 그 밖에도 부상자가 나와서, 그들은 아룬키츠 나 리리안주 등등이 치료하며 돌고 있었다.

그 근처에서 금발 용사는 후훈과 대화를 나누고 있었다.

"······그럼 네가 모은 정보 가운데 조금 전 마수의 정보가 있었 다는 건가."

"예. 이전에는 인간족의 거대 마수화를 연구한 모양인데, 마족 이 더 적성이 높다고 판단했는지 마족을 사용한 연구로 전환, 그 결과로 태어난 마수의 수정 그림을 확인했습니다."

후훈이 손에 든 수정 안에는, 그녀의 말대로 조금 전 출현한 파 란 마수의 모습이 비치고 있었다.

"그래서 그자들은 이런 마수를 만들어 내서 뭘 할 셈이냐?"

"······아마도 전쟁을 바라는 세력에게 판매하려는 생각이 아닐 까 합니다만······."

두 사람이 대화를 나누는데 그곳으로 아룬키츠가 걸어왔다.

평소처럼 등줄기를 쫙 펴고 한 번 경례하는 아룬키츠.

"이런 곳에서 말만 늘어놓아 봐야 소용없지 않은가 생각합니다. 저 아룬키츠, 우선은 돌입할 것을 제안합니다."

"음, 그건 지당한 의견이다만…… 후훈, 연구 시설이 있는 장소는 파악하고 있나?"

"몇몇 거점으로 보이는 장소는 파악하고 있지만, 어느 곳이든 말단 연구 시설로, 본거지까지는…….'"

금발 용사의 말에 후훈은 공갈 안경을 꾹 밀어 올리고 고개를 가로저었다.

"으음, 답답하군요."

발을 동동 구르는 아룬키츠 옆에서 금발 용사는 팔짱을 낀 채로 생각에 잠겼다.

그곳으로 리리안주가 다가왔다.

"금발 용사 경, 제 탐사 능력으로 조금 전 마수의 기척을 탐지하는 게 가능합니다."

"그런가, 그렇다면 바로 출발하자고!"

"알겠습니다!"

금발 용사에게 경례하더니 자신의 몸을 짐마차로 변화시키는 아룬키츠.

금발 용사 일행과 후훈은 부상자 치료가 끝난 것을 확인하고는 아룬키츠 안에 탑승했다.

◇몇 각 후 어느 숲속◇

금발 용사를 쓰러뜨리고자 그의 행방을 좇던 우르고 패밀리 일행.

네 사람은 지금 숲속을 필사적으로 도망치고 있었다.

"뭐, 뭔가요, 저 빨간 마수는?! 갑자기 습격하다니."

데미는 커다란 눈물을 뚝뚝 흘리며 필사적으로 달리고 있었다.

그런 그녀를 철완족 겐부신, 골렘 로젠로렐, 섬모화족 검사 로셸리나가 뒤따랐다.

그리고 그 뒤에서 호리호리한 실루엣에 허리 부근에서 후방으로 긴 관을 뻗은 빨간 마수가, 손을 네 발처럼 사용하며 질주하여 우르고 패밀리를 뒤쫓고 있었다.

"나, 나도 오래 살았지만, 저런 마수는 본 적이 없다조이."

그러더니 겐부신은 그 자리에 멈춰 섰다.

"로셸리나, 로젠로렐. 아가씨는 맡기겠다, 여긴 내가 막아 내겠다조이."

겐부신이 양팔에 힘을 싣자 그 팔만이 거대화하여 쇳덩어리로 변화했다.

"짐승 녀석, 이거라도 먹어라!"

겐부신은 그 양팔을 가볍게 휘두르며 빨간 마수에게 뛰어들었다.

그 빨간 마수 뒤에서 등에 날개가 달린 하얀 마수들이 무수히 하늘을 날고, 겐부신에게 사방팔방에서 덮쳐들었다.

"으음, 증원이라니 비겁한 놈들?!"

겐부신은 곤혹스러워 하면서도 철완을 휘둘러 하얀 마수를 박살 냈다.

그곳으로 자세를 낮추어 돌진하는 빨간 마수.

"으, 으음?! 저, 저질렀다조이."

하얀 마수에게 너무 집중한 탓에 겐부신의 대처가 늦어졌다.

그의 복부를 오른손으로 후려치는 빨간 마수.

"크허억!"

직격을 당한 겐부신은 후방으로 날아가서 주변의 나무를 쓰러 뜨리며 쓰러졌다.

그곳으로 하얀 마수들이 무리 지어 쓰러져 있는 겐부신을 집단 으로 구타하기 시작했다.

"에~잇, 빨간 것보다 힘은 약하지만, 중과부적…… 크흑."

필사적으로 팔로 가드했지만 그 틈을 파고들며 차례차례 마수 의 주먹이 겐부신을 두들겼다.

"그렇게 두진 않아!"

그때, 돌아온 데미가 악마족이 애용하는 거대한 낫을 휘두르며 하얀 마수들에게 뛰어들었다.

그 자리의 공기가 차갑게 찢어지는 듯한 소리가 한순간 울리고 하얀 마수들이 날아갔다.

"겐부신, 무사한가요?"

낫은 든 데미가 달려가자 겐부신이 벌떡 일어났다.

"걱정이 심하십니다, 아가씨. 덕분에 제 화려한 역전극을 보여 드릴 수가 없습니다조이."

그러면서 핫핫핫 웃었다.

팔팔한 그 모습에 데미는 무심코 안도의 한숨을 흘렸다.

……그렇게 틈이 생겼다.

"……아."

데미는 뒤통수에 둔통을 느끼고는 그대로 정신을 잃었다.

"아가씨?!"

황급히 돌아본, 막 일어난 겐부신과 늦게 달려온 우르고 패밀리 멤버들 앞에서, 기절한 데미를 옆구리에 품은 빨간 마수는 포효를 내지르더니 숲속으로 사라졌다.

"이 자식, 아가씨를 돌려내라!"

"기다려후와와~."

"박살내 주겠어!"

그 뒤를 황급히 쫓아가는 우르고 패밀리.

하지만 그들의 눈앞으로 하얀 마수 잔당이 밀려들었다.

"방해야후와와~!"

검사 로셀리나는 포근한 외모와는 정반대인 날카로운 검술로 하얀 마수를 찢어발겼다.

다른 두 사람도 하얀 마수와 맞섰지만 그 숫자가 너무나도 많았기에 그 자리에서 응전하는 것이 고작인 상태였다.

처음에야 우세였지만 차례차례 출현하는 하얀 마수 앞에서 서서히 몰리고 있었다.

"……역시나 좀 위험하네요."

"무슨 소리냐, 지금부터 역전이다조이."

로젠로렐과 겐부신, 로셀리나의 이마에 식은땀이 흘렀다.

그런 우르고 패밀리에게 우르르 밀려드는 하얀 마수들.

그리고 덤벼들고자 일제히 달려나간…… 그때였다.

푸욱.

갑자기 마족들의 발밑에 무수한 구멍이 뚫리고 하얀 마수들이 차례차례 추락했다.

몇 마리는 날개를 퍼덕여서 추락을 면했지만, 뒤이어 삽 같은 물체로 머리를 얻어맞고 맥없이 구멍 안으로 추락했다.

"쯧, 깨끗이 포기하질 못하는군."

구멍 안에는 무수한 창이 세워져 있어서 추락한 마수들은 빠짐없이 꼬치 신세가 되었다.

그 광경에 어안이 벙벙한 우르고 패밀리 멤버들.

그런 일동 앞으로, 함정 주변에서 날아가려던 마수를 삽으로 후려친 남자가 걸어왔다.

"네…… 네놈은…… 금발 용사……조이."

겐부신의 말대로, 그곳에 서 있던 것은 드릴 불도저 삽을 손에 든 금발 용사였다.

"네놈, 왜 여기에……. 아니, 그보다도……. 구해 주어서 감사한다……조이."

쓸쓸하게 입술을 깨물면서도 겐부신은 깊이 머리를 숙였다.

그에 이어서 로젠로렐과 로셀리나도 금발 용사에게 머리를 숙였다.

"그런 건 아무래도 상관없다. 그보다도……."

금발 용사는 구멍으로 걸어갔다.

"마수의 기척을 쫓아 여기까지 왔다만…… 헌데 이 녀석들은 대체 뭐냐……."

드릴 불도저 삽으로 구멍을 다시 메우며 고개를 갸웃거렸다.

그런 금발 용사 근처에서는, 근처에 굴러다니던 하얀 마수의 시체를 후훈이 조사하고 있었다.

"……이 하얀 마수는 마법으로 만들어 낸 것 같군요…… 보라 색이나 파란 마수들보다 작고, 마력도 약한 모양입니다."

마수에 왼손을 대고 마법진을 출현시켜서 하얀 마수를 조사하 던 후훈은, 오른손 검지로 공갈 안경을 꾹 밀어 올렸다.

"……기본적인 구조는 원거리에서 해석한 보라색 마수들과 무 척 닮았지만…… 굳이 따지자면 열화형이라고 할까 양산형이라 고 할까, 이 주먹 부분이나 물어뜯기 위한 턱 따위는 이상할 정도 로 딱딱하지만 본체 부분은 무르게 되어 있습니다…… 공격에 모 든 걸 쏟고 방어를 내다 버린 구조라고 할까요……."

공갈 안경을 꾹 밀어 올리며 하얀 마수를 분석하는 후훈.

"그런 것까지 만들어 낸다는 건가……. 서두르지 않으면 터무 니없는 일이 벌어지겠군."

그 말에 금발 용사는 팔짱을 끼며 생각에 잠겼다.

그곳으로 밸런타인이 다가왔다.

"그래서 금발 용사님, 어떻게 하실 생각인가요? 이 마수를 만들어 내고 있는 녀석들의 본거지는 클라이로드 마법국 어딘가에 있는 거죠? 잘못 엮였다가는 죄가 더 추가되어 버린다고요?"

밸런타인의 말대로, 금발 용사는 클라이로드 성의 보물을 훔친 것, 봉인되어 있던 마인과 암흑 대마도사를 풀어준 것 등등으로 클라이로드 마법국에게 인간족 세계 전역에 지명수배 되어 있었다.

금발 용사는 밸런타인에게 시선을 향했다.

"그런 건 아무래도 상관없다. 이건 독슨이 곤란해 하는 일이겠지? 그걸 내버려 둘 수는 없지."

"후후, 금발 용사님이라면 그렇게 말씀하실 거라 생각했어요."

기쁜 듯 미소를 짓는 밸런타인.

그런 금발 용사에게, 이야기를 듣고 있던 겐부신이 입을 열었다.

"……금발 용사여…… 수치를 무릅쓰고 묻겠다…… 녀석들의 아지트를 알아낸 방법은 없는가조이? 저 빨간 마수가 아가씨를 데려가 버렸다조이……."

"빨리 구해야 해, 후와와~."

로셀리나도 걱정스럽게 목소리를 높였다.

"저 녀석, 다음에 만나면 등뼈를 부러뜨려 주겠어!"

양팔을 가슴 앞으로 맞대며 근육 포즈를 취하는 로젠로렐.

금발 용사는 그런 일동을 둘러봤다.

"음…… 너희 마음은 모를 것도 아니다만…… 안타깝지만 우리도 현재로서는 그자들의 본거지에 대한 정보가 아무것도 없어서 말이다……."

그 말에 우르고 패밀리 멤버들은 어깨를 떨어뜨렸다.

"후후…… 금발 용사님, 그렇지도 않다고요."

그런 그들에게 밸런타인이 의미심장하게 미소를 지었다.

"그, 그건 정말이냐?"

밸런타인을 돌아보는 금발 용사.

우르고 패밀리 멤버들 역시도 밸런타인에게 시선을 향했다.

그런 일동 앞에서 밸런타인은 오른손 검지를 척 세웠다.

그 손끝에서 가느다란 마의 실이 이어져 있고, 지금도 어딘가를 향해 굉장한 기세로 뻗어나가고 있었다.

"아까 여기에 있던 빨간 마수한테…… 말이죠?"

"그럼 이 실을 따라가면 녀석들의 본거지에……."

금발 용사의 말에 밸런타인은 끄덕였다.

◇몇 각 후◇

"……윈터만, 마족 마수는 어떤가요?"

검은 마도복을 입은 그 여자는 의자에 앉은 채, 뒤에 서 있는 하얀 마도 로브차림 초로의 남자에게 말을 건넸다.

윈터만이라고 불린 그 남자는 뒷짐을 진 자세로 머뭇거리며 답했다.

"창시자 앙카, 실험은 순조롭습니다. 양산형 생산에도 성공했습니다…… 허나……."

앙카라고 불린 여자는 시선만을 윈터만에게 향한 채, 낮은 목소리로 말했다.

"……실험체 폭주, 인가요?"

앙카의 말에 윈터만은 끄덕였다.

"본래라면 사역하는 주인의 명령에 절대복종할 터인데…… 번번이 폭주하는 모양이어서야 도무지 팔 수는……."

"원인은?"

"아마도 소체인 마족의 능력이 부족했던 게 아닐지…… 더욱 강력한 마력을 가진 마족을 이용하면 해결되지 않을까 싶습니다만……."

대화를 나누는 앙카와 윈터만 뒤에서 두 여자가 걸어왔다.

"……당신들, 뭔가 이상한 논의 중인데…… 마족 마수 납기는 괜찮겠지? 매각 상대는 이미 정해졌다고? 하얀 마수와 마족 마수, 제대로 납품할 수 있겠지?"

작은 체구에 새카만 고스로리 의상을 입은 그 여자는 등에 지고 있는 거대한 주판을 왼손으로 고쳐들더니 주판알을 달칵달칵 움직이며 계산을 시작했다.

그 여자 옆에서 주판 여자와 마찬가지로 검은 고스로리 의상을 입은 또 한 여자는, 검은색뿐인 눈을 부릅뜨고 삐걱삐걱 몸을 불규칙하게 계속 움직이며, 높은 목소리로 노래하고 이리저리 춤을 췄다.

"납기를 지키는 것이야말로 일 일 일인 거야~ ♪"

윈터만은 두 사람이 못 알아차리도록 혀를 찼다.

"……협력해 주는 너희 암상회에게는 감사하고 있다…… 약속한 마족 마수도 이제 곧 넘겨주겠다."

"괜찮아…… 문제없어."

그 말에 앙카 역시도 작게 끄덕였다.

"조금 전, 소체가 될 강력한 마력을 가진 마족을 붙잡았으니까."

앙카의 시선 앞, 수정 안에는 거대한 연구 공장에 조용히 자리 잡은 빨간 마수의 모습이 비치고 있었다. 그의 수중에는 기절한 데미의 모습이 있었다.

◇ ◇ ◇

"……여긴?"

우르고 패밀리의 당주인 소녀 데미는 어둠속에서 눈을 떴다.

십자가 같은 것에 매달려 있는지 그녀의 손은 좌우로 뻗어 있고, 손목 부근이 마법의 고리로 묶여 있었다.

목과 양다리도 마찬가지로 묶여 있는지, 완전히 움직임을 봉인 당했다.

이 구속이 평범한 밧줄이나 강철제 족쇄 같은 것이었다면, 악마인 데미라면 간단히 파괴할 수 있었다. 하지만 이 구속에 사용된 마법의 고리에는 고위 구속 마법이 부여되어 있어서 데미의 마력을 봉인하고 있었다.

그래도 어떻게든 도망치려고 데미는 팔다리를 필사적으로 움직였다.

"깨어난 모양이군, 마족 여자."

그런 데미 앞으로 어둠속에서 여자 하나가 모습을 드러냈다.

그 여자는 나이를 짐작할 수 없는 신기한 외모에, 검은 정장을 입고 있었다.

여자는 천천히 데미에게 다가갔다.

데미는 그 여자를 노려봤다.

"당신은 누군가요? 절 여기서 내보내 줘요."

하지만 그 여자는 데미의 말에 대답하지 않고, 구속된 상태인 데미의 옷에 손을 대더니 단숨에 찢었다.

"꺄악?! 잠깐, 뭘 하는 건가요?!"

갑자기 옷이 찢기자 얼굴을 붉게 물들이며 항의하는 목소리를 높이는 데미.

하지만 그 여자는 데미가 아니라 뒤쪽으로 고개를 돌렸다.

"윈터만, 마족 마수의 융합 실험에 사용할 거니까 옷은 전부 벗겨 두라고 했잖아?"

그러면서 억지로 데미의 옷을 전부 찢고 벗겨냈다.

그런 여자 뒤에서 다가온, 하얀 정장차림 초로의 남자——윈터만.

"창시자 앙카, 어차피 실험 도중에 녹아서 없어질 테니까……."

그는 고개를 가볍게 갸웃거리며 데미의 옷을 계속 찢고 있는 여자——앙카에게 말했다.

하지만 앙카는 그런 윈터만을 노려본다.

"설령 그렇다고 해도, 아주 약간이라도 불확정으로 이어질 요소는 전부 배제하고 항상 백 퍼센트의 준비로 실험에 임해. 안 그래도 시간이 없다고?"

"……죄송합니다."

앙카의 말에 윈터만은 공손히 머리를 숙였다.

틀에 묶인 채로 완전히 옷이 벗겨진 데미는 얼굴을 새빨갛게 물들이고서 고개를 숙이고 있었다.

앙카는 그런 데미의 몸을 머리끝부터 발끝까지 바라봤다.

그 시선을 깨달은 데미는 얼굴을 새빨갛게 물들인 채, 꾸물꾸물 몸을 계속 움직였다.

"재미있네…… 마족도 부끄럽다는 감정을 가지고 있다니……."

툭하니 중얼거리는 앙카.

그 말을 들은 데미는 앙카를 노려봤다.

"그, 그야 당연하잖아요! 그러니까 빨리 여기서 풀어 주세요, 적어도 몸이라도 가려 주세요."

데미는 눈에서 눈물을 흘리면서도 노성을 터뜨렸다.

앙카는 그런 데미 앞에서 오른손을 들었다.

"……걱정할 것 없어……. 이제 곧 그런 감정은 모두 사라질 테니까."

앙카의 신호에, 그 위에서 보라색 옷을 입은 남자 하나, 파랑과 빨강 옷을 입은 여자 둘, 도합 세 마족 아이들이 마수 한 마리를 데려왔다.

그 마수는 보라, 파랑, 빨강 마수를 사람 사이즈로 만든 외모였다.

데미를 구속한 것과 같은 마법의 고리 구속구로 입을 막고 팔과 팔, 다리와 다리를 서로 묶어서 움직임을 제한한 상태였다.

세 아이들은 그 마수를 무표정하게 유도했다.

앙카는 끌려나온 마수의 입을 막고 있던 구속을 풀었다.

그러자.

GRUUUUUUUUUUUUUUUUUUUUU.

마수는 낮게 으르렁거리며, 앞에 묶여 있는 데미에게 시선을 향했다.

"히, 히익?!"

마수가 노려보자 저도 모르게 비명을 터뜨리는 데미.

그런 데미에게 마수는 혀를 뻗었다.

그 혀는 큰 통 모양으로 되어 있어서, 데미의 머리에 달라붙더니 그대로 그녀의 몸을 뒤덮기 시작했다.

"자, 자, 잠깐만, 으읍……."

비명을 터뜨리는 데미.

하지만 그녀의 입은 금세 마수에게 뒤덮여 버리고 데미의 목소리는 더 이상 들리지 않았다.

마수의 혀는 이미 데미의 허리 부근까지 뒤덮었다.

그 모습을 앙카는 무표정하게 바라봤다.

"융합률은?"

앙카 옆에서 마법 윈도를 전개한 윈터만이 눈을 부릅떴다.

"……훌륭해, 융합률이 200퍼센트를 넘고 있습니다. 이제까지 피험자로 사용한 인간족이나 마족에게서는 있을 수 없었던 수치입니다."

앙카는 그 말을 듣고는 싱긋 미소 지었다.

"어떻게든 암상회 납기에 맞출 수 있겠네. 그 돈으로 마족 마수 증산에 착수해서, 언젠가는 내가 이 세계를……."

만족스럽게 끄덕이더니 여전히 무표정하게 서 있는 세 마족 아이들에게 시선을 향했다.

"……응?"

그때 앙카는 빨간 옷을 입은 마족 여자아이의 몸에서 무언가가 뻗어 있는 것을 깨달았다.

앙카가 손을 뻗자 그곳에는 가느다란 실이 있었다.

얇은 그 실은 빨간 옷 여자아이의 허리 부근에 딱 달라붙어서, 아이들이 들어온 문 너머로 뻗어 있었다.

"……윈터만, 이 실이 신경 쓰여. 바로 조사해서……."

그러면서 윈터만에게 시선을 향하는 앙카.

……착타아아아아아아아아아아아아아아아아아아아아안.

앙카는 어디선지 목소리가 들린 것 같아서 주위를 둘러봤다.

"지금!"

그러자 이번에는 그 목소리가 또렷하게 들렸다.

동시에 복도의 벽이 커다란 소리와 함께 박살났다.

"무, 무슨 일이야?!"

곤혹스러운 목소리를 높이는 앙카.

그곳으로 마포 전차 한 대가 뛰어들었다.

"마포 전차…… 아마도 도도이츠국이 비밀리에 부활시키려 한다는 소문이 도는 이세계의 고대 마도 병기…… 그게 왜 여기에."

앙카는 무심코 뒷걸음질 쳤다.

짐마차 마인인 아룬키츠는, 한 번 접촉한 적이 있는 탑승물로 변화하는 능력을 가지고 있다. 이 마포 전차도 그중 하나였다.

『훗훗훗, 짐마차 마인 아룬키츠의 마포 전차가 가진 마포라면, 이런 벽 따위는 일격입니다.』

마포 전차에서 아룬키츠의 득의양양한 목소리가 들렸다.

"아가씨! 무사하십니까조이?"

철완족 겐부신을 비롯한 우르고 패밀리 세 사람이 아룬키츠 옆에서 방으로 뛰어들었다.

그에 이어서 금발 용사 일행이 방 안으로 들어왔다.

금발 용사와, 그 뒤에 서 있는 밸런타인의 모습을 보자마자 보라색 옷 남자아이가 부들부들 떨기 시작했다.

"아…… 아…… 구, 구멍…… 실…… 괴, 괴로운 거, 싫어…… 싫어…….."

"안 돼…… 폭주하겠어."

앙카가 허둥지둥 보라색 옷 남자아이에게 달려갔다.

하지만 그보다도 빠르게 보라색 옷 남자아이는 포효를 내지르며 거대화하여 보라색 마수로 변화했다.

그에 호응하듯 파랑과 빨강 옷 여자아이도 마족 마수로 변화하여 거구로 방을 파괴했다.

"금발 용사님, 위험해요."

건물 마인 왕창 우하는 자신의 몸을 판잣집으로 변화시켜서 떨어지는 파편으로부터 금발 용사 일행과 우르고 패밀리 일행을 지켰다.

방을 파괴한 세 마리 마수들은 그것을 깨닫고 판잣집을 향해 일제히 덤벼들었다.

"이런, 왕창 우하, 돌아가라."

"예, 알겠어요."

금발 용사의 말에 인간 형태로 돌아가는 왕창 우하.

"마수들이여, 내 구멍 안에서 떨며 잠들어라!"

금발 용사는 마법 주머니에서 꺼낸 드릴 불도저 삽을 손에 들더니 그것을 바닥에 박았다.

……그때였다.

금발 용사를 덮치려던 마족 마수들은, 금발 용사가 드릴 불도저 삽을 들자 마치 그것을 피하듯이 훌쩍 후방으로 물러나고, 금발 용사를 멀찍이서 둘러싸며 위협의 목소리를 높이기 시작한 것이었다.

그 광경을 보고 있던 앙카는 금발 용사를 바라봤다.

"……손에 든 그건…… 전설급 아이템 드릴 불도저 삽인가?"

곤혹스러운 목소리를 높이는 앙카.

"그렇다면 어쨌다는 거냐?"

드릴 불도저 삽을 손에 든 채로 대답하는 금발 용사.

"좋아, 아가씨를 해방했어후와와~!"

그런 금발 용사에게, 우르고 패밀리의 로셀리나가 목소리를 높였다.

그 옆에서 로젠로렐이 축 늘어진 데미를 안아들고 있었다.

그녀의 몸에는 로젠로렐이 걸치고 있던 망토가 감겨 있었다.

금발 용사는 그것을 확인하고는 빠르게 움직였다.

"좋아, 물러난다! 아룬키츠, 서둘러라! 밸런타인! 이 녀석들의 움직임을 막아라!"

"알겠습니다."

"맡겨주세요!"

금발 용사의 말에 바로 반응하는 두 사람.

아룬키츠는 몸을 짐마차로 변화시켰다.

그 옆에서 밸런타인은 손에서 무수한 마의 실을 방출하더니 세 마리 마수만이 아니라 실내의 거의 모든 것을 마의 실로 채웠다.

"무, 무슨 짓을?!"

움직일 수 없게 된 앙카는 분하다는 목소리를 높이며 밸런타인을 노려봤다.

다른 마수들도 몸 대부분이 실로 구속되어 전혀 움직일 수 없었기에 그저 포효를 계속 터뜨렸다.

"그럼 여러분, 잘 있어요."

그런 일동을 둘러본 밸런타인은 짐마차를 향해 걷기 시작했다.

그런 밸런타인의 눈앞을 한 소녀가 막아섰다.

은발을 쓸어 올리며 밸런타인을 응시하는 소녀.

"당신, 누구?"

미간에 주름을 짓는 밸런타인.

소녀는 무표정 그대로 밸런타인을 바라봤다.

"성가시네…… 내 역할은 마수와 마족을 융합시키는 마법을 집행하는 것뿐…… 그럴 텐데, 어째서 침입자 대응까지 해야 하는 거야?"

작게 한숨을 내쉬며 밸런타인에게 걸어가는 은발 소녀.

"하지만 뭐, 됐어…… 싸움의 선율은 싫지 않으니까…… 조금만 진심을 발휘해 볼게."

순식간에 오른팔을 채찍처럼 움직이며 뻗었다.

그 팔을 왼손 하나로 쳐내는 밸런타인.

"뭐야? 이런 거 전혀…… 아니, 어?"

밸런타인이 쳐냈을 터인 팔이 뻗어 와서 그녀의 몸 전체를 칭칭 휘감았다.

"후후…… 내 선율, 멋지지…… 하지만 더는 안 들리려나?"

지휘봉을 휘두르듯 왼팔을 움직이며 춤추는 소녀.

그 동작 도중, 왼손의 손톱이 뻗어 나와서는 칭칭 감겨 있는 밸런타인을 꿰뚫었다.

"좋아, 타블리스. 잘 했어. 그 여자를 그대로 데려가."

아직 마의 실로 자유를 빼앗긴 상태인 앙카는, 은발 소녀——타블리스에게 목소리를 높였다.

"성급하긴……. 뭐, 상관없지만."

타블리스라고 불린 소녀는 앙카에게 시선을 향하더니, 왼손의 손톱을 원래대로 되돌리고 밸런타인에게 감았던 오른팔을 풀었다.

"어…… 어라?"

곤혹스러운 표정을 짓는 타블리스.

그렇다…… 팔 안에서 출현한 것은 밸런타인이 아니라 방 한구석에 놓여 있던 통나무였던 것이다.

"지금이다! 밸런타인! 리리안주!"

금발 용사의 목소리가 울렸다.

그 목소리는 통나무 밑에서 들렸다.

"좀 전에는 방심해 버렸지만, 이번에는 그렇게 안 돼!"

"밸런타인 님, 엄호하겠사오니!"

자세히 보니 그곳에는 구멍이 뚫려 있고, 그곳에서 밸런타인과 리리안주가 튀어나왔다.

……그렇다.

밸런타인이 칭칭 감기기 직전, 드릴 불도저 샵으로 구멍을 파고 접근한 금발 용사가 밸런타인과 통나무를 맞바꾼 것이었다.

두 사람에 이어 구멍에서 튀어나온 금발 용사가 드릴 불도저 샵을 크게 위로 들며 타블리스와 대치했다.

"드, 드릴 불도저 샵?! 어째서."

금발 용사의 수중에 있는 무기를 응시하고 타블리스는 경악한 표정을 지으며 뒷걸음질 쳤다.

그때까지 무표정, 무감정했던 타블리스의 갑작스러운 돌변에, 대치하고 있는 밸런타인과 리리안주도 곤혹스러운 표정을 지었다.

타블리스의 상태를 확인한 금발 용사는 납득한 듯 끄덕였다.

"역시 그렇군…… 저 마수들이 드릴 불도저 삽을 두려워하는 것처럼 느꼈는데, 너도 저 마수들과 마찬가지로 내 파트너인 드릴 불도저 삽이 거북한 모양이야."

금발 용사의 말에 분노한 표정을 짓는 타블리스.

"용서 못 해…… 그런 불협화음, 절대로 용서 못 하니까."

몸을 격렬하게 흔들며 타블리스는 절규했다.

"……좋아, 여기까지다! 일단 물러나자고!"

그런 타블리스와 밸런타인, 리리안주를 교대로 바라보던 금발 용사는 밸런타인의 팔을 잡아당겼다.

"아앙, 금발 용사님, 지금부터 좋을 때인데."

"허세부리지 마라, 마력이 고갈될 참일 텐데."

"예?"

금발 용사의 말에 눈을 동그랗게 뜨는 밸런타인.

사계의 거주자인 밸런타인.

그녀가 클라이로드 세계에서 자신의 몸을 유지하기 위해서는 매일 막대한 마력을 섭취할 필요가 있었다.

특히 마의 실을 잔뜩 방출한다면 순식간에 마력이 소모되어 버린다.

'……설령 잘못될지라도 저 여자를 퇴치하겠어…….'

그런 밸런타인의 결의를 헤아린 금발 용사는 망설임 없이 철수 판단을 내린 것이었다.

아룬키츠가 변화한 짐마차로 뛰어드는 금발 용사, 밸런타인, 리리안주.

마력이 극단적으로 감소한 밸런타인의 몸은 요염한 성인의 모습에서 어린아이의 모습으로 줄어들었다.

"좋아! 아룬키츠, 됐다고!"

『알겠습니다!』

짐마차는 단숨에 가속하여 파괴된 벽을 통해 **빠져나갔다**.

"차라리 아룬키츠의 마포로, 전~부 박살 내버리면 되는 거 아닐까요?"

『터무니없는 소리 마시기를. 발사하는 마소는 제 마력을 마포탄으로 쏘는 것이기에, 너무 쐈다가는 마력이 고갈되어 버립니다. 안 그래도 돌입할 때에 지나치게 쐈으니.』

"뭐야, 전혀 굉장하지 않네."

아룬키츠의 말에 입술을 삐죽이며 대답하는 왕창 우하.

그동안에도 아룬키츠는 금발 용사 일행을 태우고 퇴각했다.

"……정말이지…… 좋은 참이었는데…… 하지만, 놓치지 않으니까."

어깨를 들썩이는 타블리스는 짐마차가 나간 쪽으로 달려가려 했다.

"······기다려."

그것을 앙카가 제지했다.

"억지로 쫓을 필요는 없어······."

앙카가 오른손을 들자 그곳에는 소형 실패 모양의 마법 도구가 들려 있었다.

"눈에는 눈을······ 실에는 실을······."

◇ ◇ ◇

아룬키츠가 변화한 짐마차는 엄청난 기세 그대로 앙카의 본거지를 탈출, 숲속을 질주했다.

짐마차 안에서는 밸런타인이 굉장한 기세로 음식을 먹고 있었다.

이 식량은 밸런타인의 비상식량으로 츠야가 마법 주머니 안에 상비하고 있는 것이었다.

"후우······ 어떻게든 늦지 않았네."

안도의 목소리를 높이는 밸런타인.

음식을 먹을 때마다 그녀의 몸은 서서히 커졌다.

하지만 음식에서 섭취할 수 있는 마력은 미약하기에 커지는 페이스는 무척 느렸다.

그 광경을 정면에서 보던 금발 용사는 묻지 않을 수 없었다.

"음······ 늦지 않아서 다행이다······만······. 너, 앞으로 얼마나 더 먹으면 원래대로 돌아오는 거지?"

"그러네요…… 우물우물…… 음식만이라면…… 우물우물……
이 스무 배는 더…….

"스, 스무 배라고요오?!"

밸런타인의 말에 눈을 동그랗게 뜨는 츠야.

"나, 나름대로 준비는 했지만, 그렇게나 많이는 없어요오."

"그런가요…… 우물우물…… 그러네요, 따로 마석이라도 있다
면 조금 적게 먹어도 될 테지만…… 우물우물…….

그동안에도 음식을 입으로 옮기는 손을 멈추지 않는 밸런타인.

"마석이라면, 여기에…….

밸런타인의 말을 듣고 후훈이 오른손을 내밀었다.

그녀의 손 위에는 커다란 마석이 놓여 있었다.

"밸런타인 님께 필요할 거라고, 마왕 독슨 님께서 직접 마력을
담으셨으니까…….

"어머나! 독슨도 참, 재치 있네!"

그렇게 말하기가 무섭게 후훈의 손에서 마석을 받고는 그것을
단숨에 삼키는 밸런타인.

……잠시 후,

퍼엉!

효과음과 함께 밸런타인의 몸이 원래 사이즈로 돌아갔다.

"역시 독슨의 마력이네, 이걸로 한동안은 괜찮아."

자신의 몸을 확인하며 만면의 미소를 짓는 밸런타인.

그 옆에서 안도의 한숨을 흘리는 츠야.

'……다행이에요~ 어떻게든 돈이 안 들었어요오.'

그런 대화를 옆에서 보던 후훈은,

"자, 밸런타인 님이 회복하셨는데, 이제부터 어떻게 합니까? 적의 본거지를 알아냈다고 해도, 저희가 그 장소를 탐지할 수 있다는 걸 상대가 아는 이상, 다른 장소로 본거지를 옮길 거라 생각합니다만……."

그러더니 오른손 검지로 공갈 안경을 꾹 밀어 올렸다.

그 이야기를 들으며 팔짱을 끼고 있던 금발 용사는 후훈에게 시선을 향했다.

"……그 전에 하나 질문이 있다만……. 마족 마수나 은발 여자, 다들 내 드릴 불도저 삽을 싫어하는 것 같던데, 그건 어째서냐?"

허리춤의 마법 주머니에서 드릴 불도저 삽을 꺼내어 찬찬히 바라봤다.

"그 이유를 알 수 있다면…… 저 마수들과 싸울 방법도 보일 것 같다만……."

금발 용사의 말에 후훈이 공갈 안경을 꾹 밀어 올렸다.

"……확실히 그렇군요…… 그럼 저는 일단 마왕성으로 돌아가서, 이번 조사에 참가한 분들로부터 무언가 아는 건 없는지 물어보도록 하죠."

그러더니 후훈은 등에 날개를 출현시키고 질주하는 짐마차의 문에서 날아올랐다.

날아가는 후훈을 지켜본 금발 용사는, 다시금 짐마차 안을 둘러봤다.

"이쪽은 밸런타인이 멀쩡하진 않으니까 말이다…… 후훈에게

서 정보가 들어올 때까지는, 녀석들의 움직임을 감시하는 정도로
해둘까."

밸런타인은 그런 금발 용사에게 미소 짓더니, 금발 용사에게
양손을 내밀었다.

"무슨 말씀이신가요? 저 밸런타인, 이미 완전히 회복됐어요."

"너, 이전에 스스로 말하지 않았나. 마력을 보급한 뒤에는 충
분한 휴식이 필요하다고. 나는 소중한 동료에게 무리를 시키진
않아."

하지만 금발 용사는 그런 밸런타인의 머리를 억지로 자기 무릎
위에 얹고 짐마차 안에 눕혔다.

"저, 저기, 그, 금발 용사님…… 조, 조금 부끄러운데요……."

얼굴을 새빨갛게 물들이면서도 몸을 물리지는 않는 밸런타인.

그런 밸런타인의 머리를 금발 용사는 다정하게 쓰다듬었다.

"알겠느냐, 우리는 언젠가 죽어…… 하지만 말이다."

금발 용사는 밸런타인의 얼굴을 들여다보며 말했다.

"나보다도 먼저 죽는 것만큼은 절대로 용서하지 않으니까……
명심해 둬라."

그러더니 밸런타인의 이마에 딱밤을 날리고, 그리고 또다시 다
정하게 그녀의 머리를 쓰다듬었다.

밸런타인은 그런 금발 용사의 말에 처음에는 어리둥절했지만,
이내 기쁜 듯 미소 지었다.

"……알겠어요."

그러더니 눈을 감고 금발 용사의 무릎에 머리를 기댔다.

그런 금발 용사를 츠야, 리리안주, 왕창 우하가 선망의 눈빛으로 바라봤다.

"금발 용사니임, 저희를 그렇게나 생각해 주고 계셨군요오."

"저 리리안주, 금발 용사님을 향한 충성심이 더욱 더 강해졌습니다."

"그보다도 말이지, 나도 밸런타인 님의 위치에서 직접 듣고 싶었어요."

그런 대화를 나누는 일동.

그런 마차 안에 아룬키츠의 목소리가 울렸다.

『……바쁘신 와중에 죄송합니다. 뒤쪽에서 적의 추격이 있습니다.』

"……왔나."

창문으로 얼굴을 내미는 금발 용사.

그 뒤에서 다른 이들도 내다봤다.

"음…… 저 마족 마수들인가."

"그러네요오, 보라색이랑 파랑이랑 빨강까지 세 마리네요오."

츠야의 말에 끄덕이는 금발 용사.

'……밸런타인에게는 무리를 시킬 수 없고…… 근접 전투가 가능한 건 나와 리리안주뿐, 인가…… 과연 어떻게 해야 할까…….'

금발 용사는 내심 혀를 찼다.

……그때 반대쪽 문을 열고는, 예비용 옷을 입은 데미가 몸을 내밀었다.

"금발 용사 씨…… 당신은 이대로 도망치세요. 여기는 우리 우르고 패밀리가 맡겠어요."

그러더니 가벼운 몸놀림으로 짐마차 밖으로 뛰어내렸다.

그녀를 철완족 겐부신, 골렘 로젠로렐, 섬모화족 검사 로젤리나가 뒤따랐다.

"금발 용사여. 동료를 아끼는 자는, 싫지 않다조이."

"이래저래 오해한 모양이네. 나중에 척추가 부러질 만큼 안아줄게."

"좋은 걸 봤어요후와와~."

그런 말을 남기고 밖으로 뛰어나가는 멤버들.

달려가는 짐마차.

그것을 쫓아서 세 마리 마족 마수가 달려왔다.

그들의 눈앞을 우르고 패밀리 멤버들이 막아섰다.

"보은과 보복…… 우리 우르고 패밀리에게 있어 절대적인 두 가지 조항이에요."

데미는 큰 낫을 휘두르며, 밀려드는 세 마리 마족 마수를 향해 달려갔다.

"아까는 잘도 해주셨단 말이죠! 절대로 용서하지 않을 테니까!"

데미 뒤에서 겐부신이 뛰어오르고, 거대화시킨 양팔로 보라색 마족 마수를 두들겼다.

"바라던 바는 아니었지만, 금발 용사에게 도움을 받았다…….
그 은혜를 갚는다."

겐부신의 주먹을 맞고 자세가 무너진 보라색 마족 마수.

그 옆을 빠져나가듯 움직이는 빨간 마족 마수.

그곳에는 로젠로렐이 버티고 서있어, 정면으로 부딪혔다.

"그리고…… 아가씨가 당한 굴욕…… 이자까지 제대로 갚아 주겠어!"

풀썩 네 발로 엎드린 자세의 빨간 마족 마수와 로젠로렐.

그 뒤에서 달려온 파란 마수가 빨간 마수의 어깨를 뛰어넘어 공중을 날았다.

그대로 이 자리를 이탈해서 금발 용사를 쫓아가려는 것은 틀림없었다.

그러나 그 앞으로 로셀리나가 마치 바람을 타고 날듯이 공중에 떠올라서는, 손에 든 검을 휘둘렀다.

"지금 우르고 패밀리는 넷밖에 없지만, 다들 일당백후와와~."

그 검을 맞은 파란 마수는 크게 뒤로 튕겨 나갔다.

그곳으로 데미가 뛰어들어 들고 있던 큰 낫을 파란 마수에게 휘둘렀다.

그 낫의 직격을 정수리에 받은 파란 마수는 그대로 지면에 쓰러졌다.

완전히 의식을 잃은 파란 마족 마수.

그러자 그 모습이 작아지고, 이윽고 파란 머리 소녀로 변화했다.

"이 여자아이…… 아마도 그 방에 있던 아이군요…….."

그것을 곁눈으로 확인한 데미는 알몸의 여자아이 몸 위에 망토를 덮어줬다.

"자…… 다음은 누군가요? 여긴 절대로 못 지나가요."

데미는 다시금 큰 낫을 위로 들었다.

◇몇 각 후◇

계속 질주하는 아룬키츠 안에서 금발 용사는 팔짱을 낀 채로 생각에 잠겨 있었다.

그의 무릎 위에는 밸런타인이 깊이 잠들어 있었다.

허세를 부리기는 했지만, 완전히 회복될 때까지는 아직 시간이 필요한 것은 일목요연했다.

똑똑.

금발 용사가 생각에 잠긴 사이, 계속 질주하는 짐마차 문을 누군가가 두드렸다.

근처에 있던 리리안주가 창문으로 내다봤더니, 그곳에는 날고 있는 후훈의 모습이 있었다.

"후훈 님?"

리리안주가 황급히 문을 열자 짐마차 안으로 들어왔다.

"후훈, 무척 일찍 왔는데…… 뭔가 알아냈나?"

밸런타인이 깨지 않도록 주의하며 몸을 내미는 금발 용사.

그런 금발 용사를 보고 후훈은 오른손 검지로 공갈 안경을 꾹 밀어 올렸다.

"예, 잔지바르 님에게 흥미 깊은 정보를 입수했습니다……."

그러면서 종이 한 장을 금발 용사에게 건넸다.

그곳에는 고대 유적의 부조 같은 것이 그려져 있었다.

"그건 저 방에 있던 앙카라는 남자가 숭배한다는 암흑신 리리아의 전승 유적 중 하나인데, 그 전승에 따르면, 『리라아의 자손인 합성 마수들이 각지에서 폭주를 거듭할 때, 그 영혼을 지하 깊이 봉인했다…… 그 봉인에 사용된 것이 전설급 아이템인 드릴 불도저 삽이다』……라고……."

오른손 검지로 공갈 안경을 꾹 밀어 올리는 후훈.

"그리고 마족과 마수를 합성해서 합성 마수를 만들어 내는 금기의 술법이, 암흑신 리리아의 마법 중 하나 『이종 합성 마법』이라고 합니다. 이 암흑신 리리아의 마법을 사용할 수 있는 것은 암흑신 리리아의 피를 이은 자뿐이며 그자는 은색 머리카락을 가졌다고……."

팔짱을 끼고서 후훈의 말을 듣던 금발 용사는 작게 끄덕였다.

"그렇군…… 그 전승이 분명하다면 저 마수들과 합성 마법의 사용자로 여겨지는 은발 여자가 드릴 불도저 삽을 경계하는 이유는 알겠군……."

……그때.

갑자기 짐마차가 크게 흔들렸다.

"무슨 일이냐?! 아룬키츠?!"

금발 용사가 목소리를 높였다.

그 목소리에 호응하여 마차 안에 아룬키츠의 목소리가 울렸다.

『녀석들입니다. 당치 않게도 위에 들러붙었습니다.』

"녀석들? ……허나 저 세 마리는, 우르고 패밀리라는 녀석들이 붙잡고 있을 터인데……."

『아뇨, 저 세 마리가 아닙니다. 그 방에 있던 또 한 사람…….』

"……타블리스인가 하는 은발의, 합성 마법 사용자인가…….."

금발 용사가 말을 마치는 것과 동시에 짐마차 지붕이 파괴되고 타블리스가 안을 들여다봤다.

"간신히 쫓아왔어…… 드릴 불도저 삽의 사용자…….."

타블리스는 금발 용사를 응시하며 몸을 마수화시켰다.

손에는 데미의 큰 낫이 들려 있었다.

"……이 자식, 우르고 패밀리를 어떻게 했느냐?!"

금발 용사가 노성을 터뜨렸다.

하지만 은색 마수로 변한 타블리스는 그저 포효를 내지르며 금발 용사를 향해 그 낫을 휘둘렀다.

『그렇게 두지 않습니다!』

아룬키츠는 타블리스가 타고 있는 짐마차의 지붕 부분만을 떼어 냈다.

그 탓에 마수화한 타블리스의 몸은 지붕과 함께 후방으로 내동댕이쳐졌다.

지붕이 사라진 상태에서도 계속 질주하는 아룬키츠.

그 안에서 리리안주가 범위 탐색 마법을 전개했다.

"……위험하군요, 마족 마수들이 주변에서부터 접근하고 있습니다…… 숫자는 셋."

리리안주의 말에 금발 용사는 미간에 주름을 지었다.

"……아까 타블리스가 하나라 치고…… 우르고 패밀리가 어떻게든 한 마리는 막아 내고 있다는 건가——."

'……무사하라고.'

금발 용사는 마법 주머니에서 꺼낸 드릴 불도저 삽을 손에 들었다.

"정보도 입수했으니 반격하자고! 접근하는 마수들을 붙잡고 우르고 패밀리에게 가세하러 간다."

"""예!"""

금발 용사의 말에 마차 안의 모두가 대답을 했다.

『……옵니다!』

아룬키츠의 긴장한 목소리가 마차 안에 울렸다.

그 말을 듣고 금발 용사가 드릴 불도저 삽을 들고 일어섰다.

금발 용사는 뒤의 츠야와 왕창 우하에게 시선을 향했다.

"츠야와 왕창 우하, 너희는 밸런타인을 부탁한다."

그 말에 왕창 우하는 쓴웃음 지으며 과장스러운 몸짓으로 어깨를 으쓱였다.

"할 수 있는 건 하겠지만, 금발 용사님도 아시죠? 나는 가옥으로 변화할 수 있는 것 말고는 평~~~범한 인간족보다도 약한 마인이니까……. 그래도 뭐, 기대하시는 만큼은 노력하겠지만요."

"괜찮아요, 왕창 우하 님~. 저 츠야가 왕창 우하 님의 몫까지 열심히 할 테니까요~."

그 옆에서 알통을 만드는 츠야.

다만 힘을 넣었음에도 그 팔은 조금도 커지지 않았지만…….

금발 용사는 그런 두 사람을 교대로 둘러봤다.

"무리할 건 없다. 부탁한다고."

그러더니 짐마차 벽 위로 올라가서, 그 위에 우뚝 버티고 선 금발 용사.

그의 시선 앞, 짐마차 전방에서 갑자기 두 마리 마족 마수가 뛰어나왔다.

보라색과 빨간색 마족 마수가 좌우에서 금발 용사를 덮쳤다.

"웃?!"

금발 용사는 왼쪽에서 온 보라색 마족 마수에게 드릴 불도저 삽을 휘둘렀다.

그 틈을 찌르듯이 오른쪽에서 빨간 마족 마수가 금발 용사에게 들이닥쳤다.

드릴 불도저 삽을 휘두르는 금발 용사의, 텅 빈 옆구리를 향해 팔을 휘둘렀다.

"그렇게 두진 않습니다!"

그곳으로, 뛰쳐나온 후훈이 양팔로 매직 실드를 전개시키며 빨간 마수 앞을 막아섰다.

키잉!!

둔탁한 소리와 함께 빨간 마족 마수의 발톱이 후훈의 방패와 격돌했다.

"흥, 이 정도!"

힘을 주어 버티며 빨간 마족 마수의 돌진을 저지한 후훈.

"하앗!"

그곳으로 양쪽 팔꿈치 아래를 칼날로 바꾼 리리안주가 뛰어들어서, 양팔의 칼을 교대로 휘둘렀다.

빨간 마족 마수는 그 연격을 후방으로 크게 몸을 젖혀 간발의 차이로 피한, 후방으로 훌쩍 물러나서 자세를 바로잡으려 했다.

"에~잇!"

그곳으로 한 호흡 늦은 타이밍에, 짐마차 안에서 얼굴을 내민 츠야가 마법 주머니에서 꺼낸 커다란 나무상자를 던졌다.

허를 찔린 빨간 마족 마수는 저도 모르게 자세가 무너졌다.

"……이 기회, 놓치지 않습니다!"

후훈은 서큐버스의 날개를 퍼덕여 공중으로 날아오르더니 자세가 무너진 빨간 마족 마수를 향해 오른쪽 발차기를 날렸다.

GUOOOOOOOOOOOOOOOOOOOOOOOOO.

직격을 당하고 크게 몸이 젖혀진 빨간 마족 마수.

"기절시키면 마족의 모습으로 돌아가니까, 기절해 줘야겠습니다. 죄송하지만 조금만 참아 주시길."

착지하여 오른손 검지로 공갈 안경을 꾹 밀어 올리는 후훈.

하지만 가까운 나무를 향해 도약한 빨간 마족 마수는, 그 나무를 발판으로 재차 도약하더니 보라색 마수와 대치 중인 금발 용사를 덮쳤다.

드릴 불도저 삽으로 보라색 마족 마수를 위협하고는 짐마차에서 뛰어내리는 금발 용사.

"내리자고! 아룬키츠 안에서 싸우는 건 위험해!"

그 말에 리리안주가 뒤따랐다.

"아룬키츠! 그대로 북쪽으로 가라! 이제 곧 클라이로드령을 빠져나가겠지.”

『알겠습니다!』

금발 용사의 말에 아룬키츠의 짐마차는 속도를 올렸다.

이미 내린 후훈을 포함한 세 사람을 남기고 아룬키츠는 숲 안쪽으로 달려갔다.

마족 마수들은 짐마차를 쫓으려 하지 않고 금발 용사를 둘러쌌다.

그런 둘에게 드릴 불도저 삽으로 교대로 들이대는 금발 용사.

‘……제, 젠장…… 어떻게든 틈을 노려서 구멍을…….’

그때.

“금발 용사님, 뒤쪽!”

리리안주의 목소리가 울렸다.

그 목소리에 호응한 금발 용사는 바로 앞구르기를 했다.

그 한순간 뒤, 조금 전까지 금발 용사가 서 있던 지면이 도려내듯 사라졌다. 후방에서 달려온 타블리스가 마수화한 양 손톱을 휘두른 것이다.

혹시 금발 용사가 그대로 그곳에 서 있었다면 타블리스의 저 손톱에…….

“금발 용사님, 다친 곳은?!”

“별일 없다. 그보다도, 덕분에 살았다고 리리안주.”

태세를 가다듬으며 일어서는 금발 용사.

리리안주가 그 옆에 서서 마족 마수들에게 양팔의 칼을 향했다.

타블리스는 지면을 도려낸 자세 그대로 금발 용사를 쳐다봤다.

"……지금 그걸로 끝이 났다면 편하게 죽을 수 있었을 텐데."

입가에 사나운 미소를 지으며 일어섰다.

그러자 그 뒤에서 날개가 달린 하얀 마수들이 무수히 출현해서 금발 용사 주위로 밀려들었다.

마수화한 타블리스, 빨강과 보라색 마족 마수, 그리고 무수한 하얀 마수에게 주위가 포위당한 금발 용사, 리리안주, 후훈.

세 사람은 등을 맞대고서 더는 움직일 수가 없었다.

'큰일이군……. 저 하얀 마수들, 내 함정에 당한 걸 학습했는지, 계속 하늘을 날며 땅으로 내려오려 하지 않잖아…….'

금발 용사의 이마에는 무수한 땀이 흘러내리고 있었다.

◇ ◇ ◇

그 무렵, 아룬키츠의 짐마차는 숲속을 계속 질주하고 있었다.

"지금 당장 돌아가요, 아룬키츠!"

눈을 뜬 밸런타인은 짐마차 바닥을 몇 번이고 걷어차며 목소리를 높였다.

아직 미처 회복되지 않아서 그런지 몸에 힘이 들어가지 않아서, 발차기를 할 때마다 휘청거렸다.

그런 밸런타인을 왕창 우하와 츠야가 양쪽에서 끌어안았다.

"밸런타인 언니, 그건 무리야…… 아직 제대로 회복되지도 않았는데 돌아갔다가는, 금발 용사님의 발목을 붙잡을 뿐이라니까."

그러니 좌석에 누우라고 재촉하는 왕창 우하.

하지만 밸런타인은 격렬하게 고개를 가로저었다.

"아니아니아니아니! 저 마수들은 만전일 때의 나 정도는 아니지만 정말로 강해……. 특히 저 타블리스라는 녀석은, 내가 도우러 가지 않으면 금발 용사님이 위험하다고……."

필사적으로 호소하는 밸런타인.

하지만 왕창 우하와 츠야는 밸런타인을 놓으려 하지 않았다.

"이거 놔요, 츠야 님, 그리고 왕창 우하!"

밸런타인은 그러면서 왕창 우하가 잡고 있는 팔을 빼내려고 했다.

"안 돼요오. 안 놔요! 만전이 아닌 동료를 보내다니~. 애당초 저랑 왕창 우하 님조차 못 뿌리치고 있잖아요~."

츠야의 말을 듣고 그 자리에 주저앉는 밸런타인.

"누가, 내 대신 금발 용사님의 힘이 되어줘…… 부탁이야……."

밸런타인은 하늘을 올려다보고 도움을 청했다.

그런 그녀의 머리 위로 누군가가 불쑥 나타났다.

"……뭔가 인간족 영역에 가까운 숲속이 소란스럽다는 보고가 있어서 상황을 보러 왔는데 말이야."

그 인물을 확인한 밸런타인은 만면의 미소를 지었다.

"그런가, 그래서 금발 용사님은 북쪽으로 가라고 그러셨구나."

"치잇!"

금발 용사는 왼쪽 다리에 타블리스의 공격을 당하고 그 자리에 쓰러졌다.

"괜찮습니까, 금발 용사님."

그 옆에서 빨간 마족 마수와 싸우고 있는 후훈이 목소리를 높였다.

"이쪽은 걱정하지 마라, 문제없다."

금발 용사는 후훈에게 소리 치고, 일어서서 또다시 드릴 불도 저 삽을 들었다.

드릴 불도저 삽을 들이대자 하얀 마수들은 겁먹은 것처럼 후퇴했지만, 양쪽에서 다른 공격이 금발 용사를 덮쳤다.

게다가 금발 용사의 다리에 일격을 가한 타블리스와 보라색 마족 마수가 드릴 불도저 삽을 피하며 그에게 바싹 다가왔다.

리리안주와 후훈은 하얀 마수들의 맹공을 막는 것으로도 버거워서 금발 용사를 도우러 올 수가 없었다.

어깨를 연신 들썩이며 드릴 불도저 삽을 고쳐드는 금발 용사.

금발 용사가 지면을 파려고 하면 마수들은 일제히 공중으로 떠오르기에 함정의 효과가 없었다.

섣불리 함정을 팠다가는 후훈과 리리안주에게 방해가 되어 버리니까 금발 용사는 마음대로 싸우지 못했다.

'……이대로는 전멸해 버려. 어떻게든 내가 틈을 만들어서 후 훈과 리리안주를 보내야…….'

그렇게 생각한 금발 용사는 입가에 미소를 지었다.

'……신기한 일이로군…… 과거에는 부하 기사들을 태연하게

희생시키고서 자기가 도망치는 것만 생각했던 내가, 이런 생각을
하게 되다니…….'

그런 금발 용사에게 마수화한 타블리스가 다가왔다.

"절망해서 웃고 싶어졌나? 하지만 그냥 인간족으로서는 정말
잘도 버텼다고 생각해…… 칭찬해 줄게."

타블리스는 그렇게 말하며 서서히 금발 용사 일행과의 거리
를 좁혔다.

"괜찮아, 너희도 합성 마수의 소체로 써줄게. 잘만 하면 우리
동료가 될 수 있으니까."

그러면서 오른손을 내미는 타블리스.

그녀의 얼굴에는 승리에 의기양양한 미소가 드리워 있었다.

금발 용사는 그 얼굴을 바라보며 미소를 지었다.

"미안하군. 나한테는 너희 동료가 될 틈은 없거든…… 다른 사
람을 알아봐라."

또다시 드릴 불도저 삽을 고쳐 들고 타블리스와 대치하는 금발
용사.

……그때였다.

"이것 참, 형제여. 그럼 내 술자리 권유도 받아줄 틈은 없다는
건가?"

그러면서 거구의 남자가 하늘에서 내려와서, 거대한 땅울림과
함께 금발 용사와 타블리스 사이로 착지했다.

금발 용사는 그 인물을 바라보며 씨익 웃었다.

"무슨 바보 같은 소리냐. 내가 네 권유를 거절할 이유 따윈 없잖아? 그렇지, 독슨."

금발 용사의 말에 그 남자──마왕 독슨 역시도 씨익 미소로 답했다.

"밸런타인한테 대충 이야기는 들었다. 자, 반격하자고."

독슨은 그러면서 준비운동이라도 하듯 팔을 휘둘렀다.

갑자기 출현한 마왕 독슨을 앞에 두고 타블리스는 무심코 뒷걸음질 쳤다.

"어…… 어째서 마왕이 이런 곳에…… 인간족과의 휴전 협정을 망칠 생각이야?"

"어, 무슨 소리야? 여긴 인간족령에 가깝기는 하지만 어엿한 마족령이라고?"

마왕 독슨의 말에 퍼뜩 놀라는 타블리스.

"……그런가, 이들을 쫓는 사이에 인간족령을 벗어났나…….."

마왕 독슨의 참전으로 전황은 일변했다.

"으랴아아아아아아아아!"

마왕 독슨이 팔을 휘두를 때마다 하얀 마수들이 한꺼번에 날아갔다.

그럼에도 하얀 마수들은 수로 밀어붙이며 독슨에게 쇄도했다.

그것을 독슨은 마치 벌레라도 쫓아내는 것처럼 가볍게 떨쳐냈다.

그 광경을 앞에 두고 타블리스는 혀를 찼다.

"……곤란하네…… 아무리 양산형 재고가 많다고는 해도……

역시나 슬슬……."

타블리스는 마왕 독슨의 후방에서 숨을 고르고 있는 금발 용사에게 시선을 향했다.

"저 금발 남자 하나만 노려라……. 전설급 아이템인 드릴 불도저 삽 사용자를 죽이면, 암흑신 리리아 님 최대의 위협이 사라질 테니까."

타블리스의 말에 보라색과 파란색 마족 마수와 하얀 마수들은 목표를 금발 용사로 변경했다.

타블리스 본인도 금발 용사를 향해 질주했다.

땅을 기듯이 금발 용사에게 육박하는 타블리스.

빨간색과 보라색 마족 마수는 공중을 날아서 각자 다른 방향으로 금발 용사에게 들이닥쳤다.

게다가 그 뒤에서 하얀 마수들이 쇄도했다.

"네놈들…… 얕보지 마라, 나는 금발 용사다!"

주위를 포위당한 금발 용사는 드릴 불도저 삽을 지면에 박더니 굉장한 기세로 땅을 파기 시작했다.

"그저 함정뿐? ……하지만 이제는 빤히 보이거든."

타블리스가 도약했다.

그러자 금발 용사는 파낸 흙을 공중의 타블리스를 향해 내던졌다.

"……어……어어?!"

예상치 못한 공격을 당하고 땅으로 추락하는 타블리스.

마찬가지로 금발 용사가 던진 토사에 직격당한 보라색과 빨간색 마족 마수, 하얀 마수들이 차례차례 땅으로 추락했다.

틈을 드러낸 빨간 마족 마수에게 후훈이 뛰어들었다.

"받으세요!"

빨간 마족 마수의 정수리를 향해 크게 들어 올린 오른발 뒤꿈치를 내리찍었다.

GOAAAAAAAAAAAAAAAAA!

너무나도 큰 충격에 절규와 함께 쓰러지는 빨간 마족 마수.

"너무하네…… 흙으로 더럽히다니…….."

머리를 내저으며 일어서는 타블리스.

그 시선 앞에 마왕 독슨의 모습이 있었다.

하얀 마수를 계속 박살 내는 마왕 독슨은 타블리스를 알아차리지 못하여 그녀에게서 등을 돌리고 있었다.

"네 탓이야…… 너 같은 불협화음이 나서지만 않았다면…….."

손톱을 뻗은 타블리스가 마왕 독슨의 등을 향해 덮쳐들었다.

"그리 두지 않겠다!"

그곳으로, 금발 용사가 드릴 불도저 삽을 내던졌다.

"또 이런…….."

타블리스는 공중에서 몸을 비틀어 간발의 차로 그것을 피했다.

하지만 공중에서 균형을 잃은 타블리스는 마왕 독슨을 공격할 기회를 놓쳤다.

드릴 불도저 삽을 던졌기에 빈손이 된 금발 용사.

그런 그를 보라색 마족 마수가 덮쳤다.

"치잇?!"

필사적으로 그 공격을 피하려 하는 금발 용사.

하지만 한순간 빠르게 보라색 마족 마수의 예리한 발톱이 금발 용사의 어깨에 박혔다.

"혀, 형제!"

마왕 독슨이 황급히 달려오려고 했다.

하지만 그를 하얀 마수들이 속속 습격했다.

"에잇, 건방지다! 비키지 못하겠느냐!"

팔을 휘둘러서 하얀 마수를 떨어뜨리는 마왕 독슨.

힘의 차이는 역력해서 일격에 하얀 마수들이 떨어져 나갔지만, 차례차례 덮쳐들기에 완전히 발목이 붙잡혔다.

후훈과 리리안주도 다른 마족 마수와 대치하고 있기에 움직일 수가 없었다.

금발 용사는 보라색 마수를 노려보고 어깨에 박힌 발톱을 붙잡았다.

"에잇, 치워라!"

금발 용사는 힘을 짜내어 보라색 마족 마수의 복부를 걷어찼다.

하지만 보라색 마족 마수는 꿈쩍도 하지 않았다.

금발 용사의 어깨에서 선혈이 흘러나오고 고통으로 표정이 일그러졌다.

퍼—엉!

그 순간 보라색 마족 마수의 측면에서 폭발음이 울리며, 그 충격으로 보라색 마족 마수가 날아갔다.

금발 용사의 어깨에서 발톱이 빠지고 선혈이 뿜어 나왔다.

그런 금발 용사의 눈앞으로 숲속에서 질주한 아룬키츠가 버티고 섰다.

마포 전차 형태로 변화한 아룬키츠.

조금 전의 일격은 아룬키츠가 날린 것이었다.

『자, 저 아룬키츠가 왔으니 금발 용사 경께는 손가락 하나 못 댑니다!』

동시에 포탄을 마구 쏘는 아룬키츠.

그 상부의 문이 열리고 츠야와 왕창 우하, 밸런타인이 뛰어나왔다.

"그, 금발 용사 니임! 꽤, 괜찮으세요오?!"

금발 용사 곁으로 달려온 츠야는 마법 주머니에서 꺼낸 붕대를 그의 어깨에 감았다……만, 당황한 탓인지 감는 방법이 엉망이라 금발 용사의 상반신을 칭칭 감았다.

"츠, 츠야…… 조금 진정해라."

"아와와?! 죄, 죄송해요~?! 하, 하지만하지마안."

부들부들하면서 손을 멈추려고 했지만 어째선지 더더욱 붕대를 감고 마는 츠야.

그 결과, 금발 용사는 마치 미라 마수 같은 모습이 되었다.

그런 금발 용사를 등 뒤로 지키며 아룬키츠는 포탄을 계속 쐈다.

그 옆에서는 밸런타인이 마의 실을 발사해서 하얀 마수들을 계속 붙잡았다.

왕창 우하는 그런 모두를, 아룬키츠의 등 뒤에 숨어서 응원했다.

'……네 사람이 돌아와 줬다고는 해도 하얀 먀수의 숫자가 너무

많아…… 모두를 구하려면 어떻게 해야 하나…… 어떻게 해야.'

금발 용사가 붕대로 칭칭 감긴 상태라지만 어떻게든 일어서려고 한…… 그때였다.

("금발 용사…….")

금발 용사의 머릿속에 목소리가 울렸다.

"음…… 누구냐?"

("저예요. 당신의 파트너예요…….")

"파트너?"

("그래요…… 동료들을 구하고 싶죠? 그렇다면 저와 융합하는 거예요…….")

"자, 잠깐만, 융합이라고?"

허둥대며 주위를 둘러보는 금발 용사.

그의 시야에 어떤 물건이 날아들었다.

금발 용사 전방의 벽—— 그곳에, 조금 전 마왕 독슨을 구하기 위해서 금발 용사가 내던진 드릴 불도저 삽이 떨어져 있었는데, 그것이 금색으로 빛나고 있었다.

"……그런가, 파트너…… 너인가……."

오른손을 뻗는 금발 용사.

그에 호응하듯 드릴 불도저 삽이 공중을 날아서 금발 용사의 손으로 돌아왔다.

그러자 드릴 불도저 삽을 쥔 금발 용사의 몸마저도 빛나기 시작했다.

그리고…… 금발 용사는 거대한 드릴 불도저 삽으로 변화했다.

"어?"

"어어?!"

"예?!"

『무슨 일입니까?!』

망토를 두르고서 지면에 박혀 있는 드릴 불도저 삽을 보며 당황 섞인 목소리를 높이는 츠야 일행.

빛나는 드릴 불도저 삽을 앞에 두고 마수들은 일제히 후퇴하기 시작했다.

마수화한 타블리스는 미간에 주름을 지으며 드릴 불도저 삽을 응시했다.

"……이런 거 용서 못 해…… 암흑신 리리아를 봉인한 전설급 아이템 드릴 불도저 삽이 진정한 힘을 해방하다니……."

……모두의 시선 앞…….

『……이, 이봐, 내 파트너 드릴 불도저 삽이여.』

『예, 왜 그러시나요?』

『이 모습이 된 건 좋다만…… 어떻게 공격하면 되는 것이냐?』

『…….』

『이봐?』

『…….』

『자, 잠깐만! 사용법은 무척 중요하다고, 이봐!』

•

드릴 불도저 삽에서 그런 대화가 들렸다.

그것을 들은 타블리스는 미소를 머금었다.

"……좋네, 그 절망의 선율…… 지금이라면 불협화음에 불과한 너희를 파괴하고, 환희의 선율을 연주할 수 있겠어."

양쪽 손톱을 뻗고 드릴 불도저 삽을 향해 달려가는 타블리스.

……그때였다.

"그러니까 그 녀석을 써서 공격하면 되겠지!"

하얀 마수가 후퇴했기에 손이 빈 마왕 독슨이, 자신의 몸을 마수화시키며 드릴 불도저 삽을 향해 달려갔다.

"……방해하지 마…… 너, 그냥 잡음이야."

"시끄럽다! 난 음악 따윈 정말 싫어한다고!"

타블리스보다 먼저 드릴 불도저 삽을 손에 드는 마왕 독슨.

타블리스는 독슨을 향해 공중으로 날아올랐다.

그 뒤에서 빨간색과 보라색 마수도 뛰어올랐다.

"으랴아아아아아아아아아아아아아아아아아아아아! 가자고, 형제!"

『부탁한다, 독슨.』

금발 용사가 융합한 드릴 불도저 삽을 풀스윙하는 마왕 독슨.

퍼억!

그 직격을 맞은 타블리스는 튕겨 나갔다.

"리리안주랑 후훈, 몸을 숙여라!"

이어서 독슨은 드릴 불도저 삽을 가로로 휘둘렀다.

후훈과 리리안주와 대치하던 빨간색과 보라색 마족 마수가 웅

크린 두 사람의 머리 위를 스치고 날아갔다.

하늘을 날아가는 두 마리는 마족 마수화가 풀리더니, 마수와 마족 아이가 분리된 상태로 땅에 쓰러졌다.

타블리스는 그 광경을 바라보며 어안이 벙벙했다.

"……암흑신 리리아의 융합 마법을 무효화하다니……. 드릴 불도저 삽…… 또다시 우리를 멸하는 건가……."

땅에 쓰러진 타블리스.

조금 전, 드릴 불도저 삽에 구타당한 타블리스의 몸이 빛나고 서서히 그림자가 옅어졌다.

그리고 눈을 감는 것과 동시에 그녀의 몸은 흔적도 없이 사라졌다.

마수들을 지휘하던 타블리스가 소멸했기에 남은 하얀 마수들은 동요해서 주위를 둘러봤다.

"으랴으랴으랴! 녀석들 전부 보내 버리자고!"

그런 마수들에게 드릴 불도저 삽을 휘두르는 마왕 독슨.

일 각도 채 안 되어 마수들의 모습은 모두 사라졌다.

◇그 무렵 앙카의 본거지◇

"……끝이네…… 마족 마수, 양산형 마수, 암흑신 리리아의 융합 마법 사용자 타블리스……. 모두 소멸해 버렸어."

본거지 지하에 있는 피난실 안.

수정 마석으로 상황을 지켜보던 앙카는 크게 한숨을 내쉬었다.

"……곤란하군요…… 이래서는 암상회에 납품할 마수들을 준비할 수 없습니다."

그 뒤에서 윈터만도 크게 한숨을 내쉬었다.

두 사람의 이마에는 비지땀이 맺혀 있었다.

"……대금 일부를 이미 받은 만큼, 좀 위험한데……."

"그렇군요…… 그 돈도 이미 모두 썼으니까, 암상회의 두 사람이 잠자코 있진 않을 겁니다……."

"……지금 바로 도망칠까……."

"그렇군요, 저희가 살아남으려면 방법은 그것밖에……."

일어서서 출구로 몸을 돌리는 두 사람.

그 시선 끝── 문 앞에 두 여자가 서 있었다.

등에 거대한 주판을 짊어진 여자와 몸을 꿈틀거리며 계속해서 묘한 춤을 추는 여자.

함께 검정색을 바탕으로 한 고스로리풍 의상을 입은 두 사람은, 차가운 시선을 앙카와 윈터만에게 보내고 있었다.

"어머어머, 계약을 불이행하고 도망칠 생각이야? 암상회 거래 담당 샨데레나 님도 어지간히 얄보였구나."

"그런 거, 용서못해용서못해용서못해~ ♪ 얀데레나 님이 용서 못 해~ ♪"

앙카와 윈터만에게 다가가는 두 사람.

"아, 아니…… 무슨, 도망치다니……."

"야, 양산형이라면 몇 마리 남아 있다…… 이, 이번에는 그걸로 어떻게든……."

서로 끌어안으며 부들부들 떠는 앙카와 윈터만.

"수가 완전히 부족해⋯⋯. 계약 불이행이네⋯⋯ 유죄야."

그런 두 사람에게 다가가더니, 주판을 들고 자세를 취하는 샨데레나.

"고문고문고문이네~♪ 오랜만이니까 재미있겠어~♪"

그 옆에서는 얀데레나가 마구 춤을 추며 깔깔 웃었다.

◇다음 날◇

숲속, 개울 근처.

왕창 우하가 변화한 가옥 안── 금발 용사 일행은 그 가옥의 1층에 있는 거실에 모여 있었다.

"부하들이 조사해 봤다만 녀석들의 본거지는 텅 비어 있다더군. 지하에 숨겨진 방이 있었지만 그곳도 비어 있었다 하고."

소파에 앉아 있는 마왕 독슨은 분하다는 듯 혀를 찼다.

"하지만, 말이다⋯⋯. 유괴당한 마족 아이들은 보호할 수 있었으니까, 이번에는 그걸로 충분하다고 생각하면 되지 않겠나."

그런 마왕 독슨에게 그렇게 말을 건네는 금발 용사.

"뭐, 그도 그렇군⋯⋯."

마왕 독슨은 고개를 끄덕이고 금발 용사에게 시선을 향했다.

"⋯⋯그런데 형제여."

"뭐지?"

"있잖아⋯⋯ 언제까지 그 모습으로 있을 건가?"

그 시선 앞에는 드릴 불도저 삽의 모습 그대로인 금발 용사의 모습이 있었다.

"……그게 말인데…… 사실은 나도 잘 모르겠거든…….."

"모르겠다니…….."

"음, 아무리 말을 걸어도 드릴 불도저 삽이 대답해 주질 않아서, 원래 모습으로 돌아갈 방법을 전혀 알 수가 없군…….."

츠야에게 안겨 있는 드릴 불도저 삽 모습의 금발 용사에게서 곤란하다는 목소리가 들렸다.

"내가 사계의 마법을 시험해 봐도 있지……, 전혀 안 통해."

한숨을 내쉬며 어깨를 으쓱이는 밸런타인.

"뭐, 하지마안, 원래 모습으로 돌아갈 때까지 제가 확실히 지켜 드릴 테니까요오."

츠야는 그러더니 드릴 불도저 삽을 끌어안았다.

삽의 부품이 츠야의 풍만한 가슴 사이에 끼어 있었다.

"으, 으음…….."

그 감촉 탓인지 묘한 목소리를 흘리는 금발 용사.

"어머나아? 왜 그러세요오? 금발 용사니임."

화기애애한 분위기가 거실 안에 감돌았다.

◇며칠 뒤 호우타우 훌리오 가◇

이날, 훌리오는 집 뒤에 있는 훌리오 공방, 그 지하에 있는 넓은 작업장 안에 있었다.

"서방님, 이건 뭔가요?"

훌리오 옆에 서 있는 리스는 고개를 갸웃거리며 전방으로 시선을 향하고 있었다.

그녀의 눈앞에는 하얀 실로 칭칭 감긴 무언가가 무수히 굴러다녔다.

"응, 이거 말인데, 훌리스 잡화점 배달에 나간 그레아니르 쪽에서 클라이로드 마법국령과 마족령 경계 부근에서 발견해서 회수했거든. 무언가 마수의 시체 같은데."

가까이 있는 시체 하나로 다가가더니, 하얀 마수의 입가로 손을 가져다 대는 훌리오.

"누군가에게 쓰러지고 아직 얼마 안 된 모양이야……. 저기 봐, 입에서 마력이 새어 나와."

그러자 훌리오의 눈앞에 윈도가 출현했다.

『암흑신 리리아의 마법을 습득했습니다.』

"암흑신 리리아의 마법?"

윈도의 글자를 바라보며 고개를 갸웃거리는 훌리오.

미지의 마법에 한 번 접촉한 것만으로 그 마법을 모두 습득할 수 있는 스킬을 가진 훌리오.

암흑신 리리아의 융합 마법을 이용해서 만들어진 하얀 마수의 입에서 새어 나온 마력에 접촉하면서 그 스킬이 발동해, 암흑신 리리아의 마법을 습득한 것이었다.

"암흑신 리리아인가요?"

"응…… 이 마수들은 그 마법으로 만들어진 모양인데. 리스, 뭔가 알고 있어?"

훌리오의 말에 팔짱을 끼며 생각에 잠기는 리스.

"그러네요…… 마왕성 서고에서 그런 이름이 적힌 책을 본 적이 있는 것 같기도, 없는 것 같기도 한데……."

그런 리스에게 훌리오는 평소의 시원스러운 미소를 향했다.

"또 뭔가 떠오르면 가르쳐 주겠어?"

"예, 알겠어요……. 그래서 서방님…… 이걸 어떻게 하실 생각인가요?"

"응, 이걸 써서 마법 아이템을 만들 수는 없을까 싶거든. 시체 안에 마력이 남아 있는 모양이니까 이것저것 시험해 보려고."

"어머, 그렇군요……. 저는 마마의 먹이로라도 삼으시는 걸까 했어요."

시체를 둘러보던 훌리오는 문득 무언가 떠올랐는지 리스에게 시선을 향했다.

"그러고 보니 리스, 나한테 뭔가 용건이 있는 거 아니었어?"

"그, 그러네요……."

훌리오의 말에 표정이 어두워지는 리스.

잠시 머뭇머뭇하던 리스는 쭈뼛쭈뼛 입을 열었다.

"서방님……, 그 천 말인데요……."

"그 천이라니…… 인도르국의 에스트한테 산 천 말이야?"

"예, 맞아요…… 그 천을 다 써버렸거든요."

"……어?"

리스의 말에 한순간 굳어 버리는 훌리오.

잠시 리스의 눈을 바라보던 훌리오는 작게 헛기침을 했다.

"저기, 리스……. 그 천…… 아마도 대형 짐마차 한 대 분량은 있었지……? 그걸 벌써 전부 썼다는 거야?"

"예…… 태어난 지 얼마 안 된 리루나자나 라비츠, 벨라리오에 더해서 엘리나자와 가릴, 리슬레이, 포르미나, 고로의 옷을 만들 었더니 순식간에……."

입가에 손을 대며 고개를 숙이는 리스.

"나, 나니와의 실크 플리스의 천은…… 안 될까?"

"안 된다고 하진 않겠지만…… 아이들도 저 천을 무척 마음에 들어 해서 가능하다면 같은 천이 좋을까 싶은데요……."

리스에게 시선을 향하는 훌리오.

훌리오를 올려다보고 있는 리스.

그 동작에 훌리오는 저도 모르게 두근대고 말았다.

"저기…… 에스트한테는, 다음에는 호우타우로 오도록 전해 뒀 는데, 다음에 오는 건 2개월 뒤였던가……. 나는 인도르국에 간

적이 없으니까 전이 마법을 못 쓰고, 조금 서둘러 할 일이 있어서 한동안 손이 빌 것 같지도 않고…….”

그러면서 팔짱을 끼고 생각에 잠기는 훌리오.

그런 훌리오의 팔을 살며시 끌어안는 리스.

“서방님, 와인이랑 같이 다녀와도 될까요? 와인은 인도르국에 간 적이 있다고 하고, 와이번화한 와인이라면 단숨에 날아갈 수 있을 테니까…….”

꼬옥!

훌리오의 팔을 끌어안는 리스.

그러면서 가슴을 훌리오의 팔에 밀어붙였다.

그 감촉에 훌리오는 무심코 뺨을 붉혔다.

“……그, 그러네…… 대신에 조심해야 돼.”

“에! 고마워요, 서방님!”

훌리오의 말에 표정이 환해지는 리스.

“그럼 바로 준비하고 다녀올게요!”

“어…… 지금부터?”

“예!”

그러기가 무섭게 준비를 위해 방으로 달려갔다.

이렇게 한 번 마음을 먹으면 멈추지 않는 리스.

훌리오는 그녀의 뒷모습을 바라보며 조금 쓸쓸하다는 표정을 지었다.

‘……으음…… 내일이나 모레라면, 어떻게든 용건을 마치고 같이 갈 수 있었을지도 모르는데…….’

그런 생각을 하며 눈앞에 윈도를 전개했다.

그곳에는 훌리오의 예정이 빼곡하게 적혀 있었다.

◇얼마 후 훌리오 가 옆◇

훌리오 가 옆에 있는 공터에 빨간 비늘 와이번이 착지했다.

와이번으로 변화한 와인이었다.

평일이라서 수업이나 일로 훌리오 가 멤버들은 거의 집을 비웠기에 배웅하려고 서 있는 것은 훌리오와 블로섬, 빌레리까지 셋뿐이었다.

"예정을 좀 확인해 봤는데, 아무래도 오늘은 같이 못 갈 것 같아서……."

와인 옆에서 훌리오는 면목 없다고 할까, 같이 못 가서 아쉽다는 표정을 짓고 있었다.

"저녁식사 준비 때까지는 돌아올게요, 그때까지 집을 잘 부탁해요."

리스는 그런 훌리오를 미소와 함께 끌어안고, 그의 뺨에 가볍게 키스를 했다.

"그럼 다녀올게요."

그러더니 머리를 낮춘 와인의 등에 올라타려고 하는 리스.

"아, 잠깐만."

그런 리스를 불러 세우는 훌리오.

"서방님, 왜 그러세요?"

"저 하얀 마수의 시체를 써서 바로 시험해 봤는데……."

허리에 차고 있는 마법 주머니에서 지하실에 있던 하얀 마수의 시체를 꺼내는 홀리오.

그 시체는 마법의 공 안에 봉인되어 있었다.

왼손으로 받쳐 든 마법의 공에 오른손을 얹고 마법을 영창했다.

그러자 오른손 앞으로 마법진이 전개되고, 그 마법진은 이윽고 마법의 공을 뒤덮었다.

마법진과 마법의 공이 융합해서 복잡하게 뒤얽히더니 이윽고 그 덩어리는 홀리오와 빼닮은 어린아이의 모습이 되었다.

"어머나! 이건 마인형인가요?"

"아니, 구조적으로는 마수에 가까워. 마인형은 한 번 만들어 내면 그대로지만, 이 마수인형이라고 할 존재는 원래의 소재로 돌아가거나 다른 마수의 모습으로 변화시킬 수 있나 봐."

"어머, 그럼 뒷일을 걱정할 필요가 없네요."

리스의 말대로…….

홀리오는 마인형을 만들 수 있지만, 마인형을 한 번 만들어 버리면 원래대로 되돌릴 수가 없기에 쉽사리 제조하지 않으려 했다.

"그래. 아까 배운 암흑신 리리아의 마법 중에 융합 마법이라는 녀석을 썼더니 제대로 됐어. 그래서 말이지, 이 아이를 나 대신 리스한테 동행시킬 생각이야."

"어머, 그건 쓸쓸하지 않겠네요."

미소로 마수인형의 머리를 쓰다듬는 리스.

그러자 그런 리스에게 와인이 머리를 비볐다.

『마망, 와인도 있으니까 쓸쓸하지 않아! 않아!』

그러면서 머리를 내젓는 와인.

그러자 와인의 비늘에 걸린 리스의 원피스가 들춰지고…….

"잠깐?! 잠깐, 와인?! 서, 서방님도, 다른 곳 좀 봐달라고요?!"

리스는 얼굴을 새빨갛게 물들이며 황급히 치마를 눌렀다.

그런 리스의 말에 홀리오는 양손으로 얼굴을 가리며 고개를 피했다.

그 발밑에서 마수인형도 홀리오를 흉내 내듯이 얼굴을 양손으로 덮으며 고개를 피했다.

그런 와인에게 블로섬과 빌레리가 달려왔다.

"이 녀석, 와인! 적당히 좀 해!"

"그래요~, 빨리 좀 진정하세요~!"

와인의 뺨을 두드리며 목소리를 높이는 두 사람.

그럼에도 와인은 아직도 리스에게 뺨을 비비고 있었다.

얼마 후…….

간신히 진정한 와인의 등에, 이번에야말로 제대로 올라탄 리스.

리스는 마수인형을 안으며 세 사람에게 손을 흔들었다.

꼬마 리오도 그것을 흉내 내듯이 오른손을 흔들었다.

"그럼 이 꼬마 리오를 맡도록 할게요. 여행하는 동안, 서방님이라 생각하고 귀여워해 줄게요."

리스는 꼬마 리오라고 이름 붙인 마수인형에게 뺨을 비비며 홀리오에게 계속 손을 흔들었다.

리스에게 손을 흔든 훌리오는 꼬마 리오와 와인에게 교대로 시선을 향했다.

"다들 조심해. 와인이랑 꼬마 리오, 리스를 잘 부탁할게."

그러면서 평소의 시원스러운 미소로 배웅하는 훌리오.

그 시선 앞에서 꼬마 리오와 와인은 동시에 끄덕였다.

"그럼 서방님, 다녀올게요."

리스의 말을 신호로 와인은 크게 날개를 퍼덕였다.

그녀의 거구가 순식간에 하늘 높이 날아오르고 그대로 서쪽을 향해 비행했다.

"우와?! 여, 여전히 빠르구나."

"정말~, 순식간에 안 보이게 되어 버렸어요."

와인이 너무나도 빨랐기에 무심코 눈을 동그랗게 뜨는 블로섬과 빌레리.

그런 두 사람 옆에서 훌리오는 손을 계속 흔들며 와인이 날아간 방향을 계속 바라봤다.

"……좋아, 그럼 나도 힘내서 일을 빨리 마무리해야지."

그러더니 훌리오는 공방으로 걸음을 옮겼다.

이동하면서 의식을 집중시키는 훌리오.

그러자 머릿속에 꼬마 리오 주변의 모습이 떠올랐다.

'……융합 마법의 설명에 있던 기능인데, 잘 발동한 것 같아.'

마수인형 꼬마 리오와 의식을 싱크로시켜서, 훌리오는 꼬마 리오 주변의 모습을 머릿속으로 확인할 수 있게 된 것이었다.

'······이걸로 리스한테 만에 하나의 일이 있어도 서둘러 달려갈 수 있겠지······.'

그렇게 생각한 홀리오는 무심코 쓴웃음을 지었다.

'잘 생각해 보면, 리스한테 만에 하나의 일이 생긴다 해도······.'

말랑.

그렇게 생각한 참에, 홀리오는 뒤통수에 묘한 감촉을 느꼈다.

"어······ 어라, 이거 뭐지?"

신기하게 생각해서 무심코 뒤를 돌아보는 홀리오.

당연히 홀리오 본인 후방에는 아무것도 없었지만······.

홀리오의 머릿속에 비치는 꼬마 리오의 화면에는 리스의 가슴이 크게 클로즈업되어 있었다.

◇같은 시각 와인의 등◇

넓은 하늘을 굉장한 속도로 비행하는 와인.

그녀의 등에 앉아 있는 리스는, 꼬마 리오를 한 손으로 끌어안으며 다른 한 손으로 머리를 다정하게 계속 쓰다듬었다.

"아앙, 정말이지. 돌아보면 안 돼요, 꼬마 리오."

간지러운 듯 웃음을 머금으며 리스는 자신의 가슴 쪽으로 얼굴을 향한 꼬마 리오를 앞으로 돌렸다.

"꼬마 리오, 널 만드신 우리 서방님은 있지, 정말로 멋진 분이거든요······. 항상 날 사랑해 주시고, 소중하게 대해 주세요. 요전에도 예쁜 마석을 찾았다며 그걸 머리 장식으로 만들어 주셨죠······."

리스는 꼬마 리오에게 기나길게 홀리오를 향한 마음을 이야기했다.

◇같은 시각 훌리오 공방 앞◇

공방 앞까지 이동한 훌리오.

그의 뺨은 붉게 물들어 있었다.

'……리스…… 날 그렇게 생각해 주는 건 기쁘지만, 어쩐지 좀 부끄럽네…….'

꼬마 리오를 통해서 리스의 말을 듣고 있는 훌리오는, 수줍은 듯 웃으며 공방을 향해 종종걸음으로 이동했다.

'……조금이라도 빨리 볼일을 마치고 리스랑 합류해야지.'

◇그 무렵 호우타우 마법 학교◇

훌리오가 리스를 배웅할 무렵…….

가릴, 엘리나자, 리슬레이는 호우타우 마법 학교에 있었다.

종소리가 수업 끝을 알렸다.

"자, 가자."

"나도!"

"아, 새치기는 안 돼!"

그러자 반 여자들이 일제히 일어서서 복도로 달려 나갔다.

그들의 손에는 작은 사각형 물체가 들려 있었다.

전날 홀리스 잡화점에서 판매를 시작한 소형 수정 촬영기 『찍을 수 있습니다』.

통상적으로는 아무리 작아도 손바닥만 한 소형 수정 촬영기.

게다가 전방의 모습을 촬영하기 위한 마력을 전도하기 위해 둥근 형상이여야만 한다는 제약이 있었다.

하지만 훌리오는 히야, 다말리나세, 마호리온과 함께 연구를 거듭해서, 마석을 정제했을 때에 나오는 마석 부스러기를 압축 융합시켜서 엄지손가락 정도 크기까지 축소하는 것에 성공했다.

그 마석을 손바닥 사이즈 상자 안에 세팅하고 구멍을 들여다보며 촬영 버튼을 누르는 것만으로 전방의 풍경을 촬영할 수 있는 기계를 개발, 양산하여 판매했다.

게다가 마석 부스러기가 원재료이니까 판매 가격이 저렴해서 아이들 사이에서도 대인기가 되었다.

그『찍을 수 있습니다』를 손에 든 여자아이들은 다들 한 교실을 향해 달려갔다.

드르륵.

교실 문이 열렸다.

""""가릴 구~~운! 같이 찍어주세요~!""""

그러자 여자아이들은 일제히 목소리를 높이며, 창가 자리에 앉아 있는 가릴을 향해 달려갔다.

자기 자리에 앉아 있던 가릴은 달려온 여자아이들을 돌아보더니 오른손 검지를 입에 대고, 『조용히!』 그런 리액션을 취했다.

그런 가릴 앞에서 여자아이들은 입을 막으며 그 자리에 멈춰 섰다.

여자아이들의 시선 끝── 그곳에 앉아 있는 가릴의 머리 위에는, 한 여자아이가 있었다.

"음냐음냐……."

가릴의 머리를 끌어안은 채로 이따금 잠꼬대 같은 목소리를 흘리는 여자아이.

가릴은 그 여자아이가 깨지 않도록 조심하고 있었다.

그런 가릴 곁으로 엘리나자가 다가왔다.

"포르미나도 참, 결국 잠들어 버렸구나."

"응, 수업 도중부터 기분 좋게 잠들어 버려서."

쓴웃음 짓는 가릴.

그의 머리 위에서 잠들어 있는 것은 포르미나였다.

그런 포르미나의 모습에 무심코 쓴웃음 짓는 엘리나자.

"기껏 체험 입학을 하러 왔는데…… 이래서는 의미가 없네."

"뭐, 포르미나는 아직 어리니까 어쩔 수 없어."

"어머, 하지만 고로는 제대로 깨어 있다고."

엘리나자의 말대로, 엘리나자의 시선 앞── 가릴 옆자리에 앉아 있는 고로는 의자에 오도카니 앉아 있었다.

그런 고로에게 시선을 향한 가릴은 무심코 쓴웃음 지었다.

"아니, 깨어 있기는 하지만……. 고로도 참, 계~속 포르미나만 보고 있으니까……."

"어머…… 그럼 수업은 안 들었어?"

엘리나자의 말에 쓴웃음 지으며 끄덕이는 가릴.

그곳으로 같은 반의 리슬레이가 다가왔다.

"뭐, 고로는 포르를 좋아하니까, 어떤 의미로 어쩔 수 없다면 어쩔 수 없지."

"뭐, 그렇긴 하지만."

가릴과 리슬레이는 대화를 나누며 함께 쓴웃음 지었다.

그런 두 사람 앞에서 고로는 의자에 앉은 채로 가릴의 머리 위에서 계속 잠들어 있는 포르미나를 바라보고 있었다.

"그런데 가릴…… 그 상태로 괜찮아? 앞도 안 보이잖아?"

가릴의 머리 위에 타고 있는 포르미나는 손을 축 늘어뜨려서, 그 손이 가릴의 얼굴 앞을 덮고 있었다.

"응? 어, 괜찮아. 앞이 잘 안 보일 때는 이렇게 머리카락을……."

가릴이 힘을 싣자 항상 귀처럼 위로 향하고 있는 가릴의 머리카락이 바짝 섰다.

그 머리카락 사이에 낀 포르미나의 몸이 들려 올라가고 그녀의 손이 가릴의 얼굴 앞에서 떨어졌다.

그러자…….

포르미나의 손 때문에 가릴의 얼굴을 촬영할 수 없었던 여자아이들이 일제히 버튼을 눌러 촬영하기 시작했다.

그 광경에 꾸며낸 미소를 짓는 가릴.

("……수업 중에는 이렇게 포르미나를 들어 올린다지만…… 쉬는 시간에는 말이지, 촬영을 피하고 싶어서…….")

("……그랬구나…… 미안해, 쓸데없는 소릴 해버려서…….")

작게 그런 대화를 나누는 가릴과 리슬레이.

그리고 가릴은 머리카락의 힘을 뺐다.

동시에 머리카락이 수평으로 돌아오고 포르미나의 몸이 원래대로 돌아갔다.

당연히 포르미나의 손도 원래 위치로 돌아와서 가릴의 얼굴이 다시 가려져 버렸다.

""""어~…….""""

아쉽다는 목소리가 터져 나왔다.

그 광경에 가릴은 무심코 쓴웃음 지었다.

"그래도 그 상태는 별로 좋진 않다고 생각한다링."

그곳으로 같은 반의 사리나가 다가왔다.

팔짱을 낀 채, 가릴의 머리를 끌어안은 포르미나를 빤히 바라봤다.

'……아무리 가릴 군이랑 같이 산다고 해도, 좀 지나치게 뻔뻔한 거 아니야링? 그보다도 엄청 부럽다링! 사리나도 할 수 있다면 가릴 님의 머리에 매달려서…….'

그런 생각을 하는 사리나의 안면으로 검은 고양이 인형이 꾹 들러붙었다.

"므규……."

얼굴을 짓눌린 모양새가 되어 저도 모르게 이상한 목소리를 흘리는 사리나.

그녀의 눈앞에 버티고 선 검은 고딕풍 의상의 여자아이——아이리스테일은, 인형을 얼굴 가까이로 되돌리더니 다른 한 손에 들고 있는 빨간 고양이 인형을 입가에 대고, 복화술로 인형의 입을 뻐끔뻐끔했다.

"사리나도 참." "기분 나쁜 표정 짓지 말라고, 인마!"

그 말대로…… 조금 전까지 사리나는 가릴의 머리를 끌어안는 망상을 지나치게 부풀린 나머지 뺨이 헤실~ 풀어져 있었던 것이다.

아이리스테일의 말에 퍼뜩 정신을 차린 사리나는 표정을 다잡으며 입가를 훔쳤다.

"시, 시끄럽다링…… 어, 어쨌든 가릴 님이 쾌적하게 수업을 받기 위해서라도, 포르미나는 제대로 의자에 앉혀야 한다링!"

그러더니 사리나는 포르미나의 허리를 양손으로 붙잡고, 있는 힘껏 잡아당겼다.

……하지만 가릴의 머리를 온몸으로 끌어안은 포르미나는 꿈쩍도 하지 않았다.

"자, 포르미나 내려와링! 가릴 님도 수업을 제대로 받아야 한다링."

"……음~…… 여기가 좋아……."

"그런 소리 하지 마링! 자, 빨리 떨어져링!"

"……음~…… 싫어~……."

필사적으로 포르미나를 계속 잡아당기는 사리나.

하지만 포르미나의 몸은 가릴의 머리에서 전혀 떨어지려 하지 않았다.

그런 사리나와 포르미나의 모습을, 주변에 모여 있는 여자아이들이 마른 침을 삼키며 바라봤다.

"'……사리나…… 힘내서 포르미나를 떼어 내…… 그러면 가릴 군의 사진을 찍을 수 있어…….'"

어떻게든 가릴의 얼굴을 방해물 없이 수정 촬영기로 촬영하고자 스탠바이 상태인 여자아이들은 마음속으로 열심히 응원을 계속 보냈다.

『찍을 수 있습니다』를 들고 언제든지 촬영할 수 있도록 대기하고 있는 것은 굳이 말할 필요도 없었다.

그 광경을 쿡쿡 웃으며 보고 있는 리슬레이.

그 옆으로 같은 반의 렙터가 다가왔다.

도마뱀족 특유의 꼬리를 휘두르며 리슬레이 옆에 섰다.

"리슬레이네 집은 떠들썩하겠구나. 고로랑 포르미나에 더해서, 새로 아이들 셋이 더 태어났잖아?"

"응, 그래. 리루랑 라피랑 벨라. 다들 엄청 귀여워."

"그런가…… 저기, 다음에 놀러가도 돼?"

"어?"

"어, 아, 아니, 딱히 이상한 의미는 아냐…… 나, 외동이니까 아이들이 잔뜩 있는 집을 동경하거든."

"어, 어어…… 그런 이야긴가…… 갑자기 파파랑 마마한테 인사하러 올 생각인가 해서……."

"어? 지, 지금 뭐라고 그랬어?"

"어어어, 아니아니아니, 아무것도 아니야, 아무것도?!"

허둥지둥하며 리슬레이는 고개를 가로저었다.

그녀의 얼굴은 귀까지 새빨개져 있었다.

한편 렙터 역시도 리슬레이의 말이 중간까지는 들렸는지 입가를 막으며 고개를 애써 돌렸다.

나란히 서서는 서로 고개를 피하는 두 사람.

그런 두 사람의 모습을 근처의 자기 자리에 앉아 있는 스노우 리틀이 히죽히죽하며 바라봤다.

"어머어머, 이쪽에서 러브코미디의 파동을 느꼈어. 좀 더 분위기를 만들어 줘야겠네요."

동화족인 스노우 리틀은 세계 각국의 동화에 등장하는 캐릭터를 인형으로 구현화시킬 수 있다.

스노우 리틀이 손을 펼치자 손과 손 사이에서 악기를 든 소인 인형이 출현했다.

출현한 도합 일곱의 소인 인형은 손에 든 악기를 연주하며, 렙터와 리슬레이의 발밑에서 폴짝폴짝 뛰며 회전하기 시작했다.

"저, 저기, 스노우도 참, 이거 부끄럽다고."

"그, 그래, 이런 거 너무 빠르다고."

소인들이 연주하는 음악이 결혼행진곡이라는 사실을 깨달은 렙터가 얼굴을 새빨갛게 물들이며 인형을 손과 꼬리로 붙잡으려 했다.

스노우 리틀은 인형을 정교하게 조작해서 그 손길을 피했다.

그런 스노우 리틀은 마음속으로 생각했다.

'……언니도 렙터같이 마왕님의 하트를 빨리 꿰뚫었으면 좋겠는데…….'

스노우 리틀의 언니, 스노우 화이트는 마왕 독슨의 아내 후보로서 동생 스노우 리틀과 함께 이사 왔다.

스노우 화이트의 결혼이 결정될 때까지, 스노우 리틀은 빌린 집에서 비교적 가까이 있던 호우타우 마법 학교에 다니게 되었지만…… 막상 중요한 스노우 화이트는 마왕의 아내 자리를 건 요리 대결에서 참패하여 지금은 요리 교실에 다니고 있었다.

교실 안은 그런 모두의 즐거운 목소리로 넘쳐났다.

그런 가운데, 다음 수업 시작을 알리는 종소리가 울리고 그것을 신호로 학생들은 다들 자기들의 교실이나 자리로 돌아갔다.

◇몇 각 후 인도르국◇

리스와 마수인형 꼬마 리오를 태운 와인은 넓은 하늘을 계속 날아서 점심 전에 인도르국 영내로 들어섰다.

『저 돌 성벽으로 둘러싸인 게 데루리야! 데루리야!』

"데루리라면 아마 인도르국의 수도였지. 너무 다가갔다가 성문을 지키는 위병을 위협하기라도 하면 안 되니까 이쯤에서 걸어가죠."

『마망, 알았어! 알았어!』

고개를 크게 끄덕인 와인은 날개를 교묘하게 움직여서 전진을 그만두고 그대로 똑바로 강하했다.

이내 와인은 사막 한편에 착지하더니 몸을 낮추었다.

"그럼 여기서부터는 걸어서 갈까요."

와인의 등에서 내린 리스는 꼬마 리오를 안은 채로 사막에 내려섰다.

그러자 와인은 고양이처럼 양손을 쭉 펴고 꼬리를 올리며 기지개를 켰다.

그녀의 몸이 서서히 줄어들고 사람의 모습으로 변화했다.

"응~! 오랜만에 잔뜩 날았어! 기분 좋아! 기분 좋아!"

알몸 그대로 기분 좋은 듯 계속 기지개를 켜는 와인.

리스는 허리에 찬 마법 주머니에서 와인의 옷을 꺼내 와인에게 건넸다.

"자, 와인. 이걸 입어."

"응, 알았어! 알았어!"

그것을 받아든 와인은 당연하다는 듯 속옷을 옆에 두고 판초풍 옷을 머리부터 뒤집어썼다.

……하지만.

그것을 예상한 리스는 순식간에 와인의 속옷을 주워들더니 그것을 와인에게 입혔다.

"으먀?! 뭔가 기분 나빠…… 기분 나빠……."

판초풍 의상을 입은 와인은 속옷의 감촉이 기분 나쁜지 양손으로 몸을 더듬더듬 만졌다.

그런 와인의 모습에 무심코 쓴웃음 짓는 리스.

"안 돼요, 와인. 타니아도 항상 말하잖아요? 자, 데루리로 들어가죠."

와인의 손을 잡고 데루리를 향해 걷기 시작하는 리스.

"응~ 하지만 기분 나쁜걸, 나쁜걸."

손을 잡은 리스를 따라가면서도 와인은 계속 몸을 꾸물꾸물 움직였다.

◇ ◇ ◇

석조 벽돌로 만들어진 성벽으로 주위를 둘러싼 인도르국의 수도 데루리.

"자, 이거. 에스트 상회의 소개장이에요."

그 성문에 다다른 리스는 에스트한테 받은 소개장을 문지기에게 내밀었다.

"문제없습니다, 들어가시죠."

그 내용을 확인한 하얀 천 옷을 입은 문지기는 꼬마 리오를 안은 리스와 와인을 성문 안으로 안내했다.

도중에 그들과 엇갈리듯이 병사 몇 명이 서둘러 성문 밖으로 향했다.

"이봐, 언덕 너머에서 드래곤 같은 물체가 착륙했다는 건 사실인가?"

"음, 망루의 병사가 분명히 봤다고."

"어쨌든 확인하러 가자고."

그런 대화를 나누며 병사들은 허둥지둥 문 밖으로 나갔다.

리스는 그런 병사들은 어깨 너머로 바라봤다.

'……분명히 와인 이야기겠네. 실수했어, 좀 더 멀리 착지하는 편이 나았겠네.'

그런 생각을 하며 문 안으로 들어갔다.

인도르국의 수도 데루리 안으로 발길을 들인 세 사람.

그곳은 구운 벽돌로 만들어진 건물이 늘어선 도시로, 1년 내내 항상 여름이라 통기성 좋은 옷을 입고 강한 햇빛을 막고자 머리에 후드를 뒤집어쓴 사람들이 가도를 오가고 있었다.

"후우, 이야기는 들었지만 덥네요."

리스는 허리에 찬 마법 주머니에서 챙이 넓은 모자를 꺼내서 썼다.

"응~, 덥지만 축축하진 않아! 축축하진 않아!"

기지개를 켜며 기쁜 듯 목소리를 높이는 와인.

"와인, 떨어지면 안 돼."

"알았어, 마망!"

그러더니 리스의 팔을 끌어안은 와인.

만면의 미소를 지으며 리스의 팔에 뺨을 비볐다.

"……정말이지, 와인도 참."

응석받이 와인에게 그만 쓴웃음 짓는 리스.

'……그러고 보니 와인은 집에서는 언니로서 아이들을 열심히 돌봐 주지……. 가끔은 응석을 받아 줘야지, 안 그러면 가여워.'

그런 생각을 하며 리스는 고개를 좌우로 움직이며 주변을 둘러봤다.

"으음, 이전에 들은 에스트의 가게가 있는 장소는……."

그러자 꼬마 리오가 리스의 팔을 붙잡고 성문에서 뻗어 있는 가도 한 쪽으로 잡아당기기 시작했다.

"어머어머 꼬마 리오, 너 에스트네 가게가 어디 있는지 알아요?"

리스의 말에 꼬마 리오는 홀리오처럼 시원스러운 미소를 지으며 고개를 끄덕였다.

리스는 그 미소에 기쁜 듯 미소 지었다.

"그럼 길 안내를 부탁할게요."

이리하여 리스와 와인은 상점이 늘어선 가도로 발길을 들였다.

◇인도르국 상점가 에스트 교역 상회◇

"요, 요전에 빌린 돈은 전부 갚았을 텐데요!"

외모는 어리지만 이미 150세를 가볍게 넘은 하이엘프 루나.

그녀는 눈앞의 남자들을 향해 어깨를 들썩이며 거친 목소리로 계속 화를 내고 있었다.

검은 옷 남자들은 그런 루나를 히죽히죽 웃으며 둘러싸고 있었다.

"어이어이 아가씨, 잠꼬대나 하는 건 곤란한데 말이지."

"지난번에 받은 돈은 이 · 자 · 뿐. 원금은 여전히 남아 있거든."

남자 하나가 종이 한 장을 건넸다.

그것을 본 루나는 눈을 부릅떴다.

"이, 이거 틀림없이 이상해요! 금액 부분을 다시 쓴 거죠!"

종이에 적혀 있는 숫자를 가리키며 루나는 남자에게 따졌다.

그런 루나를 웃으며 밀어내는 검은 옷 남자.

"트집 잡지 말았으면 좋겠는데."

"그 서류 어디에 다시 쓴 흔적이 있습니까~? 게다가 이거, 마

법 차용증이니까 다시 쓰는 건 불가능하다고요~? 에스트 씨의
인장도 제대로 있다고요~?"

　마법 차용증이란…….
　나중에 다시 쓸 수 없도록 내용을 기재한 뒤, 공직 마법사가 마
법으로 내용을 종이에 정착시킨 서류의 일종이다.
　본래 다시 쓴 마법 차용증에는『수정 ○○회』라는 문자가 오른
쪽 구석에 떠오를 테지만, 명백하게 숫자를 다시 썼음에도 불구
하고 그 문자는 어디에도 없었다.

　"으그그…….."
　몇 번이고 서류를 다시 확인하는 루나.
　하지만 서류를 다시 쓴 흔적은 어디에도 보이지 않았다.
　루나는 차용증을 손에 든 채로 그저 신음할 수밖에 없었다.
　그런 루나를 남자들은 히죽히죽 웃으며 둘러싸고 있었다.
　"자자, 그럼 남은 돈, 딱 맞춰 받아 가지. 만약 못 내겠다면……."
　검은 옷 남자가 거기까지 말했을 때였다.
　"좀 볼게요."
　루나의 뒤쪽에서 다가온 한 여자가, 루나가 손에 든 차용증을
가져갔다.
　"꼬마 리오, 어때요? 뭔가 알겠나요?"
　그러면서 옆에 서 있는 자그마한 남자아이에게 마법 차용증을
넘겼다.

여자──리스에게 받은 종이를 빤히 보던 그 남자아이──꼬마 리오는, 천천히 마법 차용증 위로 오른손을 내밀었다.

그러자 차용증의 숫자 부분이 떠올랐다.

그 숫자가 사라지고, 사라진 숫자보다도 무척 소액의 숫자가 나타났다.

그것을 본 루나가 눈을 동그랗게 뜨며 오른손으로 마법 차용증을 가리켰다.

"아~! 이 금액! 이게 계약한 금액이에요!"

루나는 무심코 목소리를 높였다.

말을 못 하는 꼬마 리오는 근처에 놓여 있던 메모지를 손에 들더니 거기에 무언가 글자를 적기 시작했다.

끝까지 적어서는 그 종이를 리스에게 건네는 꼬마 리오.

그 종이의 글자를 흠흠, 고개를 끄덕이며 바라보던 리스.

"여기 꼬마 리오의 말로는 『서로 봉인을 찍은 마법 차용증의 숫자는 어떤 마법을 쓰더라도 다시 쓸 수는 없어요. 하지만 이 마법 차용증은 다시 쓴 게 아니라 차용증 위에 글자가 붙어 있었어요. 날인 전에 수정된 문자였다면 이렇게 감사 마법으로 떠오를 리는 없어요』라고 하는데…… 그런가요?"

리스의 말을 들은 루나는 몸을 앞으로 불쑥 내밀었다.

"잠깐만, 당신들! 마법 차용증 위조는 중죄예요! 당신들의 보스를 고소하겠어요! 알겠나요!"

허리에 손을 대고 잔뜩 화내는 루나.

그런 루나 앞에서 검은 옷 남자들은 조금 전까지의 히죽히죽 웃음에서 돌변, 노기를 드리운 표정을 지으며 루나를 노려봤다.

"……들켜 버렸으니 어쩔 수가 없네요."

"……거친 짓은 하고 싶지 않았는데 말이죠."

남자들은 그러면서 루나의 어깨에 손을 얹었다.

"어? 어어?? 잠깐, 뭔가요, 만지지 말아요!"

드센 목소리와는 달리 루나의 얼굴에는 공포의 기색이 어려 있었다.

그곳으로 가게 안쪽에서 에스트가 달려 나왔다.

원래 겁이 많은 성격이라 이런 거친 상대와 교섭할 때에는 항상 루나가 대역을 맡고 있지만, 루나가 위험한 것을 알아차린 에스트가 절규하며 결사의 각오로 달려온 것이었다.

"루, 루나한테서 떨어져라!"

"서, 서방님!"

그런 용감한 에스트의 모습에, 눈에 눈물을 글썽이며 환희의 표정을 짓는 루나.

……하지만.

"흐갹."

검은 옷 남자 하나의 펀치를 안면에 맞은 에스트는, 순식간에 바닥으로 쓰러졌다.

"서방님…… 엄청 멋없는데요……."

루나의 표정이 환희에서 비애로 바뀌고 어깨를 풀썩 떨어뜨렸다.

하지만 바닥에 쓰러진 에스트는 기절했는지 꿈쩍도 하지 않았다.

다시금 검은 옷 남자가 루나에게 다가왔다.

"루나 아가씨, 그리고 거기 아가씨 쪽도, 미안하지만 이대로 돌려보낼 수는 없거든요."

검은 옷 남자가 둘, 리스와 와인을 향해 걸어왔다.

그러자 리스는 검은 옷 남자가 뻗은 팔의 손목을 가볍게 붙잡더니 가볍게 그 남자를 가게 밖으로 내던졌다.

"거슬리네요, 사라지세요."

그 옆에서는 마찬가지로 손을 뻗은 남자의 팔을 붙잡은 와인이, 즐겁게 웃으며 그 남자를 리스가 던진 남자 쪽으로 내던졌다.

"방해야! 방해야!"

검은 옷 남자들은 다들 리스와 와인 배 이상의 체격을 자랑했지만, 그런 두 사람을 리스와 와인은 가볍게 내던진 것이었다.

검은 옷 남자들은 자신들의 몸에 무슨 일이 벌어졌는지도 모르는 채, 가게 밖 가도 옆에 놓여 있던 쓰레기장 안에 머리부터 처박혔다.

동료 둘이 내던져졌기에 다른 검은 옷 남자들이 다시금 자세를 취했다.

"이, 이 자식!"

"여자라고 해서 봐줄 줄 아느냐!"

손에 검이나 낫을 들고 리스와 대치하는 남자들.

그런 남자들을 흘끗 쳐다보더니 후우, 작게 한숨을 흘리는 리스.

"곤란하네요, 힘의 차이를 헤아리지 못하는 분은……."

그 옆에서 와인은 팔짝팔짝 뛰고 있었다.

"와하! 마망은 아무것도 안 해도 돼! 와인한테 맡겨! 맡겨!"

즐겁게 팔을 돌리며 와인이 리스 앞에 버티고 섰다.

그러자 그보다 더 앞에 꼬마 리오가 버티고 섰다.

"꼬마 리오? 너는 물러나요, 와인도 여긴 마마한테 맡기고……."

리스는 그러면서 와인과 꼬마 리오에게 손을 뻗었다.

그런 리스에게 시선을 향한 꼬마 리오는 고개를 가로젓더니 남자들은 향해 오른손을 뻗었다.

"무슨 생각이냐, 이 꼬맹이."

"손을 앞으로 내밀고 뭘……."

히죽히죽 웃으며 꼬마 리오한테 다가가는 남자들.

그때, 꼬마 리오의 오른손 앞으로 마법진이 전개되기 시작했다.

그것이 빛을 발하고 회전하기 시작하는 것과 동시에, 꼬마 리오 앞을 막아 선 검은 옷 남자들이 일제히 땅바닥으로 쓰러졌다.

"이…… 이건 뭐냐…… 못 움직이겠어……."

"지, 짓눌려 버려……."

남자들은 그런 말을 흘리며 어떻게든 몸을 움직이려고 했지만, 몸은 꿈쩍도 하지 않았다.

마법을 전개한 꼬마 리오를 깜짝 놀라서 바라보는 리스.

"그건 서방님의 특기인 중력 마법인가요?"

리스의 말에 어깨 너머로 돌아본 꼬마 리오는 고개를 끄덕였다.

"어머…… 너도 참, 이런 일도 가능하군요."

감동한 표정을 짓는 리스.

"으음…… 와인 차례가 없어! 없어!"

그 옆에서는 의욕이 향할 곳을 잃어버린 와인이 입술을 삐죽이며 연신 발을 동동 굴렀다.

그 동작을 보고 후방에서 에스트를 간호하는 루나의 얼굴에 간신히 미소가 돌아왔다.

◇얼마 후 인도르국 에스트의 가게◇

에스트의 가게 앞에는 중력 마법을 미처 견디지 못하고 기절한 뒤 리스와 와인이 밧줄로 둘둘 감은 남자들이 늘어서 있었고, 그를 신고를 받고 온 위병들이 호송용 짐마차에 던져 넣고 있었다.

"훌리오 님의 사모님과 가족 여러분에게 부끄러운 모습을 보여서 죄송합니다. 덕분에 정말로 살았어요."

에스트를 간호하며, 루나는 다시금 리스에게 시선을 향하며 몇 번이고 계속 머리를 숙였다.

"오랜만이에요, 루나 씨. 오늘은 천을 사러 왔는데…… 조금 전의 소동은 어떻게 된 건가요?"

리스의 말에, 미간에 주름을 짓는 루나.

"실은 말이죠…… 서방님 에스트가 독립해서 이 가게를 열 때, 어리다는 이유로 어디에서도 돈을 빌려주지 않았거든요. 그러던 그때, 암상회라는 곳이 돈을 빌려주겠다고 그랬어요……. 그곳에서 돈을 빌려 이 가게를 열 수 있었죠……."

여기서 루나는 크게 한숨을 내쉬었다.

그런 루나의 무릎베개 위에 누워 있던 에스트가 눈을 뜨고 상반신을 일으켰다.

"여기서부터는 제가 설명하죠. 전날 리스 님께서 상품을 잔뜩 구입해 주신 덕분에 개점할 때에 빌린 돈도, 매입할 때에 사용한 돈도 전부 갚을 수 있었을 터입니다……. 그런데 오늘이 되어서는 저렇게 위법으로 다시 쓴 마법 차용증을 가져와서 저희도 곤란하고 무섭던 참인데……."

"……서방님, 계속 가게 안쪽에 숨어 있었죠? 저 죽는 줄 알았다고요."

그러면서 루나는 에스트를 꼭 끌어안았다.

"미안해, 루나. 나도 무서워서……."

그런 루나를 역시나 끌어안는 에스트.

"……하지만 마지막에 서방님은 멋있었어요…… 바로 당해 버렸지만."

"으…… 정말, 미안해…… 나, 진짜 엉망이구나……."

"아뇨아뇨, 하지만 그런 서방님이 용기를 짜내어 준 게 굉장히 기뻤어요."

"루나……."

"서방님……."

촉촉한 시선을 나누며 서로를 마주 보는 에스트와 루나.

그런 두 사람을 바라보며 리스는 쓴웃음을 지었다.

'으음…… 그런 건 단둘이 있을 때에 해줬으면 하는데요…….'

"뭔데? 뭔데? 뭐 하는 거야? 뭐 하는 거야?"

리스 뒤에서 두 사람의 모습을 확인하려고 하는 와인.

리스는 교묘하게 그녀의 앞을 가로막으며 그들의 러브러브한 모습을 보이지 않으려고 했다.

"하지만, 그러네요⋯⋯. 조금 전에 연행된 자들은 결국 말단이니까⋯⋯ 구린내가 원래부터 끊이질 않았다고, 서방님도 항상 이야기했으니까요⋯⋯."

◇인도르국 어느 뒷골목 어느 건물의 한 방◇

"⋯⋯뭐라고요? 돈 회수 실패? 회수반이 붙잡혔다?"

방 안에 너덜너덜한 상태로 들어온 검은 옷 남자의 보고를 들은 그 여자는, 등에 진 커다란 주판을 손에 들더니 굉장한 속도로 튕기기 시작했다.

"⋯⋯불확정 요소. 있을 리가 없어⋯⋯ 계획은 그것도 포함해서 완벽했을 터⋯⋯."

차라락 주판알을 튕긴 그 여자는, 그러면서 분하다는 듯 혀를 찼다.

그 여자 옆에서 덕지덕지 고스로리 장식이 달린 옷을 입은, 몹시 커다란 눈의 여자가 춤추며 방 안으로 들어왔다.

"당해당해당해당해당해버렸네요~~~~~~~~~~~ HYAHA AAAA."

여자는 이상하게 큰 검은색 눈을 더욱 크게 뜨며 깔깔 웃음을 터뜨렸다.

"⋯⋯얀데레나, 시끄러워."

"샨데레나, 어쨌든 그 녀석들을 혼내 줘야 한다고OOOOOO

OOOOOOO?"

"……그러네, 암왕님께서 맡기신 암상회 인도르국 지점…… 안 그래도 마족 마수 계약 불이행 때문에 상당한 손실을 당한 참인 걸. 만 번 죽어 마땅해."

두 사람은 서로를 마주 보더니 사나운 미소를 지었다.

◇그 무렵 호우타우 블로섬 농장◇

한낮.

연중 온화한 기후의 호우타우는 오늘도 날씨가 좋았다.

"블로섬 씨, 이쪽 수확 끝났어욧토."

"이쪽 잡초 뽑기도 끝났어요루토."

코볼트 타이라스와 치라라의 목소리가 들렸다.

"둘 다 수고했어. 다들, 조금만 더 하고 쉬자."

그것을 들은 블로섬은 이마의 땀을 훔치고 주위를 둘러보며 목소리를 높였다.

"예~!"

"알겠소이다!"

"알겠어요~.

그 목소리에 호응하며 조금 전 코볼트 두 명에 이어 농장 여기저기서 작업 중인 다른 코볼트나 고블린들의 활기찬 대답이 들렸다.

어느 이는 등에 바구니를 지고, 또 어느 이는 손에 작은 낫이나 괭이를 들고 각자 열심히 농사일 중이었다.

"처음에는 마운티와 호쿠호쿠튼뿐이었는데, 어느새 우리 농장도 인원이 무척 많아졌네."

"음, 정말이올시다."

그 옆으로 커다란 괭이를 어깨에 짊어진 마운티가 다가왔다.

"마왕군과 클라이로드 마법국이 휴전 협정을 맺은 덕분에, 직업을 잃은 마족들을 채용할 수 있게 된 덕분이로군."

"그렇군요. 이 농장은 마족 사이에서도 화제가 되고 있으니, 여하튼 삼시세끼 간식에 저녁 반주까지. 주거, 농기구, 의복도 전부 무상 지급. 게다가 급여도 높은 수준이니까요."

"뭐, 이것도 홀리오 님의 방침 덕분이지만. 전쟁이 사라져서 용병으로 일할 곳을 잃은 마족들이 거리를 헤매지 않도록, 그들을 받아줄 곳을 만들고자 홀리스 잡화점과 이 농장에서 적극적으로 마족을 채용해 주는 거니까."

블로섬의 말에 미소로 끄덕이는 마운티.

"······그런데 마운티."

"왜 그러십니까, 블로섬 님."

"있잖아, 너희 아이들도 농장에서 일을 해주고 있는데······ 지금, 몇 명이었지?"

"어, 성인이 된 열 명을 필두로 남녀 합쳐서 마흔한 명입니다."

"······또 늘어났구나."

"어어, 참고로 다음 주에는 또 늘어날 예정입니다."

"어, 어어······ 그렇구나."

"예. 저 마운티, 가족을 위해서라도 더더욱 노력하겠습니다."

오른팔에 알통을 만드는 마운티.

그 모습을 블로섬은 쓴웃음 지으며 바라봤다.

"뭐, 마운티랑 아이들은 성실하게 열심히 일해 주니까 괜찮겠지만……."

그러면서 블로섬은 농장 한편으로 시선을 향했다.

그 시선 끝…….

"하아, 정말이지. 어째서 내가 풀을 뽑아야 하는 건가요……."

농장 한편, 보라색 나루스비 열매가 탐스럽게 맺힌 밭 안, 텔비레스는 땅에 쪼그려 앉아서 하늘을 올려다봤다.

"그래도 난 전직 여신이라고요……. 일찍이는 신계의 냉난방 완비된 방에서 화려한 옷을 매일 갈아입으며, 우아하게 차랑 과자를 즐기며 구상 세계를 원격 관리했는데……. 이런 곳에서 땀투성이로 일을 하다니, 진짜 말도 안 돼요……."

지금 텔비레스는 농사용 상하의에 밀짚모자, 고무장화에 목장갑을 껴서 농장의 풍경 안에 멋들어질 만큼 녹아들었다.

"점심때까지 여기서 농땡이 칠까……."

버스럭버스럭, 채소 이파리 사이로 들어가는 텔비레스.

그 이파리 맞은편에서 갑자기 고블린 호쿠호쿠튼의 얼굴이 튀어나왔다.

"이 엉터리 여신이! 또 이런 곳에서 농땡이를 치고 있었군요!"

"꺄악?! 그보다도 호쿠도 참, 갑자기 얼굴 내밀지 말라고!"

"농땡이나 치고 있던 주제에 종알종알 대지 마시올시다."

텔비레스의 목덜미를 붙잡더니 그대로 끌고 가는 호쿠호쿠튼.

"아, 잠깐, 아파! 아파! 엉덩이가 찢어지겠어!"

"에잇, 그 정도로 어떻게 될 엉덩이겠나! 어쨌든 본인의 눈이 닿는 곳에서 일을 하시오!"

"어~, 하지만 호쿠는 전혀 다정하게 대해 주지 않으니까⋯⋯."

"당신이 농땡이만 치니까 그렇지!"

"그런 소릴 해도~."

"쫑알쫑알 대지 말고! 조피나 경한테도 『여기서 근성을 다시 주입해 주십시오』라고 부탁을 받았으니까. 엄하게 가겠소이다, 엄하게!"

"싫어싫어! 좀 더 다정하게 대해 줘~."

그런 대화를 나누며 농장 안을 이동하는 호쿠호쿠튼과 텔비레스.

그 목소리를 들으며 블로섬은 쓴웃음을 지었다.

"⋯⋯저기 있는 전직 여신님⋯⋯ 변함이 없구나⋯⋯."

"아아⋯⋯ 호쿠호쿠튼이 옆에 딱 붙어서 지도하고 있지만, 전혀 성장하질 않는군요."

서로 얼굴을 마주 보는 블로섬과 마운티.

농장에서는 호쿠호쿠튼과 텔비레스의 목소리가 계속해서 울렸다.

◇인도르국 어느 뒷골목 어느 건물◇

"⋯⋯어쨌든 다시 돈을 회수하러 가는 겁니다."

암상회의 샨데레나는 거대한 주판을 한 손으로 휘두르며 복도를 저벅저벅 걷고 있었다.

"얕보였다가는 끝 끝 끝인 거예YOOOOOOOOOOOOO."

그 옆에서 극단적으로 몸을 옆으로 눕히고, 외치고, 노래하며 얀데레나가 따르고 있었다.

두 사람은 조금 전 부하인 검은 옷 남자가 보고한 에스트 상회로 가려는 것이었다.

그 기세 그대로 문을 열고 뒷골목으로 걸음을 내딛는 두 사람.

"저기 죄송해요. 들어갈게요."

그런 두 사람을 다시 떠밀듯이 그 입구로 리스가 들어왔다.

그 뒤에서 와인과 꼬마 리오가 따라왔다.

"흐어?!"

"후-HYOOOOOOOOOOOOOOO?!"

샨데레나와 얀데레나는, 처음의 여자에게 떠밀려서 나가려던 건물 안으로 다시 돌아와 버렸다. 데굴데굴 복도를 굴러갔다.

그런 두 사람은 신경도 쓰지 않고, 그 여자는 이따금 코를 킁킁거리며 건물 안을 둘러봤다.

"……이 냄새, 틀림없네요. 그 검은 옷 남자들이 도망친 건 여기예요."

아랑족 특유의 예리한 후각을 이용해서, 도망친 검은 옷 남자들의 냄새를 쫓아서 여기에 다다른 것이었다.

확신하듯 끄덕이더니 리스는 여전히 복도에 쓰러져 있는 샨데레나와 얀데레나에게 시선을 향했다.

"당신들, 이 건물에서 나가려고 했다는 건 암상회의 관계자로 군요? 저는 리스. 에스트 상회 일로 이야길 하러 왔어요."

리스가 그렇게 말하는 것과 동시에, 복도 안쪽에 있는 계단에서 남자들 여럿이 뛰어 내려오는 소리가 들렸다.

"지금 그 소리는 뭐냐?!"

"무슨 일이 있었지?!"

"위병이 쳐들어왔나?"

날아간 샨데레나와 얀데레나의 소리에 반응한, 암상회의 검은 옷 남자들이 계단에서 우르르 나타났다.

일동 앞, 복도에 서 있는 리스.

늘씬하고 굴곡이 있는 몸…….

아름답고 단정한 얼굴…….

바람에 나부끼는 푸르스름한 은발…….

"저, 저 여자는 뭐냐…….'"

"아, 아름다워…….'"

"굉장한 미인…….'"

검은 옷 남자들은 리스의 모습이 빠져버려서 말을 잃었다.

그 상황을 알아차린 샨데레나와 얀데레나가 흐트러진 옷매무새를 고치며 일어섰다.

"……뭐, 뭐하는 거야! 적이다! 적!"

"얼른 섬멸 섬멸 섬멸해~!"

"아, 아아, 그랬죠."

"아무리 아름다워도 적은 적!"

샨데레나와 얀데레나의 말에 퍼뜩 정신을 차린 검은 옷 남자들은 일제히 리스를 향해 달려갔다.

'……배제하면 그만이란 말이지.'

'……그렇다면 이대로 넘어뜨려도.'

'……하악하악.'

일부 부정한 의도를 가지고서 리스에게 들이닥치는 검은 옷 남자들.

"……성가시네요."

리스는 혀를 차더니 몸을 순식간에 아랑의 모습으로 변화시켰다.

……하지만 그보다도 먼저, 꼬마 리오가 검은 옷 남자들 앞에 버티고 서서 그들을 향해 양손을 뻗었다.

그 손에 마법진을 전개시켜 중력 마법을 발동시키는 꼬마 리오.

검은 옷 남자들은 중력 마법의 영향으로 그대로 바닥에 쓰러졌다.

그런 꼬마 리오 뒤에서 리스는 다시금 인간족의 모습으로 변화했다.

"……꼬마 리오, 날 걱정해 주는 건 기쁘지만요……. 그게, 조금은 나도 좀 날뛰게 해달라고요."

그러더니 중력 마법을 계속 전개하고 있는 꼬마 리오의 뺨을 불만스럽게 쿡 찔렀다.

하지만 꼬마 리오는 리스를 향해 시원스러운 미소를 짓더니, 『위험한 일을 겪게 만들진 않아요』라고 그러듯이 고개를 가로저었다.

"……정말이지."

그 동작에 불만스러운 표정을 짓는 리스.

"정말~! 와인도 날뛰고 싶었어! 날뛰고 싶었어!"

그런 두 사람 뒤에서 불만스러운 표정을 짓고 있는 와인이 불평하며 팔짝팔짝 뛰었다.

이윽고 검은 옷 남자들이 모두 기절한 것을 확인한 리스.

"……자."

복도 안쪽으로 걸어가서 샨데레나와 얀데레나 앞에 버티고 섰다.

"당신들. 이 암상회의 높은 사람인 것 같은데, 에스트 상회에 대해서 이야기를 좀 할 수 있을까요?"

리스가 노려보자 샨데레나와 얀데레나는 부들부들 떨었다.

'……이, 이야기고 뭐고, 아랑 여자를 앞에 두고…….'

'……제제제제대로 이야기를 나눌 수 있을 리가 없다고 YOOOOOOOOOOOOO.'

조금 전 아랑화한 리스의 모습을 보고 잔뜩 겁먹은 두 사람은 벽에 찰싹 붙은 채로 부들부들 계속 떨었다.

리스는 한 마디도 입을 열지 않는 두 사람을 앞에 두고 짜증이 난 듯 노려봤다.

""히, 히, 히이이이이이이이이익!!!!""

그 시선에, 샨데레나와 얀데레나는 그저 비명을 지를 뿐이다.

◇얼마 후◇

암상회 건물에서는 인도르국의 위병들이 바쁘게 드나들고 있었다.

리스 일행은 그 옆에서 위병장과 나란히 서 있었다.

"리스 님의 신고 덕분에 저 암상회의 본거지를 궤멸시킬 수 있었습니다. 저 자들은 위법한 방식 탓에 많은 인도르국의 백성들을 괴롭히고 있었습니다. 방식은 너무나도 악랄한데 전혀 꼬리가 잡히질 않았기에 클라이로드 마법국에 협력을 청한 참이었습니다만, 덕분에 이렇게 무사히 해결할 수 있었습니다."

깊이 머리를 숙이는 위병장.

그런 위병장에게 싱긋 미소 짓는 리스.

"아뇨아뇨, 당연한 일을 했을 뿐이에요."

그런 일동 옆으로 샨데레나와 얀데레나가 연행되고 있었다.

"……기억해 둬…… 암왕님을 위해서라도, 이런 곳에서 끝나지 않으니까."

"……아윌아윌아윌비백이라고YOOOOOOOOOOOOOOO."

저마다 그런 최후의 말을 내뱉으며 연행되는 두 사람.

다만 몸은 붕대로 칭칭 감겨서 움직이지 못하는 상태로 위병들이 떠메고 있었기에, 어딘가 우스꽝스러운 광경으로만 보였다.

리스는 호송용 짐마차 안으로 던져지는 두 사람을 바라봤다.

"……악인은 툭하면 최후에 저런 대사를 남기는군요."

그러면서 작게 한숨을 내쉬었다.

호송용 짐마차가 주위를 엄중하게 포위한 상태로 출발하는 것을 지켜보고, 리스는 마법 주머니에서 서류 다발을 꺼냈다.

　"이게 저 여자들한테 회수한, 암상회한 위법한 수단으로 돈을 뜯어내던 방식의 리스트예요."

　그것을 위병장에게 건네는 리스.

　"오오, 이건 큰 도움이 될 겁니다! 이것으로 암상회 녀석들을 혼내 주도록 하죠!"

　"예, 잘 부탁드려요. 에스트 상회를 비롯한 피해자 여러분이 이 이상 피해를 입지 않도록, 모쪼록 잘 부탁드릴게요."

　"예, 반드시!"

　리스에게 깊이 머리를 숙이는 위병장.

　"그럼 저희는 에스트 상회로 돌아갈게요. 물건을 사고 저녁식사 준비 때까지는 돌아가야 하니까요."

　"리스 님은 인도르국에 사십니까?"

　"아뇨, 저는 호우타우에 살아요. 그럼."

　그러더니 리스는 꼬마 리오와 손을 잡고서 걷기 시작했다.

　그런 두 사람 뒤를, 이번에도 전혀 자기 차례가 없었던 와인이 불만스럽게 입술을 삐죽이며 따라갔다.

　"으음, 전혀 못 날뛰었어! 못 날뛰었어!"

　그런 세 사람의 뒷모습을 바라보며 다시금 머리를 숙이는 위병장.

　"……호우타우…… 이 주변에 그런 이름의 마을이 있었나……?

아마도 클라이로드 마법국에 그런 이름의 마을이 있었던 것 같기는 한데……. 그 마을까지는 마차로 두 달은 걸릴 테니까 저녁식사를 준비할 때까지는…….”

고개를 갸웃거리며 의아하다는 표정을 지었다.

그 뒤에서는 위병들이 암상회 건물 안에서 서류 다발을 계속 실어 나르고 있었다.

◇같은 시각 암상회 건물 근처◇

건물 뒤에 숨어서 세 남녀가 암상회 건물 쪽을 바라보고 있었다.

그들이 보는 암상회의 건물은 많은 위병들로 둘러싸여 있고, 그 안에서 대량의 관계 서류가 반출되는 참이었다.

그 모습을 바라보며 풍채 좋은 남자――암왕은 분하다는 듯 혀를 찼다.

“……어떻게 된 게냐…… 클라이로드 마법국 외부의 최대 거점인 암상회 인도르국 지점을 위병들이 수색하고 있다니…….”

그 뒤에 서 있는 금색 차이나드레스 여자――금각 여우 역시도 분하다는 듯 오른손 엄지를 깨물었다.

“여긴 저 샨데레나라는 음침한 주판 여자랑 얀데레나라는 댄스 여자가 지키고 있을 텐데…… 두 사람도 참, 대체 뭘 한거냐캥.”

그 옆에서 은색 차이나드레스를 입은 여자는 힘이 빠진 듯 어깨를 떨어뜨렸다.

“가까스로 인도르국까지 다다랐는데…… 암왕님, 우리 이제부터 어떻게 하냐캥?”

암왕의 어깨에 살며시 손을 얹는 여자──은각 여우.

"에잇, 지금 생각하고 있다, 좀 조용히 하지 못하겠느냐."

세 사람이 그런 대화를 나누는데…….

"이봐, 저쪽에서 목소리가 들리지 않았어?"

"암상회의 잔당일지도 모른다, 이봐, 몇 명만 따라와라."

건물 쪽에서 억센 위병장을 필두로 위병들 몇몇이 그들 쪽으로 달려왔다.

"위, 위험해! 도망치자고!"

당황해서 달려가는 암왕.

"도, 도망친다니, 어디로캥?"

"그런 거, 도망치면서 생각해! 어쨌든 서둘러!"

"잠깐, 저 건물에서 돈을 회수하지 않으면 더는 돈이 없다캥."

"어쨌든 지금은 도망치는 게 우선이다!"

작은 목소리로 그런 대화를 나누며 그들은 뒷골못 안쪽으로 달려갔다.

◇호우타우 마법 학교◇

방과 후.

이날, 가릴은 사무원 타쿠라이드의 호출로 응접실에 있었다.

그 옆에는 가릴의 담임인 벨라노가 앉아 있었다.

그리고 소파에 앉아 있는 두 사람 앞에는 한 남자가 앉아 있었다.

클라이로드 마법국 소속 기사에게만 착용이 허락되는 망토를 걸친 남자는 가릴에게 미소를 지었다.

"오랜만이네, 가릴 군. 잘 지냈나?"

"응, 마크타로 아저씨도 잘 지냈어?"

"그래, 덕분에 잘 지내고 있다."

서로 미소를 주고받는 마크타로와 가릴.

"마크타로 아저씨는 클라이로드 기사단의 단장님이었지?"

"이전에는 말이야. 지금은 마왕군과 휴전 협정이 맺어지기도 해서, 기사단장은 은퇴하기로 했다. 조만간에 설립되는 클라이로드 기사단 양성 학교의 교장으로 취임할 예정이지."

나온 차를 입에 머금고는 다시금 가릴에게 시선을 향했다.

"그래서 말이다, 오늘은 클라이로드 기사단 양성 학교의 교장으로서 왔다만…… 가릴 군, 클라이로드 기사단 양성 학교에 입학할 생각은 없느냐?"

"어? 나?"

마크타로의 말에 깜짝 놀란 표정을 짓는 가릴.

그런 가릴에게 마크타로는 끄덕였다.

"음, 그래. 나는 클라이로드 기사단 양성 학교의 교장으로서 클라이로드 마법국 내의 장래가 유망한 소년소녀를 스카우트하며 돌고 있는데, 모쪼록 가릴 군을 특대생으로 맞이하고 싶거든."

마크타로의 말을 들은 가릴은 잠시 생각에 잠겼다.

"음~ 난 있지, 언젠가 에리 씨……가 아니지, 여왕님을 위해서 일하고 싶다는 생각은 있는데……."

"그래, 그건 알고 있다. 볼라리스한테도 네가 여왕님을 지켜 준 이야기는 몇 번이나 들었으니까. 클라이로드 기사단 양성 학교에 입학한다면 졸업 후에 클라이로드 기사단에 우선적으로 입단할 자격이 주어지니까, 네게도 괜찮은 이야기가 아니겠느냐."

마크타로의 말에 벨라노도 고개를 끄덕끄덕했다.

그런 두 사람의 시선 앞에서 잠시 생각하던 가릴은 씨익 미소를 지었다.

"……그 이야기는 엄청 기쁘지만, 이번에는 좀 사양해도 될까?"

"응? 거절하겠다는 거냐?"

"응. 나, 여기 호우타우 마법 학교가 정말 좋거든. 그러니까 이 학교를 제대로 졸업한 다음에, 클라이로드 기사단 양성 학교에 신세를 지고 싶어."

가릴은 막힘없이 솔직히 그렇게 말했다.

마크타로가 정면으로 바라보는 그 눈을, 가릴 역시도 마주 바라봤다.

"……알겠다. 그럼 네가 호우타우 마법 학교를 졸업하고 클라이로드 기사단 양성 학교로 오는 걸 기대하며 기다리마."

싱긋 미소 짓는 마크타로.

가릴도 그런 마크타로에게 미소로 답했다.

"응, 그때는 잘 부탁할게."

가릴은 소파에서 일어나서 꾸벅 인사했다.

마크타로는 그런 가릴에게 오른손을 내밀었다.

그 손을 맞잡는 가릴.

……그때였다.

응접실 문이 갑자기 활짝 열리고, 그곳에서 수많은 학생들이 와르르 넘어졌다.

그곳에는 사리나나 아이리스테일, 사지타 같은 가릴의 동급생을 포함해서 호우타우 마법 학교 학생들이 다들 겹쳐서 쓰러져 있었다.

그 광경을 바라보며 벨라노는 눈을 동그랗게 떴다.

"……훔쳐 듣는 거…… 좋지 않아."

"하지만…… 하지만 가릴 님이 전학을 갈지도 모른다는 이야길 듣고, 도저히 가만히 있을 수가 없었다링."

벨라노의 말에 사리나가 몸을 내밀었다.

그 옆에서 얼굴에 인형 둘을 가져다 대는 아이리스테일.

"하지만 있죠, 가릴 군이 전학을 안 간다고 그래서.""아이리스테일도 기뻐한다고 인마!"

복화술로 인형의 입을 뻐끔뻐끔 움직였다.

그 옆에서 일어선 사지타.

"가릴, 넌 졸업할 때까지 내가 쓰러뜨릴 테니까, 졸업할 때까지 절대로 다른 곳에 가면 안 된다고!"

평상시부터 가릴을 라이벌로 보고 있는 사지타는 거만한 시선으로 말했다.

……하지만 그런 사지타를 학생들은 그저 빤히 바라만 봤다.

"……사지타가 가릴 군한테? 그건 무리무리링."

"그런 건 다시 태어나도.""있을 수 없다고 인마!"

그런 목소리가 일제히 뒤쪽에서 날아들었다.

"시, 시끄러! 나, 나도 열심히 하고 있으니까, 조금 정도는……."

얼굴을 새빨갛게 물들이며 반론하는 사지타.

그 모습에 학생들은 일제히 웃음을 터뜨렸다.

응접실 안은 뜻밖에도 학생들의 웃음소리로 넘쳐났다.

그 광경을 바라보던 마크타로는 다정한 미소를 지었다.

"……그렇구나. 가릴 군이 졸업할 때까지 있고 싶다는 의미를 잘 알겠어. 좋은 학교로군요."

벨라노에게 시선을 향하는 마크타로.

마크타로의 말에 벨라노는 미소로 끄덕였다.

그 후, 학생들과 대화를 나눈 뒤에 마크타로는 호우타우 마법 학교를 뒤로했다.

◇인도르국 에스트 상회◇

"정말이지, 뭐라고 감사를 드려야 할지."

리스 앞에 가진 상품을 모조리 늘어놓으며 에스트는 환희의 표정을 짓고 있었다.

긴 귀를 파닥파닥 위아래로 움직이며 리스를 향해 몇 번이고 계속 머리를 숙였다.

조금 전…….

가게로 돌아온 리스로부터 전해들은 이야기.

"암상회는 악덕 장사를 한 죄로 관계자 전원 잡혀갔어요. 그러니까 그자들이 이 가게에 찾아올 일은 두 번 다시 없을 거예요."

그런 상황을 들은 에스트와 루나는 서로 끌어안고 팔짝팔짝 뛰며 기뻐했던 것이다.

그런 리스 앞에 루나는 차례차례 상품을 늘어놓았다.

"자자, 리스 님. 상품은 얼마든지 보세요! 오늘은 정말로 팍팍 서비스할 테니까요! 서방님, 천을 더 가져와요."

"그래, 맡겨둬! 특별한 녀석을 가져올게!"

루나의 말에 에스트도 기세등등한 목소리로 대답했다.

리스는 그 천들을 미소로 확인했다……만…….

"……저기, 천을 고를 수 있는 건 기쁘지만…… 저건 대체…….

그러더니 가게 앞으로 시선을 향하는 리스.

에스트 상회 입구에는 굉장한 숫자의 사람들이 모여 있었다.

"이봐, 저 사람이지. 암상회를 궤멸시켰다는 거."

"그래, 틀림없어. 나, 봤거든. 위병장이랑 같이 있는 걸."

"굉장해, 저 녀석들이 사라졌다면 우리 장사도 평안하겠지!"

"더 이상 저 녀석들의 그림자에 떨 필요가 없어."

"정말, 굉장한 사람이야…… 리스 님…….

앞에 모여든 수많은 사람들은, 그런 말을 입에 담으며 리스는 멀찍이서 바라보고 있었다.

그렇다, 이 인파는 악명 높은 암상회를 궤멸시킨 리스의 모습을 한 번이라도 보려고 모인 사람들이었던 것이다.

……하지만 리스는 그런 것 따위는 개의치 않는다는 듯 상품 쪽

으로 시선을 되돌렸다.

"……빨리 상품을 고르지 않으면 저녁식사 준비에 늦을 거예요. 루나 씨, 이 파란색 계열의 천을 있는 대로 다 주시겠어요? 그리고 이 빨간색이랑 녹색 자수가 들어간 천의, 다른 패턴의 천이 있다면 보고 싶은데요……."

"알겠어요! 바로 가져올게요!"

만면의 미소로, 가게 안쪽으로 재고를 가지러 가는 루나.

그런 루나를 지켜보고는, 리스는 또다시 천으로 시선을 향하고 손에 들어 살펴봤다.

그녀의 눈빛은 그야말로 진지했다.

리스 뒤에는 꼬마 리오가 서 있고, 리스가 고른 천을 받아 그것을 마법 주머니 안에 수납했다.

진지한 눈빛으로 천을 계속 살피는 리스의 모습을 가게 앞에서 계속 바라보는 사람들은 이런저런 이야기를 나누었다.

"예쁜 사람이네……."

"정말로 저 아름다운 여성이, 혼자서 암상회를 일망타진했다는 거야?"

"녀석들, 저 미모에 빠져버렸던 거 아냐?"

"……아니, 암상회 간부는 꺼림칙한 여자 둘이었다고 했으니까, 그건 아니겠지……."

"하지만 뭐, 저 여성이 아름답다는 건 틀림없네."

저마다 그런 대화를 나누고는 다시금 리스에게 시선을 향했다.

그런 리스 뒤에서 와인은 고깃덩어리를 먹고 있었다.

천에 전혀 흥미가 없는 와인을 위해 에스트가 구워준 고기였다.

"이 탄두리 치킨이라는 고기, 엄청 맛있어! 맛있어!"

입 안 가득 고기를 집어넣고는 우물우물 움직이는 와인.

그러면서 만면의 미소를 지었다.

……그때였다.

"에스트! 에스트는 있나?!"

에스트 상회 앞의 인파를 가르며 위병들이 여럿 들어왔다.

"아, 예! 여기 있습니다만……."

가게 안쪽에 천을 가지러 간 에스트는 허둥지둥 가게 앞으로 돌아왔다.

에스트의 모습을 확인한 위병은 가게 안을 둘러봤다.

그런 와중에도 리스는 그저 천을 계속 골랐다.

위병들은 그런 리스에게 일제히 시선을 향했다.

"이봐, 에스트. 리스 님이라고 하는 여성은 이분이 틀림없나?"

"아, 예…… 그렇습니다만?"

에스트의 대답을 들은 위병들은 리스 뒤로 다가가서 가로 일렬로 일제히 경례했다.

"리스 님. 저는 인도르국 수도 데루리의 전 위병부대 대장인 무사인마드라고 합니다."

그 말을 신호로 무사인마드는 한쪽 무릎을 꿇고 머리를 숙였다.

무사인마드와 동행한 다른 위병들도 그와 마찬가지로 한쪽 무릎을 꿇고 머리를 숙였다.

"이번 암상회 관계자 체포 공적에, 우리 국왕 달심므께서 국가

훈장을 수여하고자 하신다고 말씀하셨습니다. 바쁘신 와중에 참으로 송구스럽습니다만, 저희와 함께 데루리 성까지 발길을 해주실 수 있으실까요?"

무사인마드의 말에, 가게 앞에 모여 있던 사람들이 대함성을 터뜨렸다.

"구, 국가 훈장이라고?!"

"게다가 국왕께서 직접?!"

"굉장해, 이미 몇 년이나 수훈자가 나오지 않았는데."

"아니, 하지만 저 암상회를 궤멸시켜 주셨으니까 당연하다면 당연하겠지."

다들 함성을 터뜨리며 리스의 수상을 자기 일처럼 축하하기 시작하고, 그리고 어느샌가 그 함성은 커다란 『리스』 콜이 되어 에스트 상회 주변을 뒤덮었다.

……하지만.

그런 함성 가운데서도 리스는 그저 천을 계속 고르고 있었다.

무사인마드의 말에 대답하지도 않고 리스는 연신 천을 고르는 손길을 움직였다.

"……저, 저기…… 리스 님? 저쪽에, 왕궁으로 갈 전용 마차도 준비되어 있으니……."

그렇게 말하는 무사인마드를 그제야 돌아본 리스.

무사인마드를 향해 싱긋 미소 지었다.

"죄송하지만, 거절할게요."

그러더니 또다시 루나가 가져온 천으로 고개를 돌렸다.

"빨리 천을 사서 돌아가지 않으면, 저녁 준비가 늦어져 버리니까요."

"……예? ……저, 저기…… 저, 저녁 준비…… 말씀이십니까?"

눈앞에서 그저 천을 고르고 있는 리스를 앞에 두고 무사인마드는 어리둥절한 표정을 지었다.

"저, 저기…… 그렇게 시간을 빼앗지는 않을 터이니…….”

"거절할게요."

"뭣 하면 왕궁에서 식사까지 준비 해드릴 테니, 가족 여러분도 함께…….”

"이미 재료 준비를 마쳐 놓고 왔으니까요."

"저기…… 가족 여러분의 마중도 수배할 테니…….”

"먼 곳이니까, 사양할게요."

"저기…….”

"이만 괜찮을까요? 아, 루나 씨, 이 천에 색깔이 다른 게 있다면 보여 주시겠어요? 그리고 여기 있는 천이랑 같은 종류도 다른 색으로 세 종류 필요한데요."

필사적으로 말을 건네는 무사인마드 앞에서 리스는 그저 천만 고를 뿐이었다.

"예? 어, 알겠어요, 바로 준비할게요!"

루나는 그런 두 사람의 모습에 곤혹스러워 하면서도, 가게 안쪽으로 재고를 가지러 달려갔다.

◇ ◇ ◇

그 후, 한참 동안 천을 고른 리스.

"그럼 돈도 드렸으니까 집으로 돌아갈까요. 와인, 꼬마 리오."

"마망, 알았어!"

리스의 말에 미소로 손을 드는 와인.

그 옆에서 꼬마 리오도 고개를 끄덕였다.

그런 리스의 등 뒤에는 이마에 땀이 가득 맺힌 무사인마드가 있었다.

"리, 리스 님, 잠깐이면 괜찮으니까 부디 저와 함께 성까지 와주시지 않겠습니까? 저 무사인마드가 부탁드립니다."

출구를 향해 걸어가는 리스 뒤를 필사적으로 따라가는 무사인마드.

그런 무사인마드의 모습에 걸음을 멈춘 리스는 작게 한숨을 내쉬었다.

"……그렇게까지 부탁하시니 어쩔 수 없네요."

"그, 그럼?!"

리스의 말에 무사인마드는 미소를 지었다.

그 시선 앞에서 리스는 가게 안으로 시선을 향했다.

"에스트 씨, 루나 씨."

""아, 예?!""

갑자기 이름이 불려서 무심코 차렷을 하는 에스트와 루나.

그런 두 사람에게 싱긋 미소 짓는 리스.

"번거로우시겠지만 저 대신에 성에 다녀와 주시겠어요?"

"""예?"""

리스의 말에 에스트, 루나, 그리고 무사인마드를 포함해서 그 자리에 있던 이들 모두가 깜짝 놀란 목소리를 높였다.

"그럼, 그러는 걸로."

주위를 둘러본 리스는 싱긋 미소 짓더니, 가게를 나와 성문을 향해 걸어갔다.

"저, 저기…… 리스 님?!"

그 뒤를 황급히 쫓아가는 무사인마드와 그의 부하들.

하지만 부하들이 성문 밖으로 나왔을 때에는, 그곳에 리스 일행의 모습은 이미 없었다.

"……정말이지, 국가 훈장보다도 저녁 준비가 더 중요하다니. 대체 어떤 분이신지."

쓴웃음을 짓는 무사인마드.

그때였다.

야트막한 언덕이 되어 있는 모래언덕 너머에서 갑자기 붉은 와이번 한 마리가 날아올랐다.

"뭐냐?! 와이번이라고?!"

황급히 경계태세를 갖추는 위병들.

"기, 기다려라……."

무사인마드는 그것을 막았다.

시선을 집중해서 와이번의 등을 응시하는 무사인마드.

"저 용의 등에 타고 있는 건…… 리, 리스 님?!"

그 말에 위병들이 일제히 목소리를 높였다.

"리스 님은 와이번을 사역하고 계신 건가!"

"그야말로 전설 속 용의 여왕이 아닌가!"

"인도르국을 멸망시키려던 붉은 용을 퇴치하고 굴복시켰다는, 전설 속의……."

"리스 님은 용의 여왕이 환생하신 게 틀림없어!"

"리스 여왕 만세!"

""리스 여왕 만세!!""

"""리스 여왕 만세!!!"""

""""리스 여왕 만세!!!!""""

위병들이 터뜨린 리스 콜은 성문에 모인 사람들에게도 전파되고, 이윽고 거대한 리스 여왕 콜이 되어 인도르국 전체를 뒤덮었다.

◇그 무렵 상공◇

"와인, 미안한데 조금 더 서둘러 줘요. 무사인마드인가 하는 분에게 대응한 탓에 예정보다 조금 늦어져 버렸어요."

『알았어 마망, 맡겨줘! 맡겨줘!』

리스의 말에 고개를 끄덕인 와인은 날개를 퍼덕이는 속도를 높여 속도를 더욱 올렸다.

상공에서 지상을 내려다보며 리스는 바람에 나부끼는 머리카락을 손으로 눌렀다.

"……예쁜 광경이네요, 꼬마 리오."

리스는 안고 있는 꼬마 리오에게 미소를 지었다.

꼬마 리오는 훌리오처럼 시원스러운 미소를 지으며 그 말에 끄덕였다.

'……꼬마 리오와 함께.'

리스는 꼬마 리오의 머리를 다정하게 쓰다듬었다.

'……이건 이것대로 즐겁기도 하지만, 저는 역시 서방님과 함께하는 게 좋아요…….'

리스는 그런 생각을 하며 눈을 내리깔았다.

"기다렸지, 리스."

그때 리스의 귀에 갑자기 훌리오의 목소리가 들렸다.

퍼뜩 눈을 뜨는 리스.

돌아보니 리스의 등 뒤에는, 어느새 훌리오가 앉아 있었다.

"간신히 일이 끝났으니까 전이 마법으로 서둘러 왔어. 늦어져서 미안해."

그러더니 평소의 시원스러운 미소를 짓는 훌리오.

'……꼬마 리오와 의식을 동화시켜서 전이 마법을 발동해 봤는데, 제대로 되어서 다행이야.'

첫 시도가 제대로 성공했기에 훌리오는 안도의 한숨을 흘렸다.

그런 훌리오를 바라보고, 리스는 만면의 미소를 짓더니 그대로 훌리오를 끌어안았다.

"서방님!"

훌리오도 리스를 단단히 마주 안았다.

잠시 말없이 서로를 끌어안은 두 사람.

『아, 파팡! 이다, 파…….』

홀리오가 나타난 것을 깨달은 와인이 기쁜 듯 말을 건네려고
했다.

하지만 두 사람의 분위기를 헤아린 꼬마 리오가 와인을 향해 검
지를 입가에 대며 『지금은 말하면 안 돼』라고 전했다.

그것을 헤아린 와인은 입을 우물우물하며 비행에 전념했다.

와인의 등에 타고 홀리오의 품에 몸을 기댄 리스.

그런 리스를 홀리오는 다정하게 끌어안았다.

"……어떻게 할래? 전이 마법을 쓰면 바로 집으로 돌아갈 수 있
는데?"

"……아뇨, 이대로 돌아가요."

리스는 홀리오의 얼굴을 바라보더니 눈을 감았다.

홀리오는 대답 대신에 살며시 입술을 겹쳤다.

와인은 그런 홀리오와 리스, 그리고 꼬마 리오를 태운 상태로
호우타우를 향해 계속 비행했다.

◇다음 날 인도르국◇

"진짜인가요……."

루나는 잔뜩 굳은 모습으로 데루리 성 앞에 서 있었다.

"리, 리스 님의 부탁이니까 말이야……."

그 옆에서 에스트 역시도 잔뜩 굳은 모습으로 서 있었다.

그런 두 사람을 무사인마드는 쓴웃음 지으며 바라봤다.

"거참, 너희는 리스 님의 대역이라고? 정신 바싹 차리도록 해."

그 말에 루나는 무사인마드를 노려보며 노성을 터뜨렸다.

"그, 그그그럴 수 있다면 진즉에 했죠! 이런 대역, 리스 님의 부탁이 아니었다면 절대 사양이라고요!"

"그래, 그만큼 감정을 드러낼 수 있다면 괜찮겠지. 자, 가자고."

"아아…… 정말……."

"어쩔 수 없어, 루나. 각오를 다지자."

"아, 알겠어요, 서방님."

서로 마주 보며 크게 고개를 끄덕이는 두 사람.

무사인마드는 그런 루나와 에스트의 어깨를 툭 두드리더니 데루리 성 안으로 안내했다.

이후로…….

달심므 국왕으로부터, 리스의 대역으로서 에스트와 루나에게 국가 훈장이 수여되었다.

들어갈 때에 둘이서 다리가 엉켜서 화려하게 넘어진 것 말고는 특별히 문제도 없이, 수여식은 막을 내린 것이었다.

◇호우타우 훌리오 가◇

"와아! 이 옷 정말 귀여워요!"

하늘하늘한 장식이 달린 옷을 입은 리루나자는 만면의 미소를 지으며 그 자리에서 빙글빙글 회전했다.

"후후, 마음에 든다니 잘 됐구나."

눈앞에서 빙글빙글 계속 도는 리루나자를 바라보며 리스 역시도 미소를 지었다.

"굉장해, 이 옷! 엄청 귀여워!"

"리스 어머님, 이 옷 무척 멋져요!"

리스의 말에 신이 난 엘리나자와 리루나자.

색채가 풍부한 천을 사용한 옷을 입은 두 사람은, 옷을 바라보며 기쁜 듯 미소를 지었다.

"정말, 이거 엄청 좋아! 요전에 옷도 멋졌지만, 이번 옷도 엄청 좋아, 리스 아주머니!"

리슬레이도 기뻐하는 목소리를 높이며 리스에게 미소를 지었다.

"음음, 초완전 귀여운 우리 리슬레이가, 세상에나 이렇게까지 귀여워져 버리다니!"

"정말이에요, 무척무척 잘 어울려요~."

리슬레이를 바라보며 미소로 서로를 끌어안은 슬레이프와 빌레리.

"마망, 이거 엄청엄청 귀여워! 정말정말 귀여워!"

새로 산 천으로 만든 새 판초를 두른 와인은 만면의 미소를 지으며 몇 번이고 팔짝팔짝 뛰었다.

그 바람에 옷자락이 들쳐져서 훤히 드러난 와인의 몸에는 속옷이 제대로 입혀져 있었다.

그 광경을 바라보며 만족스럽게 끄덕이는 타니아.

"와인 아가씨께서 싫어하시지 않도록 구입한 천으로 넉넉한 사이즈의 속옷까지 만드시다니…… 리스 님, 훌륭하십니다."

"응! 이 속옷이라면 괜찮아! 괜찮아!"

"와인 아가씨…… 어엿하게도……."

미소 짓는 와인의 말에 그만 눈물을 흘리는 타니아.

주머니에서 꺼낸 손수건으로 그 눈물을 훔쳤다.

……하지만 그것이 손수건이 아니라 와인용 예비 속옷이었다는 사실을 타니아가 깨닫는 것은 시간이 조금 지난 뒤였다.

"와, 이거 정말 귀여워! 전에 옷도 좋지만, 이것도 좋아!"

"……응, 포르미나 누나, 정말 귀여워…… 전에 옷도, 지금 옷도 계속 귀여워……."

깡총깡총 뛰며 만면의 미소를 짓는 포르미나.

그런 포르미나 뒤를 쫓으며 고로도 신나게 뛰어다녔다.

"전에 옷은 강해진 것 같았는데, 이번 건 멋있어진 것 같아!"

가릴은 거실 유리에 비친 자신의 모습을 확인하며 기쁘다는 미소를 지었다.

'……이걸 입고 있으면 에리 씨도 기뻐해 줄까……. 아, 통신 마석으로 이야길 할 때에 이 옷을 입고 할까, 가슴께까지는 비치니까…….'

여왕 에리를 떠올리며 만족스러워 하는 가릴.

그 뒤에서는 벨라리오와 꼬마 리오가 가릴을 흉내 내어 같은 포즈를 취하고 있었다.

"……라비츠는 뭘 입어도 어울린다고 생각한다만…… 가끔은 파파도, 그 모습을 정면에서 보고 싶은데……."

리스가 만들어 준 옷을 입은 라비츠는 여전히 칼시므의 머리 위에서 그를 끌어안고 움직이려 하지 않았다.

"파—파! 정~말 좋아!"

리스의 신작 옷을 입은 라비츠는 만면의 미소를 짓더니 칼시므의 머리를 끌어안으며 뺨을 비볐다.

"칼시므 님께 응석을 부리는 라비츠도 참, 정말 귀엽습다. 하지만 그런 라비츠의 응석을 받아 주시는 캄시므 님도, 정말 멋지심다."

두 사람을 바라보며 차룬은 뺨을 붉혔다.

거실 안은 리스가 새로 구입한 천을 사용해서 만든 옷을 입은 아이들의 즐거워하는 목소리로 넘쳐났다.

리스는 그 목소리를 들으며 기쁜 미소를 지었다.

"후후, 서방님께 부탁해서, 천을 구입하러 가길 잘 했네요. 이번에는 지난번보다도 천을 많이 사왔으니까, 더더욱 많은 옷을 만들어 줄 테니까요."

리스의 손에는 천이 들려 있고, 이야기를 하면서도 계속 바느질 중이었다.

그 옆에서는 발리로사와 벨라노, 우리미나스가 리스의 바느질을 훔쳐보며 손에 든 천을 꿰매는 참이었다.

"으음, 여긴 이렇게 해서…… 으음, 그리고…… 으~응, 검술처럼 잘 되진 않는데……."

"……마법을, 가르치는 게, 더 간단할지도……."

"으냐…… 이래 봬도 조금은 바느질을 할 수 있게 되었다고 생각했는데 말이다냐……."

악전고투하면서도 필사적으로 손을 움직이는 세 사람.

리스는 그런 세 사람에게 싱긋 미소 지었다.

"괜찮아요, 다들 능숙해지고 있으니까. 그 분위기로 계속 열심히 해요."

"그, 그렇습니까, 리스 님! 열심히 해서 고로의 옷을 완성하겠습니다!"

"……미니리오와 벨라리오한테, 내가 만든 옷을……."

"포르미나한테 두세 벌 정도는 만들어 주고 싶다냐……. 아니, 아예 열 벌 정도……."

훌리오 가의 거실에는 떠들썩한 목소리가 넘쳐흘렀다.

◇그 무렵 훌리오 공방◇

훌리오는 현재 훌리오 공방의 지하실에 있었다.

"……응, 어떻게든 완성했어."

전방을 바라보며 평소의 시원스러운 미소를 짓는 훌리오.

그 옆에는 고자르와 히야, 다말리나세가 서 있었다.

"훌리오 경, 이건……."

"예, 새로운 마도선이에요."

고자르의 말에 끄덕이는 훌리오.

일동 앞에는 막 완성된 새로운 마도선이 있었다.

"……지, 지고하신 주인님, 마도선이라는 건 이해할 수 있습니다만…… 이 숫자는 대체……."

무심코 침을 삼키는 히야.

그녀의 앞에는 마도선 다섯 척이 늘어서 있는 것이었다.

"그게, 요전에 조피나 씨한테 재앙 마수의 뼈를 받았잖아? 그걸 사용해서 조합해 봤는데, 어떻게 잘 된 것 같아."

훌리오의 말에 팔짱을 끼며 끄덕이는 고자르.

"그런가, 최근에 용건이 있다며 훌리오 공방에 틀어박혀 있던 건, 이걸 만들려는 것이었나."

"응, 그래요."

고자르의 말에 훌리오가 끄덕였다.

"확실히 지고하신 주인님께서는 이미 한 척을 만드셨으니…… 재료만 있다면. 머리로는 그렇게 이해할 수 있습니다만……."

'……그렇다고 해서, 고대의 테크놀로지인 마도선을 혼자서 다섯 척이나 만드시다니…… 지고하신 주인님, 그야말로 끝을 알 수 없는 분……. 이분을 모시고 있으면 세계의 심연을 볼 수 있을지도 모르겠군요…….'

히야는 무의식중에 감격의 눈물을 흘렸다.

"홀리오 님, 선체가 완성되었어도 동력원인 마석은 어떻게 하나요? 마도선은 꽤나 커다란 마석이 필요하지 않나요?"

"응, 그게 말인데, 다말리나세. 요전에 그레아니르 쪽에서 하얀 마수의 시체를 잔뜩 찾아다 줬잖아?"

"어…… 서, 설마…….'

"응, 그 마수의 시체를 몇 개 압축했더니 마석 대용품으로 쓸 수가 있었어."

허리에 찬 마법 주머니에서 마석 하나를 꺼낸 홀리오.

그 마석을 본 다말리나세는 무심코 눈을 동그랗게 떴다.

"이, 이런 커다란 마석은…… 게다가 굉장한 마력이 담겨 있지 않나요…….'

"응, 이 마수의 시체는 마력 퇴적 효과가 굉장히 좋아서 말이지. 마도선의 동력원으로 적절한 것 같아."

손에 든 하얀 마석을 홀리오는 평소의 시원스러운 미소로 바라봤다.

히야와 다말리나세 역시도 그 마석을 계속 바라봤다.

"……후, 훌륭해…… 이 어찌나 훌륭한가요…… 지고하신 주인님, 저 히야를 부디 이끌어 주시길."

"훌리오 님…… 저, 당신을 위해서라면 뭐든 하겠어요……. 그러니까 당신의 마법을 가르쳐 주세요……. 그를 위해서라면 암흑 대마법을 버려도 상관없어요……."

함께 감격의 눈물을 흘리며 훌리오를 계속 바라보는 두 사람.

그런 두 사람을 앞에 두고 훌리오는 쓴웃음을 지었다.

"아, 아니, 그렇게 굉장한 건 아니야. 할 수 있을까 싶어서 해봤더니 가능했을 뿐이라서."

바싹 다가오는 히야와 다말리나세.

양손을 가슴 앞으로 펼치며 훌리오는 뒷걸음질 쳤다.

그 옆에서 고자르는 팔짱을 끼고 있었다.

"그래서 훌리오 경, 마도선을 이렇게 양산해서 뭘 하려는 거지?"

"마도선 말인데요, 지금은 시험적으로 클라이로드 성 아랫마을과 마왕산 푸링푸링 파크 사이를 왕복하는 정기편이 운행되고 있잖아요. 그 항로를 더욱 늘리고 싶거든요."

"항로를?"

"예, 이 마도선으로 각지를 연결할 수 있다면, 사람이나 물건의 왕래가 활발해질 거라 생각해요."

"흠……."

훌리오의 말에 고자르는 생각에 잠겼다.

"……그렇군, 확실히 이건 재미있어. 해볼 가치는 있겠군…… 하지만……."

무언가 말하려던 고자르는 그 말을 꿀꺽 삼켰다.

'……혹시 이 마도선을 악용하려는 자에게 빼앗긴다면, 하는 생각도 든다만……. 아니, 홀리오 경이 관리한다면 그럴 걱정도 없나…….'

그런 고자르의 눈앞에서 홀리오는 마도선을 올려다보고, 평소의 시원스러운 미소를 지었다.

"이 마도선으로 이 세계의 모든 사람들이 행복해지도록 도울 수 있다면 기쁘겠는데 말이죠."

◇어느 깊은 숲속◇

어느 지방의 어느 숲속, 나무들이 둘러싼 한편에 오도카니 나무 오두막이 한 채 서 있었다.

이 오두막…….

마왕군 사천왕 중 하나였던 쌍두조 후기 무기가 인간족의 모습으로 변화하여 살고 있었다.

그 집 안에서 여러 여자의 목소리가 울렸다.

"그러니까! 내가 가장 먼저 후랑 만났어!"

거실 안, 팔짱을 낀 카사는 가슴을 펴며 다른 두 사람을 노려봤다.

그 앞의 다른 한 사람, 사제 복장을 입은 시노가 기세 좋게 일어섰다.

"운명의 만남에 빠르냐 늦으냐는 관계없어요! 중요한 건 마음이에요, 마음!"

시노는 그러더니 역시나 카사를 노려봤다.

그러자 시노 옆에 앉아 있던 마트가 기세 좋게 일어섰다.

"저는 후기 무기 님께서 목숨을 구해 주셨어요. 그러니까 후기 무기 님 곁에서 평생 모시며 은혜를 갚고자 하는 거예요."

그러면서 카사와 시노를 교대로 노려보는 마트.

세 사람은 테이블을 사이에 두고서 삼파전으로 노려보고 있었다.

인간형으로 모습을 변화한 후기 무기는 크게 한숨을 내쉬며 바라봤다.

""정말이지…… 언제까지 그걸로 싸울 거냐고?""

후기 무기가 그렇게 말하자 세 사람은 일제히 그에게 시선을 향했다.

"있잖아, 후. 이거 중요한 일이거든! 우리는 셋이지만 후는 하나잖아."

"그래요. 그러니까 저희는 그 하나뿐인 자리를 둘러싸고서 싸우는 거예요."

"저로서는 하녀의 자리라도 상관은 없지만…… 다만 본심을 말씀드리자면 역시나 바로 옆에 있고 싶어서……."

소파에 앉아 있는 후기 무기에게 세 사람이 바싹 다가왔다.

그 박력을 앞에 두고 후기 무기는 그만 몸을 크게 뒤로 젖혔다.

""세, 셋 다…… 뭔가 박력이 너무 굉장하다고.""

"그야 그렇겠지, 후. 다들 일생이 걸려 있으니까 필사적이야."

"저희 싸움에서 후의 아내가 되지 못한 여성은 깔끔하게 물러나게 되는걸요."

"하지만…… 후기 무기 님과 만나지 못하는 생활이라니, 이제는 생각할 수 없어요……."

더더욱 후기 무기에게 달라붙는 세 사람.

세 사람의 얼굴이 후기 무기의 눈앞으로 다가왔다.

그런 셋의 얼굴을 교대로 바라보는 후기 무기.

""그, 그러니까 너희는 내 아내가 되고 싶은 거냐고?""

"""예!"""

후기 무기의 말에 셋은 일제히 대답하며 끄덕였다.

다들 뺨을 붉게 물들이며 후기 무기를 빤히 바라봤다.

후기 무기는 그런 셋을 다시금 둘러봤다.

""그런가⋯⋯ 확실히 나는 너희를 좋아한다고.""

"그, 그건 기쁜 말이지만⋯⋯."

"아내가 될 수 있는 건 한 사람이잖아요."

"그러니까⋯⋯."

""괜찮아. 셋 다 함께 결혼할 수 있다고. 나, 마족이니까.""

"어?"

"예?"

"어라?"

후기 무기의 말을 들은 셋은 눈을 동그랗게 뜨며 그 자리에 굳었다.

후기 무기의 말대로 마족은 인간족과 달리 아내를 셋까지 들일 수 있는 것이다.

"후, 후는, 마족이었구나⋯⋯."

""그렇다고, 자.""

그러더니 자신의 등에 쌍두조의 날개를 구현화시키는 후기 무기.

"이 날개는⋯⋯ 아인의 날개가 아니군요."

""그래. 뭣하면 거대화도 해볼까?""

"어, 아뇨…… 거기까진 괜찮아요…… 하지만 언젠가 후기 무기 님의 등에 타고서 하늘 데이트도 좋겠네요."

마트는 황홀한 표정으로 후기 무기의 가슴에 얼굴을 갖다 댔다.

""뭐, 마족과 인간족도 휴전 협정을 맺었으니까 딱히 문제도 없을 거라 생각한다고. 그러니까 괜찮다면 셋 다 나랑 결혼해 주겠어?""

후기 무기는 그러더니 셋을 끌어안았다.

그 품속에서 그녀들은 행복하다는 미소를 짓고 있었다.

──반나절 뒤.

후기 무기의 오두막 안에서 세 여자의 목소리가 울렸다.

"그러니까! 내가 후랑 가장 오래 알고 지냈으니까, 당연히 내가 첫째 신부잖아!"

"그건 허락 못 해요! 제가 가장 깊은 사랑을 가지고 있는걸요!"

"제가 가장 깊은 은혜를 받았으니까, 역시 제가 첫째 신부를……."

……그렇다.

후기 무기가 마족인 덕분에 셋 모두와 결혼할 수 있게 되었지만, 이번에는 누가 첫째 신부가 될 것인지로 싸우기 시작한 것이었다.

이미 반나절 가까이 말다툼을 벌이고 있는 세 사람.

그런 그녀들을 바라보며 후기 무기는 무척 지친 표정을 지었다.

'……여자는, 어째서 이렇게나 잔뜩 싸우는 거냐고…….'

그런 생각을 하는 후기 무기 앞에서 그녀들의 말다툼은 아직 끝날 것 같지가 않았다.

◇마족 마수 사건이 해결된 며칠 뒤 마왕성 알현실◇

이날 마왕 독슨은 옥좌 앞의 바닥에 앉아 있었다.

아직 미숙한 자신에게는 옥좌에 앉을 자격은 없다고, 옥좌에 앉으려 하지 않는 마왕 독슨.

그런 마왕 독슨 앞에 네 마족이 엎드려 있었다.

"어, 너희가 우르고 패밀리의 당주 데미와 부하들인가?"

"예, 예에……."

마왕 독슨의 말에 몸을 움찔 떠는 데미.

'……마마마마왕 독슨 님께서 직접 부르시다니…… 여여여역시 그걸까…… 옛날에 파파네가 반란군에 참가한 일로 처벌당하는 걸까…….'

심장이 벌렁거리고 이마에서는 비지땀이 계속 흘렀다.

그 뒤에 있는 부하들 역시도 이마에서 땀이 계속 흘러내렸다.

그런 네 사람 옆으로 마왕 독슨의 측근인 후훈이 다가왔다.

"우르고 패밀리 여러분, 마왕군에 소속될 생각은 없습니까?"

"……예? ……저, 저기, 처벌이 아닌가요……."

후훈의 말에 데미는 그만 눈을 동그랗게 떴다.

그런 데미의 말에 마왕 독슨은 미소를 지었다.

"그래, 우르고 패밀리가 옛날에 반란군에 참가했다는 건 알지만, 이미 잊었다. 그보다도 말이야, 요전에 파란 마족 마수를 퇴치하고 유괴당한 마족을 구출한, 그 포상이란 거지."

"어…… 저기…… 하, 하지만 저희, 결국 한 마리밖에 못 쓰러
드렸는데……."

"그래, 그걸로 충분해. 그래서, 어떠냐? 받아들이겠나? 거절하
겠나? 뭐, 거절하더라도 벌을 줄 생각은 없으니까."

마왕 독슨의 말에 표정이 환해지는 데미.

"아…… 예! 저, 저 같은 애송이라도 괜찮다면, 마왕 독슨 님을
위해서 온몸을 바쳐 섬기겠어요!"

그 자리에 넙죽 엎드리는 데미.

뒤의 세 사람도 마찬가지로 이마를 바닥에 댔다.

'……이, 이걸로…… 우르고 패밀리를 부흥시킬 수 있어…….'

데미의 눈에 눈물이 맺혔다.

그 광경을 바라보던 마왕 독슨은 만족스럽게 끄덕였다.

──며칠 전.

마족 마수 사건이 해결된 다음 날.

왕창 우하가 변화한 가옥 거실에서 마왕 독슨은 드릴 불도저 삽
모습의 금발 용사와 대화를 나누고 있었다.

"아, 아니…… 아무것도 아니다…… 어, 어흠, 그보다도 말이다
독슨, 하나 부탁할 게 있다만."

"그래. 뭐든 말해줘, 형제."

"음. 이번에 파란 마족 마수를 퇴치한 우르고 패밀리라는 자들
에게도 뭔가 포상을 주고 싶군."

"우르고 패밀리라면······."

"예, 잔지바르 님이 반란을 일으켰을 때, 그에 호응해서 결기한 마족 일족입니다. 다만 당시의 당주는 이미 없고, 지금은 그의 딸이 당주를 이어받았을 터입니다."

오른손으로 공갈 안경을 밀어 올리며 수중의 자료를 읽는 후훈.

"그런가······ 그럼 마족 간부로서 발탁해 줄까. 사천왕으로 발탁한 잔지바르도 있으니까 문제없겠지."

"알겠습니다. 그럼 그 방향으로 대처하겠습니다."

공갈 안경을 꾹 밀어 올리며 인사하는 후훈.

──마왕성 알현실.

며칠 전의 대화를 떠올리며 만족스럽게 끄덕이는 마왕 독슨.

'······옛날의 나라면 다짜고짜 날려 버렸을 터이지만······.'

그 광경을 옆에 서서 보던 사천왕 중 하나, 악마인 잔지바르는 만족스럽게 끄덕였다.

"일찍이 반기를 든 자일지라도 유능하다면 등용한다······ 그야말로 마왕에 걸맞은 행동이로군요. 저 잔지바르, 진심으로 감격했습니다!"

그 옆에서 마찬가지로 사천왕 중 하나인 같은 악마인족 베리안나가 쿡쿡 웃었다.

"빌어먹을 잔지바르 아저씨 괜찮은 소리 하잖아! 마왕 독슨 님도 참, 나를 사천왕으로 발탁해 준 것만으로도 빌어먹게 최고의 마왕님이라고."

그런 베리안나를, 커다란 주사기를 안아든 사천왕 중 하나 롤리타 타입 매드 사이언티스트 코케슈티가 복잡한 표정으로 바라봤다.

'……으음…… 하지만하지만 말이죠…… 치료밖에 재능 없는 나 따위를 사천왕으로 발탁하신 건 좀 어떨까 싶은 거예요예요…….'

아직 자신이 사천왕으로 선택된 사실이 납득되지 않기도 해서, 여전히 부들부들 떨고 있었다.

그런 일동 앞에서 환호성을 터뜨리는 우르고 패밀리 멤버들.

"그러니까 말이다. 앞으로도 잘 부탁한다고, 너희들."

"""예!"""

알현실에 마왕 독슨에게 충성을 맹세하는 마족들의 목소리가 울렸다.

◇클라이로드 성 여왕의 방◇

"뭐~~~~~~~~~~~~~~~~~?!"

여왕의 방 안, 여왕과 나이 차이가 있는 동생, 제2왕녀 루소크는 뒤집어진 목소리를 높였다.

"자, 잠깐만 엘리자베트 언니, 그거 찐이야?"

"잠깐만 루소크, 찐 같은 속된 말을 쓰면 안 돼요."

소파에 앉아 있는 여왕은 루소크를 나무랐다.

그 시선 앞, 소파에 깊이 앉아 있는 루소크는 마치 모험가 같은 복장을 입고 있었다.

"아니, 하지만, 있잖아……. 인도르국에서 암상회 토벌 협력

의뢰를 받아서, 파발을 띄워서, 그 빌어먹게 더운 사막 안을 쉬지도 않고 계속 달려서…… 진짜 최단거리로 여기까지 돌아왔다고, 나……. 그런 나보다도 먼저 인도르국의 암상회를 궤멸시켰다는 소식이 전해졌다니, 게다가 그걸 토벌한 게 홀리스 잡화점 사모님이라니…….”

홍분한 기색으로 단숨에 쏟아내는 루소크.

그런 루소크 앞에서 여왕은 쓴웃음 지었다.

“그게 말이죠, 루소크. 그 홀리스 잡화점이 새로이 마도선을 개발했거든요.”

“아니, 그건 알아. 휴전 협정을 맺은 마왕령과 클라이로드 성 아랫마을을 정기적으로 왕복하고 있다는 그거잖아?”

“확실히 그것도 있지만, 이번에 새로이 다섯 척의 정기 마도선 취항 준비를 하고 있어서, 시험운행으로 그중 한 척이 인도르국까지 왕복했거든요. 그때 인도르 국왕의 친서를 받아온 거예요.”

“어? 뭐? ……저기…… 엘리자베트 언니, 그 마도선은 인도르국이랑 클라이로드 마법국을 며칠 만에 왕복할 수 있는 거야?”

“으음, 들은 바로는, 아마도 반나절…….”

“반나절?!”

그 말을 들은 루소크는 한 번 소파에서 일어나더니 그 자리에 굳어 버렸다.

루소크는 한동안 굳어 있은 뒤, 다시 소파에 털썩 앉았다.

“찐이냐……. 그럼 내가 한 달이 걸려서 돌아온 건……. 진짜 찐이냐…….”

메마른 미소를 지으며 천장을 바라보는 루소크.

"저기, 루소크. 네가 외교 교섭을 위해 각국을 돌고 있는 덕분에, 정말로 큰 도움을 받고 있어요. 하지만 이 마도선이 정식으로 취항한다면 네 수고도 조금은 덜어질 거라 생각해요."

"……확실히!"

여왕의 말을 들은 루소크는 자세를 다시 바로 했다.

"있잖아, 그럼 나도 서로 동으로 남으로 북으로, 계속 여행을 다닐 필요도 없다는 거잖아."

"예, 그런 거예요."

여왕의 말에 기뻐하며 끄덕이는 루소크.

"그러면 나도 진심으로 남친이라든지 만들 수 있잖아. 아핫, 뭔가 기대되는데 ♪"

"나, 남친이라니…… 그러니까 루소크, 말을 좀 가려서 해요."

쓴웃음 지으며 루소크를 나무라는 여왕.

"아…… 남친이라고 하니까, 엘리자베트 언니."

"예?"

"가릴이랑 언제 결혼할 거야?"

푸헉.

루소크의 말을 듣고 여왕은 그만 홍차를 뿜었다.

그런 여왕 옆으로 이동해서 몸을 들이대는 루소크.

"스완한테 들었다고? 홀리스 잡화점의 장남이랑 뭔가 좋은 분위기라며?"

"코, 콜록…… 아니, 저기……."

"약혼한다면 내가 당장 각국에 연락을 하고 올 건데?"

"저, 저기…… 아직, 거기까지는……."

"『거기까지는』이라는 건, 사귀고 있긴 하구나!"

"저, 저기…… 그건……."

"있지있지, 자세히 이야기해 봐! 내가 연애 이야기 엄청 좋아하는 거, 알잖아!"

"저기…… 그런 건, 소중하게 다루고 싶다고 할까……."

새빨갛게 물들어서는 고개를 홱 돌리는 여왕.

그런 여왕을 놓치지 않겠노라, 팔을 붙잡고 떨어지지 않는 루소크.

이 대화는 저녁식사 시간이 될 때까지 기나길게 이어졌다.

◇호우타우 훌리오 공방◇

이날 훌리오 공방 안에는 그레아니르를 비롯한 마인족 멤버들이 모여 있었다.

전 마왕군 첩보 기관『고요한 귀』이자 현 훌리스 잡화점 매입 운반 부대 멤버들.

그런 멤버들 앞에, 배의 조타가 설치된 받침대가 다섯 개 놓여 있었다.

그레아니르가 잡고 있는 것은 그 조타 중 하나.

주위에는 푸른 하늘이 펼쳐져 있었다.

"이 유사 조종 훈련 조타대, 굉장하군요……. 키를 쥐면 눈앞에 바깥의 광경이 비치고, 조종하는 대로 그 광경이 바뀌니까……."

그레아니르는 배를 움직이며 감탄의 목소리를 높였다.

동시에 조타 훈련을 진행 중인 다른 마인족들도 저마다 감탄을 터뜨리며 키를 계속 조작했다.

그런 멤버들의 모습을 미소로 바라보는 홀리오.

"앞으로는 마도선을 한 번에 여섯 척, 정기적으로 운항하게 될 테니까 다들 이제부터 조타 훈련을 해야 할 것 같아서."

홀리오의 말에 표정을 다잡으며 배를 모는 그레아니르 일행.

유사 코스 안에는 도중에 갑자기 전방에 높은 산이 출현하거나 거대한 비행 마수가 접근하거나, 다양한 돌발 사건이 랜덤하게 들어 있어서, 그런 사건들에 냉정하게 대처하며 목적지까지 도달하는 훈련이 펼쳐지고 있었다.

"요전에 인도르국까지 시험 운행을 했는데, 기본적으로는 저런 느낌이야. 돌발 사건은 거의 일어나지 않는다고 해도, 항상 대처할 수 있도록 대처 방법을 익혀 뒀으면 해."

홀리오의 말에 표정을 다잡으며 배를 모는 멤버들.

먼저 첫 번째 훈련을 마치고 순서를 기다리는 줄로 돌아간 그레아니르가 홀리오를 향해 오른손을 들었다.

"저기, 홀리오 님……."

"무슨 일이야, 그레아니르."

"예, 조금 신경이 쓰였습니다만, 이 마도선을 운항한다면 평소의 짐마차 운행은 어떻게 될까요?"

"아, 그건 이제까지처럼 운행할 거야. 마도선은 기본적으로 먼 곳에 있는 주요 도시와 주요 도시 사이를 잇는 경로로 운항하니까, 짐마차는 그 밖의 지역으로 물자를 운송한다든지 그럴 예정 이거든."

"그렇습니까……."

홀리오의 말에 그레아니르는 안도의 한숨을 흘렸다.

그런 그레아니르의 태도에 고개를 갸웃거리는 홀리오.

"응? 무슨 일 있었어, 그레아니르?"

"어, 아뇨, 딱히 특별한 건 아닙니다, 그가 끄는 짐마차를 탈 수 없게 되는 걸까 싶었더니 조금 쓸쓸해져서……."

거기까지 말한 그레아니르는 황급히 자기 입을 막았다.

'……시…… 실수했어…… 나, 나도 참, 어째서 진심을 늘어놓 는 거야…….'

그런 그레아니르를 주변의 마인족들이 바라봤다.

"……그?"

"……아, 슬레이프 님 부하 중에 그 사람."

"……어머, 다들 몰랐던 거야?"

"……꽤 유명해."

주변의 마인족들은 굳이 그레아니르에게 들리도록 소곤소곤 계속 이야기했다.

그 말을 들으며 그레아니르는 귀까지 새빨개졌다.

"저…… 저기…… 용건이 떠올라서, 이만 실례하겠습니다!"

발밑에 연기 구슬을 터뜨리는 그레아니르.

그레아니르 주변이 연기로 뒤덮이고, 그 연기가 사라진 뒤에는 그레아니르의 모습은 흔적도 없이 사라졌다.

그 광경을 바라보던 마인족들은 그만 웃음을 터뜨렸다.

"정말이지, 다들 축복하고 있는데."

"빨리 정식으로 사귀면 될 텐데 말이지."

"하지만 저 고지식한 그레아니르니까."

"뭐, 다 같이 따듯하게 지켜봐 주자."

그런 대화를 나누는 마인족 멤버들.

그것을 바라보던 홀리오는 평소의 시원스러운 미소를 지었다.

"그럼, 잡담은 여기까지 하고, 다들 훈련을 재개할까."

"""""예!"""""

홀리오의 말에 마인족들은 한번 차렷하고 경례했다.

조타 훈련을 진행 중인 다섯은 대화에 끼어들지 않고 계속 훈련에 집중했다.

그 모습을 홀리오는 만족스럽게 바라보며 끄덕였다.

──그날 저녁.

훈련을 마친 홀리오는 자택 근처의 숲속을 걷고 있었다.

"리루나자를 데리고 호수까지 오는 건 처음일지도 모르겠네."

"에! 무척 기대돼요!"

홀리오와 손을 잡고서 걷는 리루나자는 기쁨의 미소를 지었다.

반대쪽에 서 있는 리스도 리루나자와 손을 잡고 있었다.

"평소에는 집 주변을 기운 넘치게 돌아다니지만요."

"예! 집 주변에서 노는 것도 좋아해요!"

리스에게 시선을 향하더니 또다시 미소를 짓는 리루나자.

『흐흥! 흐흥!』

그런 리루나자 조금 앞에서 혼 래빗 모습의 사베어가 목소리를 높이며 앞장섰다.

"……어라?"

숲속을 나아가던 리스가 주위를 둘러봤다.

"왜 그래, 리스?"

"어…… 대단한 일은 아닌데요……."

그러더니 숲 한편으로 시선을 향한 채, 빤히 바라보는 리스.

"……응?"

훌리오 역시도 상시 발동 중인 기척 탐지 마법이 무언가 반응을 포착했는지, 리스와 같은 방향을 바라봤다.

두두두…….

"……응?"

두두두두두두…….

두 사람이 바라보는 방향에서 무언가 발소리가 들렸다.

그 발소리는 상당한 속도로 다가오며 서서히 커지고 있었다.

"아무래도 마수 같아요. 서방님, 여긴 맡겨 주세요."

리스는 그 방향으로 나서더니, 아랑의 귀와 꼬리를 구현화시키고는 전방의 수풀을 향해 자세를 취했다.

그 옆에서 훌리오가 고개를 갸웃거렸다.

"……어라, 이 반응은…….”

훌리오가 그런 생각을 하는 사이, 수풀 너머에서 다가오는 마수의 모습이 보였다.

그 모습을 본 리스의 얼굴이 무심코 어두워졌다.

"……서, 서방님…… 저건, 설마…….”

"응…… 나도 그렇지 않을까 싶어……. 그리고 보니 조피나 씨가 한 마리 도망쳐서 행방불명이라고 그랬으니까…….”

"하지만…… 하필이면 저 녀석인가요…….”

한숨을 흘리며 리스는 양손의 손톱을 뻗어 자세를 취했다.

그런 일동 앞으로 우선 소형 마수가 튀어나왔다.

그 마수는 리루나자에게 일직선으로 뛰어들었다.

"괜찮아요! 이제 괜찮으니까.”

그 소형 마수를 받아든 리루나자는 다정하게 끌어안으며 말을 건넸다.

그 뒤에서 대형 마수가 뛰어왔다.

"잠깐만 기다려, 귀엽고 귀여운 혼 래빗~! 나, 이 세계에 홀로 흘러들어서 너무너무 쓸쓸한걸. 그러니까 나랑…….”

거기까지 말한 참에 마수의 안면에 리스의 돌려차기가 작렬했다.

"이 에로 신수. 어째서 이 세계에 있는 건가요!”

"누, 누군가 했더니 멋진 가슴의 누님 아니십니까~…….” (풀썩)

리스의 돌려차기에 직격 당한 그 마수는 갈기를 휘날리며 땅바닥에 쓰러졌다.

의식을 잃었는지 꿈틀꿈틀 팔다리가 경련했다.

훌리오와 리스는 그 마수를 내려다봤다.

"……설마 정말로 신수 라인오나가 이 세계로 도망쳤다니."

"예, 정말로 민폐라고요…… 게다가 자기 몸의 절반도 안 되는 작은 마수를 덮치려 하다니."

기절한 라인오나를 바라보며 입술을 삐죽이는 리스.

"그러고 보니 좀 전의 혼 래빗은……."

돌아보는 훌리오.

그 시선 앞에서는 조금 전에 도망친 혼 래빗을 끌어안은 리루나자가, 그 혼 래빗을 사베어 앞에 내려놓는 참이었다.

"사베어, 이 혼 래빗 있지, 무척 무서운 경험을 했어. 사베어는 같은 혼 래빗이니까 달래 주겠니?"

다정한 목소리로 말을 건네는 리루나자.

그런 리루나자 앞에서 사베어는 두 발로 일어서더니, 『맡겨 줘!』 하고 말하듯 오른쪽 앞발로 가슴을 턱 두드렸다.

그런 사베어에게 다른 한 마리 혼 래빗은 머뭇머뭇 다가갔다.

그 혼 래빗에게 고개를 기울이며 다가가는 사베어.

한동안 서로의 뿔을 맞대며 컨택트하던 두 마리는 친근하게 몸을 비비기 시작했다.

그 광경을 미소로 바라보는 리루나자.

"응응. 둘 다 친해져서 잘 됐어요. 둘이라면 틀림없이 친해질 수 있을 거라 생각했거든요."

미소로 두 마리의 머리를 쓰다듬는 리루나자.

사베어와 또 한 마리 혼 래빗은, 이번에는 리루나자에게 다가

가더니 그녀의 다리에 몸을 비볐다.

그런 두 마리를 리루나자는 미소로 쓰다듬었다.

그 광경을 미소로 바라보는 훌리오와 리스.

"저 흰 래빗, 암컷 같은데⋯⋯."

"그러네요, 사베어의 아내로⋯⋯ 그런 걸까요?"

"그렇게 될지는 모르겠지만, 저렇게나 사이가 좋고 리루나자도 잘 따르는 것 같으니까, 일단 집으로 데리고 돌아갈까."

"예, 괜찮지 않을까요."

훌리오의 말에 미소로 끄덕이는 리스.

하지만 다음 순간에는 돌변해서 미간에 주름을 지으며 후방을 돌아봤다.

"⋯⋯그런데 서방님, 이 자칭 신수는 어떻게 할까요?"

그 말에 훌리오는 쓴웃음을 지었다.

"신계의 조피나 씨한테 연락을 넣었으니, 곧 회수하러 올 거야."

훌리오의 말에 안도의 한숨을 흘리는 리스.

"다행이에요⋯⋯ 이 자칭 신수를 보호하는 건 좀⋯⋯."

그 뒤에서는 리루나자와 사베어, 또 한 마리 흰 래빗마저도 고개를 가로젓고 있었다.

"그럼 조피나 씨가 라인오나를 회수하면, 다시 호수에 가기로 할까."

그런 훌리오의 말에 다들 일제히 끄덕였다.

후기

이번에는 이 책을 손에 들어주셔서 정말 감사합니다.

어느샌가 Lv2 치트도 여러분 덕분에 9권을 출판하게 되었습니다.

지난번에 이어서 이번에도 이토마치 선생님의 만화판과 동시에 발매하게 되어, 저도 무척 기대하고 있습니다.

이번 편에서는 금발 용사의 활약을 평소 이상으로 전해 드렸습니다. 홀리오 가와는 대극점의 존재로서 Lv2 치트 월드를 지탱하고 있는 금발 용사 일행을 앞으로도 잘 부탁드립니다.

다양한 에피소드가 한 권 안에 얽혀서 마지막에 모두 정리되는 스타일로 전해 드렸습니다만, 이따금 이야기의 정합성을 맞추느라 머리를 쥐어짜낸 적도 종종 있었습니다. 그런 가운데도 힘을 낼 수 있는 것은 항상 응원해주시는 여러분 덕분입니다. 정말 감사합니다.

코믹 가르도에서 간행 중인 만화판 'Lv2 치트' 2권도 모쪼록 잘 부탁드립니다.

마지막으로 이번에도 멋진 일러스트를 그려주신 카타기리 님, 출판에 관여해주신 오버랩 노벨즈 및 관계자 여러분, 그리고 이 책을 손에 들어주신 여러분께 진심으로 감사드립니다.

2020년 1월 키노조 미야

Chillin Different World Life of the EX-Brave Candidate was Cheat from Lv2 - 9
© 2020 Miya Kinojo
First published in Japan in 2020 by OVERLAP, Inc.
Korean translation rights reserved by Somy Media, Inc.
Under the license from OVERLAP, Inc., Tokyo JAPAN

Lv2부터 치트였던 전직 용사 후보의 유유자적 이세계 라이프 9

2024년 2월 15일 1판 1쇄 발행

저 자	키노조 미야
일 러 스 트	카타기리
옮 긴 이	손종근
발 행 인	유재옥
총 괄 이 사	조병권
출판본부장	박광운
담 당 편 집	정지원
편 집 1 팀	박광운 최서영
편 집 2 팀	정영길 조찬희 박치우 정지원
편 집 3 팀	오준영 이해빈 이소의
디자인랩팀	김보라 박민솔
디지털사업팀	박상섭 김지연 윤희진
라이츠사업팀	김정미 맹미영 이윤서
영업마케팅팀	최원석 박수진
물 류 팀	허석용 백철기
경영지원팀	최정연
인쇄제작처	㈜코리아피앤피
발 행 처	㈜소미미디어
등 록	제2015-000008호
주 소	서울시 마포구 토정로222, 403호 (신수동, 한국출판콘텐츠센터)
판매 및 마케팅	(070) 8822-2301

ISBN 979-11-384-8138-0 (04830)
ISBN 979-11-6389-387-5 (세트)